LEYENDAS
de todo
MÉXICO

Tere **REMOLINA**

Becky **RUBINSTEIN**

Isabel **SUÁREZ**

SÉLECTOR

ACTUALIDAD EDITORIAL

Leyendas de todo México
© Tere Remolina • Becky Rubinstein • Isabel Suárez

D.R. © Jacobo y María Ángeles, imagen de portada: *Coyote aullando 12*
D.R. © Eduardo García Luis, foto de portada
iStockphoto, fondo de portada

SELECTOR
ACTUALIDAD EDITORIAL

D.R. © Selector S.A. de C.V. 2015
Doctor Erazo 120, Col. Doctores,
C.P. 06720, México D.F.

ISBN: 978-607-453-334-7
Segunda reimpresión: abril 2017

Consulte nuestro aviso de privacidad en www.selector.com.mx

Impreso en México
Printed in Mexico

Índice

Introducción

"La provincia es la Patria", dicen las palabras de bienvenida a la entrada de Toluca, capital del Estado de México, mismo que por su nombre e historia, por su situación, por su actualidad y su pasado, puede llamarse "corazón de México".

Toluca también es entraña, zona que atesora roca, vida, agua, promesa y verdor; atractivo para el migrante de otros tiempos, para los visitantes de la actualidad, atraídos por su fertilidad y su panorama rico y variopinto. Ahí el zacatal, las rosas y los surtidores de aguas termales dialogan en armonía; ahí la tierra —bondadosa— abunda en veneros de oro, plata y hierro, diferencia entre la pobreza y la riqueza.

La altiplanicie reúne, como joyas de la corona, dichosos estados: Aguascalientes, Durango, Estado de México, Guanajuato, Hidalgo, Puebla, Querétaro, San Luis Potosí, Tlaxcala y Zacatecas. Todos ellos fértiles en leyendas de tiempos idos. O sea, que habrá de maravillar al lector, al oyente...

Viajaremos a la zona centro de la República a partir de la Colonia (siglos XVI, XVII y XVIII), cuando el conquistador y el misionero venidos de ultramar dejan huella en las tierras allegadas para la Corona. Bien vale la pena contar los hechos de aquel pasado; desgranar leyenda tras leyenda, inspiradas en aquel entonces con la exactitud de un gran historiador como Artemio de Valle-Arizpe, cronista de la Ciudad de los Palacios, continuador de Luis González Obregón, ambos figuras legendarias.

También hablaremos de las costas de México, de naves que zarpan a tierras lejanas, de ida y vuelta, con mensajes de paz, de encuentro. Platicaremos de enseres propios de la vida cotidiana, de costumbres y tradiciones, de hombres y mujeres que se niegan a morir. Hablaremos de sueños, de música, de habitantes de culturas antiguas que dejaron sembrados, entre los metales, su permanente huella: la arcilla moldeada por sus manos. Platicaremos de la costa mexicana: de seris, zapotecas, tarascos, mixtecos, entre otros grupos humanos, herederos de una historia que asombra a propios y extraños, transformada en palabra, color, música y ahora leyenda de otros tiempos, de los nuestros, de las generaciones por venir... Y dentro del maremágnum de leyendas, emergen las de Chiapas, Campeche, Yucatán y Quintana Roo —la zona maya—; paraje misterioso: de príncipes y magos, de inusitadas flores que despiertan y exacerban nuestros sentidos; de aguas de zafiro, donde nadan a su antojo exóticos peces...

También presentamos las leyendas —alimentadas por verdad y ficción— del oriente y el sureste mexicano donde, desde tiempos inmemoriales, se usaba el caucho para el juego de pelotas —en apuesta sagrada con la muerte—; donde prolifera el chicle, el petróleo y el sabroso cacao para el consumo diario y el ritual; reino para el tigre y la serpiente, el faisán y el venado, sede de templos y palacios en ruinas que hablan por sí mismos. Resuenan gratamente en nuestros oídos Uxmal, Loltún, Palenque, Izamal, Chichén Itzá, Edzná, Chakán, la Isla de Jaina, Balamkú, Bonampak, Izapa, en la frontera México-Guatemala, donde la realidad es leyenda y la leyenda es fantasía; belleza y cantar inspirado por selva y mar, por mitos y creencias nacidos de un tronco común. No sorprenda al lector la similitud con leyendas de otros pueblos, de otras naciones. El hombre es uno y todos....

Aguascalientes

Los gigantes

Antes de la aparición de la humanidad actual, el mundo estuvo habitado por una raza de gigantes. Aquellos hombres tan grandes no sólo lo eran en talla y corpulencia, sino también en sabiduría y bondad. Fundaron enormes ciudades y su paz fraternal parecía eterna cuando un cataclismo cambió totalmente la faz de la Tierra.

Temblores de una intensidad jamás repetida hicieron brotar volcanes por todos lados; la hirviente lava que salía de sus cráteres se volcaba sin piedad sobre los campos y los valles haciendo arder árboles y ciudades.

Los gigantes pobladores murieron por millares y, ante las amenazas de los temblores que seguían sin cesar, buscaron una solución. ¿Qué podría hacerse ante tanta violencia?

Aquel peligro se repetía una y otra vez; la muerte parecía insaciable.

Entre los gigantes supervivientes quedaron con vida dos príncipes, herederos de los reyes desaparecidos. Él se llamaba Berlé —que significa Calientes Primaveras— y ella tenía por nombre Kirle, Aguas Cristalinas.

Se habían conocido durante los desastres y decidieron casarse. Ellos fueron elegidos por unanimidad para viajar al Imperio del Supremo. Sólo este ser todopoderoso e inmensamente sabio podría aconsejarlos. Todos los gigantes ponían en sus manos y en su decisión el porvenir de la raza; confiaban en la determinación que ellos tomaran ante el Supremo. Con esta difícil comisión salieron por el túnel.

—La Tierra se está preparando para recibir otras formas de vida —les comunicó la voz imponente del Supremo—. Ustedes deberán emigrar a un planeta mayor: su población ha crecido mucho y no podrá sostenerse más adelante.

—Pero amamos la Tierra —gimió Kirle desconsolada—. Hemos sido felices. En ella se quedaría todo lo bello que conocimos y hemos amado —terminó, llorando.

—¡Es imposible cambiar la decisión! El planeta no soportará una humanidad de gigantes por más tiempo. Esta raza desaparecerá hasta extinguirse en tres generaciones. Sería posible su supervivencia en otro lugar del Universo.

—No queremos parecer rebeldes —aseguró el príncipe con humildad—, mas, ¿no podríamos quedarnos en la Tierra? —pensando que siendo mortales como eran, decidió que era preferible morir en su planeta que en otro punto del espacio.

—¡Nos quedaremos en la Tierra! —dijeron los esposos a la vez.

—Tengan paz. ¡Así será! —les prometió el Supremo. Y ellos regresaron, por propia voluntad, para morir donde quedarían para toda la eternidad.

Volvieron por el túnel que los había conducido al Imperio y participaron su decisión a los demás gigantes. Éstos los coronaron como reyes y les concedieron el sitio de honor para el drama final.

Berlé se tendió sobre la tierra con la cabeza al sur. Kirle se colocó al lado de su esposo. Ambos, mirando por última vez el disco del sol, esperaron que se cumpliera la voluntad del Supremo.

El resto de los gigantes escogió el lugar donde les apetecía morir. Casi todos imitaron a sus reyes y se tendieron en el suelo. Sólo cuatro de ellos, los más allegados a los esposos en cuanto a parentesco, hincaron una rodilla, inclinaron respetuosamente la cabeza para contemplar hasta el momento final su tan amado suelo de la Tierra.

El Sol se puso de luto con un eclipse que duró seis horas.

Al despertar del mundo, los gigantes se habían transformado en montes, entre los cuales destacan: Kirle (Aguas Cristalinas) y Berlé (Calientes Primaveras). De la combinación de sus nombres surgió el de Aguascalientes.

La figura yacente de Berlé puede verse desde la ciudad; es el picacho conocido como Cerro del Muerto.

El escudo de la noble y leal ciudad de Aguascalientes recuerda —con las palabras de la traducción de sus nombres— a los cuatro gigantes que hincaron una rodilla en tierra para morir: Buena Tierra (Galfo), Agua Clara (Talt), Claro Cielo (Kilse) y Gente Buena (Machi).

La china Hilaria

Dicen que vivía por la calle de la Alegría una mujer muy buena y piadosa llamada Hilaria. Pertenecía a la "casta" colonial conocida como "china" —es decir, un poco de indígena, otro de español y el resto de negro—, por lo cual su cabello era hermoso y extremadamente rizado, con unos rizos fuertes, firmes; vaya, lo que en adelante se llamó y todos en México conocemos como pelo "chino", pero chino, chino.

Atendía la china Hilaria una fondita para comensales de poca plata. Servía con esmero y cobraba poco —medio, real o peseta—; según las posibilidades del parroquiano, y todos comían bien.

Usaba un zagalejo vistoso y una blusa muy limpia y almidonada, completando su atuendo con un rebozo de bolita que llevaba con mucha gracia.

Con el tiempo, un individuo de los "malditos" del barrio de Triana se enamoró de Hilaria. El hombre aquel, aparte de no ser recomendable como persona, era feo con ganas, sucio, prieto y, además, cacarizo...

La chinita no le correspondía por temor a sus mañas y sentía, como era natural, cierto rechazo por su desagradable aspecto, mas como el trianero, apodado el *Chamuco*, insistía, primero con modestia y recato y más adelante con palabras soeces, ella tuvo miedo de ser raptada y visitó al señor cura de su parroquia para pedirle que hablara con el hombre.

El padrecito se entrevistó con el pretendiente y, para ganar tiempo —sin forzarlo a tomar una determinación indeseable—, le aconsejó que le pidiera un rizo a la muchacha.

—Si logras enderezarlo, hacerlo lacio, te corresponderá en unos 10 o 12 días.

—Chinita, dame un ricito —suplicó él entonces—, ¡te juro que me retiraré sin pedir nada más! Tu amor es imposible, bien lo sé, por eso me conformo con un rizo... —y la mujer cedió.

Y ahí está el Chamuco alisa y alisa el malvado rizo, sin que el pelo se dejara enderezar.

Pasadas dos semanas, el Chamuco se hartó de querer enderezar el rizo de la china y recurrió a la magia negra.

Por medio de un poderoso brujo y tres conjuros, invocó al Diablo, quien acudió de inmediato, feliz de encontrar un marchante. Claro que le pidió su alma en recompensa y el Chamuco aceptó.

El Diablo se puso de inmediato a "darle al rizo" y éste se empezó a encaprichar: mientras más lo tallaban, más crespo y duro se ponía... Al cabo de unos días, el Diablo buscó un trabajo más fácil. Como el Chamuco le reclamó su falta de seriedad para cumplir un trato, el Diablo, enojado, le aventó el rizo a la cara.

El rizo, al rechazar el contacto con tan horrible cara, se enroscó más y el Chamuco, con el golpe y las malas vibraciones que llevaba el rizo, quedó "aliviado" con la cara chueca y, además, arrugada.

El Diablo se elevó riendo, agitando por los aires su malévola capa pestilente y a su paso invadió todo Triana —barrio de los malditos— con su consabido olor a azufre.

Por eso cuando a algún fracasado le preguntan cómo le fue, el aludido dice simplemente:

"De la china Hilaria".

O más sutil:

"Como le fue al Chamuco en eso de la china Hilaria".

El que engañó al Diablo

Al chico le decían *Ardilla*. Todos lo querían y lo respetaban, salvo algunas beatas que comentaban su origen bastardo.
Ardilla era un criollito agradable y agradecido, muy trabajador y consciente de su desventaja, dada su procedencia.

De origen "noble" —una "travesura de rico"— por parte de padre; "ignorado" si se atiende al "desliz" de su madre, igualmente de familia española de abolengo y prosapia... Su verdadero nombre era José de Altamirano y Ardilla.

Apenas recordaba sus días en otro sitio. ¿Convento?, ¿casa de indios cómplices?, ¿desván de la casucha de la tía abuela materna, guardiana de las limpísimas apariencias de la muchachita casadera?

Sólo se le acababa de caer un diente de leche cuando fue encomendado y pasó a vivir con los marqueses de Guadalupe, dueños del *Apartado*, enorme finca que abarcaba desde la Villa de la Asunción de Aguascalientes hasta casi colindar con el Real de Zacatecas.

La pintoresca propiedad era como casa de veraneo de la familia de doña Guadalupe Ortega y Gallardo, primera marquesa, quien mandó construir "la casita".

Allí —muy considerado por su procedencia española y más por el vínculo moral y quizá eclesiástico con la "doña"— estuvo un tiempecito con la consentidora doña Chola la Mayor, pasando luego por varias encargadas sucesivas que respondían de "su niño" a la patrona. Recibía la mejor comida, la ropita más arreglada, la mejor cama y el respetuoso tratamiento de "niño Josecito" por las encargadas y los indios de la finca, o bien de "don José" por los demás "bichos".

Los peones, labradores y sus resentidos hijos —mestizos en su mayoría, indígenas y alguno que otro mulatico escapado de las minas— le hablaban como a un superior, a pesar de la envidia que sus privilegios les causaban. Entre ellos se le decía Ardilla —primero como burla y en adelante como su propio nombre— y él se acostumbró a ello, máxime que era el apelativo que le "acomodaron" después de Altamirano, cuya procedencia se buscó en algún antepasado no tan conocido.

Bien, desde el primer verano simpatizó con una chiquita de su edad, Santa, aficionada como él a las flores y las mariposas, al canto de las aves y las canciones del pueblo de San Marcos y "cantos y pesares" de las minas.

La niña era la marquesita hija de los Ortega, dueños de aquella propiedad.

Durante las ausencias —nueve meses cada año—, ambos niños rememoraban sus risueños encuentros en la huerta, en los campos floridos... y ambos deseaban volverse a ver "la próxima".

Así se convirtieron —al pasar del tiempo— en jóvenes. Siguieron disfrutando la mutua compañía y, al fin, se enamoraron, ¡un amor prohibido!

Prohibido porque ella era heredera de los marqueses, dueña de la finca... y había sido solicitada en matrimonio por el señor conde de Óptala...

¿Prohibido para Ardilla? Él era apuesto y fortachón, ligero en el caballo y en las armas; ganó por su competencia y cumplimiento el puesto de caporal.

Bajo su dirección, la propiedad creció y ganó en abundancia: aquello que había sido desierto comenzó a cultivarse "a cubetadas", el verde llamó nubes, iy hubo lluvia! Redituaba a sus amos como el mejor y los peones trabajaban con gusto; constituyeron familias que determinaron rancherías y poblaciones más formales, aprovechando el manantial de Ojocaliente derramado en una laguna...

El trigo prosperaba y el maíz abundaba, los árboles frutales se llenaban de pomas y sembraron las primeras vides.

Y todo se había hecho a pesar de las repetidas incursiones de los chichimecas que incendiaban haciendas, asaltaban las trojes y se robaban reses iy mujeres!

El caporal Ardilla tenía entrenada a una partida de valientes, flecheros y "de armas" dispuestos para la defensa.

¿A qué se debía entonces la prohibición? Precisamente a la existencia ilegítima del muchacho.

—iPero si el caporal Ardilla es un bastardo! —vociferó el padre cuando doña Lupe le informó que había descubierto los amores de Santa.

Y no esperó siquiera la pedida de mano de rigor ni mucho menos, ni la autorización de la visita halconera... o el permiso de tratarse con chaperón... Santa desapareció de la finca. Unos dijeron que la habían mandado a un convento, otros pensaron que la habían enviado a España.

Y aquí, en ese momento, apareció el Diablo. Buscó al dolido caporal y "le tocó la llaga": aquel amor por Santa, la inalcanzable marquesita; le habló como un amigo compasivo y comprensivo, y se ganó su confianza. Más tarde se identificó y pactaron.

Ardilla hizo un trato distinto al acostumbrado de vender el alma por el servicio; el convenio fue en forma de apuesta.

Jugaron a ver quién rescataba el mayor número de reses llevadas por los chichimecas al monte; el que ganara, daba el alma por nada, o el servicio por nada.

José mandó clavar mil cruces repartidas en todas las sementeras por las que pasaría Satanás con "sus" reses. Las cruces impidieron el paso.

—Tu alma por su amor —ofreció el poderoso perdedor.

—Veinte almas, o si más tuviera, cambiaría por su amor —contestó Ardilla.

Pronto se supo que Santa profesaría en un convento al rechazar el matrimonio con el conde. Los "amigos" volvieron a apostar:

—El alma por un beso.

—Mañana a las cinco, antes de que salga el sol, te espero en el paso del Ojocaliente.

—El alma por unos minutos.

Antes del alba resonaron los cascos del caballo por el camino pedregoso. De pronto se encontraron frente a una piedra donde la marquesita esperaba para subir a la grupa.

Ardilla quiso burlar al Diablo nuevamente y se dirigió a la iglesia para casarse, a pesar de todos...

Cuando un pastor pasó, ya clara la mañana, se encontró algo espantoso: el caballo y el jinete incrustados contra la roca.

Satanás desapareció de la grupa a la doncella y estrelló al caporal con todo y cabalgadura contra la roca, que aún conservaba la estampa de su paso hasta el centro de la Tierra.

La Lagunita

En la ciudad de Aguascalientes existe una calle llamada Emiliano Zapata. Antes se llamó Prolongación de Santa Bárbara; sin embargo, muchos la conocen como La Lagunita.

En esa calle hubo, hace añales de años, una pequeña laguna; los indígenas de aquel entonces practicaban —tal vez tomando como blanco a las aves de la lagunita y a los animales de sus alrededores— el tiro de arco y flecha.

Un día, en una de las orillas donde el agua apenas rozaba el pastizal, apareció una gran víbora verde que se arrastraba asomándose hacia donde ellos hacían sus prácticas y les lanzaba miradas emboscadas, no por eso menos amenazantes.

Uno de los hombres propuso rodearla y cazarla; los demás accedieron. Todos veían en ese animal enorme —desconocido en el rumbo— un peligro inminente.

Intentaron lograr el objetivo durante una semana. Con sorpresa constante para todos, nadie le atinaba; ninguna flecha de los siempre hábiles flechadores lograba dar en el blanco. La mirada de la víbora verde seguía sobre ellos, así como su amenazante lengua que ahora se asomaba con insistencia.

Una mañana se dieron cita muy temprano. Era la media luz del alba cuando se sorprendieron al ver al sacerdote titular del pueblito, cumpliendo en el lugar los oficios de la mañana.

La víbora no había dado señales de vida, mas, de pronto, en completo silencio y disimulo, se lanzaba contra el padrecito, quien estaba inmóvil en su actitud litúrgica.

Los flecheros lanzaron sus proyectiles contra ella: ninguno acertó; en cambio, una de las flechas hirió al sacerdote. Cayó cerca de la víbora y quedó a su merced. Corrieron los indígenas a auxiliarlo, pero el animal los atacó lanzando grandes cantidades de veneno por la boca, sin separarse de su víctima.

El veneno que cayó en la lagunita fue tanto que el agua se desbordó hasta cubrir el cuerpo del sacerdote.

La víbora verde desapareció, los flecheros levantaron al cura y lo llevaron a su casa, donde él, sano, salvo y sin seña de heridas, les dio la bendición.

Desde ese día la lagunita tuvo agua limpia y perfumada hasta que los límites de la ciudad invadieron su entorno.

La lagunita se secó para convertirse en una calle de modernas fincas. Al secarse las orillas, la lagunita se fue estrechando hasta quedar como una avenida de agua cada vez más angosta. Al fin se secó completamente, quedando en forma de calle, por supuesto, llamada La Lagunita. Más tarde se le conoció como Prolongación de Santa Bárbara y hoy es Emiliano Zapata, como se dijo al comenzar este relato.

Baja California

La tía Juana

Tras la conquista de la Nueva España, los evangelizadores llevaron la palabra de Dios a los lugares más alejados. También llegaron a Baja California. Entre ellos estaban Juan María de Salvatierra y el padre Kino, este último conocido por una célebre discusión con el amigo de Sor Juana, el sabio mexicano Góngora y Argote, sobre la influencia de los cometas en el destino del hombre.

Pero ésta es otra historia.

La historia que nos compete alude al padre Juan de Ugarte, quien recibió de manos de Kino y de Salvatierra, sus predecesores, el considerado santo quehacer.

Uno de los benefactores de las llamadas misiones, sitio de evangelización por parte de los padres de la Iglesia, era don José de la Peña y Puente, marqués de Villapuente. Falto de hijos adoptó a tres sobrinos: Alfonso, Manuel y Juana. Uno era militar; el otro, maestro. La única mujer había sido educada por las monjas capuchinas.

Los jóvenes, atraídos quizá por la aventura misionera, decidieron entregar su herencia al padre Ugarte y ayudarlo en tan difícil faena.

Partieron de San Blas, en el Triunfo de la Cruz, arribando a Loreto a principios de 1721. Manuel y Juana permanecieron en la misión, mientras que su hermano pasó, como teniente, al destacamento de San José del Cabo.

Pronto Juana se quedó sola, ya que su hermano Manuel se incorporó a las expediciones en el mar, entre los aborígenes. Posteriormente se casó con una joven refugiada en la misión. Alfonso, sin dejar la milicia, se hizo comerciante y poco tiempo después adquirió la hacienda llamada La Palmilla, administrada por Manuel.

Juana quedó sola en aquel desierto entre serpientes y aves de rapiña, testigo de la llegada de los hombres del virrey y de religiosos empeñados en convertir a los indígenas, mientras éstos caían víctimas de las nuevas y desconocidas epidemias.

Juana, en lugar de abandonar su apostolado, prefirió quedarse al cuidado de los necesitados. El padre Ángel, cabeza de la misión, le advirtió que tras un largo peregrinaje se convertiría en fundadora de una gran ciudad.

Pronto cambiaría la vida de Juana: Elvira muere al dar a luz a su segunda criatura y Manuel, desconsolado por la pérdida de su mujer, muere también. Es así como Juana se queda a cargo de José y de Gertrudis, sus pequeños sobrinos.

Alfonso, siempre inquieto, había recibido el permiso de colonizar nuevas tierras. El padre Juan le recomendó poblar un hermoso valle que él había descubierto entre la Ensenada de Todos Santos y la Bahía de San Miguel. El religioso le hizo jurar que jamás abandonaría dichas tierras ni a su gente.

Mientras tanto, Juana y los pequeños huérfanos sobrevivirían a un fuerte huracán que los orilló a trasladarse a la hacienda *La Palmilla*, donde continuaron ayudando a los lugareños.

Alfonso junto con varios españoles, un grupo de indígenas y de Felipe, un amigo suyo, quienes desembarcaron en San Diego, tras encaminarse hacia el sur arribaron al valle descrito por Ugarte. Allí, como señal, encontraron una cruz de piedra, lugar de la fundación.

Mientras Felipe se quedó a guardar el lugar, Alfonso tomó el camino de regreso; su deseo: recoger a su hermana Juana y llevársela con él.

Partieron de San Juan del Cabo abordando el *San Gabriel*. Pronto arribarían a un caserío bardeado, a la ranchería de la Tía Juana, tierras que comprendían: la capilla, la casa grande y las viviendas aledañas.

Alfonso partió en busca de herramientas y semillas. Felipe lo acompañó.

Juana se quedó encargada de levantar las cosechas, de la siembra, de renovar los sarmientos. El padre Ángel murió y alrededor de su muerte surgió una leyenda: el religioso, mientras hacía una visita en la comunidad indígena del Cañón de la Tortuga, encontró a una niña muerta cubierta de flores marchitas. Entristecido, suplicó a Dios que cambiara su vida por la suya. Se hizo el milagro: la niña resucitó mientras el religioso entregó su vida al Creador. Desde entonces, aquel lugar recibe el nombre de El Cañón del Padre.

Al poco tiempo apareció Felipe, ahora convertido en religioso. Estaba de regreso para ayudar a la tía Juana en su quehacer apostólico, a favor del necesitado. Un domingo, al celebrar la acostumbrada misa, Felipe hizo un llamado a los jóvenes deseosos de entregar su vida a la tarea de evangelización.

Los huérfanos, José y Gertrudis, fueron de los primeros en responder al llamado. A la tía Juana no le quedó más que aceptar la decisión de los jóvenes, casi unos hijos para ella, que partirían a San Diego, rumbo a la ciudad de México, en compañía de Alfonso. Gertrudis se hizo monja capuchina y José entró a la orden de San Agustín.

El regreso resultó un verdadero desastre: un huracán desvió el barco hacia el Norte, haciéndolo naufragar cerca de la isla Cerralvo. Alfonso y dos hombres alcanzaron la playa en un bote de remos. Finalmente, unos pescadores los llevaron a Loreto. Tras muchas penalidades, Alfonso fallece sin dar a conocer la existencia de la ranchería, un lugar de paz y trabajo comunitario, lejos de la codicia y la violencia de los hombres.

Sin embargo, todo habría de cambiar un terrible día: el 3 de mayo, día de la Santa Cruz, cuando arribó al lugar un grupo de soldados, encabezados por el capitán Fernando Javier Rivera y Moncada y el fraile franciscano Juan Crespi.

Se decían enviados por don Carlos Francisco, marqués de Croix, virrey que expulsó a los jesuitas por órdenes del mismísimo rey de España, Carlos III.

Entre otras cosas, informaron a la tía Juana que el monarca hispano, ansioso de continuar con las misiones, envió al visitador José de Gálvez a reorganizar las misiones y a fundar otras en San Diego y Monterrey. El visitador, a su vez, nombró para tal empresa al gobernador de la península y al padre fray Junípero Serra.

Los habitantes de la Ranchería recibieron de buena manera a los recién llegados, sin imaginar el costo de su visita. Tras el saqueo de bodegas y almacenes, unos abandonaron su trabajo. Otros dejaron sus hogares, regresando a la vida primitiva de sus antecesores.

La tía Juana no tardó en levantar su voz frente a las autoridades: el gobernador Gaspar de Portolá y fray Junípero Serra. Defendió como una madre a las víctimas de la invasión de sus tierras, quienes no se tentaron el corazón y abusaron contra hombres y mujeres, ingenuos, dóciles y de buena voluntad, a quienes se proponía defender.

Por desgracia, la tía Juana tuvo que escuchar terribles noticias, aquel valle con su ranchería, con todas sus pertenencias, formaría parte de una nueva misión: la de San Diego.

De aquellos días de esplendor no quedó más que su recuerdo: no más sementeras. No más jardines ni buenas cosechas. No más la casa grande, la capilla y los rosales trasplantados de Castilla.

¿Y la tía Juana?

Ella, quien había entregado su vida entera a sus tierras, a su gente, olvidándose de sí misma: de ser esposa y madre, sacó de un viejo arcón el vestido de novia de su madre, único recuerdo que conservaba de ella.

Aunque se sentía morir, se vistió de novia. Imaginó tres disparos de cañón. Por fin su amado vendría por ella. Por fin el sacerdote la uniría en santo matrimonio con su prometido.

Cuentan, los que por la madrugada pasan cerca de la Poza de Agua Caliente, acerca de una silueta de mujer vestida de novia, que aparece y desaparece entre los edificios de la zona del río hasta llegar a la plaza Santa Cecilia, en la que de seguro existió la casa de doña Juana de la Peña, marquesa de Villapuente, mejor conocida como la tía Juana: una misionera respetable.

Baja California Sur

Las ciruelas del Mogote

¿Dónde estaban las ciruelas? En un mogote, en un montículo aislado. Frente a la bahía existe el morro de El Mogote.

¿Qué es un morro? Preguntará más de uno. Es un monte o peñasco pequeño de forma redonda. Ahora ya podremos proseguir en donde dice la leyenda que vivían dos tribus rivales. Vivían, mas no convivían.

Eran los aripas y los guamichis. Los primeros estaban al sur del trozo de tierra. Los otros, en la punta norte.

Cierto día, los aripas raptaron a la princesa Immigná, hija del rey rival. El padre y soberano estaba triste, inconsolable, pues el rey de los feroces aripas no le quería devolver a su hija.

Tras mucho pensar, al monarca guamichi se le ocurrió tratar el asunto por las buenas: en lugar de enfrentarse a golpes con el captor de la princesa, le enviaría un maravilloso regalo. ¿Qué fue lo que se le ocurrió? Buscó un caparazón de caguama y lo llenó con frescas y sabrosas ciruelas. Gustaron tanto las frutas al rey que, de inmediato, ordenó la liberación de la joven secuestrada.

Desde entonces, todo era regalos y buen trato entre los monarcas rivales que para siempre vivieron en paz gracias a las ciruelas del Mogote. Y de ahí proviene el nombre de aquel lugar.

Campeche

Un ramo de flores

¡Tierra, tierra, se ve tierra! Qué invitación tan prometedora para los exploradores-conquistadores adueñarse del bello ramillete florido que se asomaba al mar.

Un ramo de flores que asoma sobre el mar, en la costa, se adelanta con su follaje de gigantescas palmeras y grandes árboles selváticos... con magnolias enormes llenas de estrellas blancas, blanquísimas, que forman como un ramillete.

La traducción del Búcaro de Flores —Ah Kin Pech— es el antecedente de la deformación española Campeche.

Pues bien, los conquistadores entraron a la costa campechana, bajaron de sus naves y en la misma bahía los recibieron los guardianes mayas encabezados por el feroz Moch Couoh. Era el año 1517. Pero la suerte fue tan adversa para los españoles que llamaron al sitio Bahía de la Mala Pelea.

En 1540, Montejo hijo llegó a Champotón decidido a someterla y lo logró. Después de Ah Kin Pech, conquistó A-Canul.

Dicen los creyentes que era muy devoto de San Francisco; le pidió ayuda en su afán de propagar la fe y el santo de Asís le concedió el triunfo.

Entonces fundó, el 4 de octubre de 1541 —sobre la vencida ciudad que se asomaba al mar ofreciendo su atractiva belleza vegetal—, la Villa de San Francisco de

Kam Pech, hoy Campeche. De allí prosiguió el dominio de Tenabo, Hecelchakán y Calkiní.

Pronto, la nueva perla del balcón al mar fue pasto continuo de la piratería que la asaltaba cada vez con mayor frecuencia, astucia y codicia. Los piratas ingleses, holandeses, portugueses y franceses atacaban las naves españolas defensoras de la rica plaza. Esta situación determinó enemistades y dificultades internacionales —entre Inglaterra, Portugal y otros corsarios con España.

Casi a finales del siglo XVII, los campechanos seguían soportando los embates piratas; por lo que en 1685, el gobierno de la Colonia decidió amurallar la ciudad. La construcción terminó en 1704.

Nueve pozos de agua

Tras los montículos que están en dirección de Sierra Alta, al norte del oriente de Campeche, se halla el pueblecito llamado Bolonchén (Nueve Pozos), hoy son pocos habitantes y escaso movimiento comercial, pero posee interesantes centros turísticos.

Nueve Pozos es rico en tradiciones y leyendas, muy apegadas a la mentalidad mágica de la cultura maya.

Bolonchén guarda entre sus más entrañables cuentos de misterio el del "Chivo Brujo" que aún recorre las antiguas murallas de la ciudad de Campeche.

El poblado se fundó donde los primeros habitantes, guiados por un sabio, hallaron nueve pozos. ¡Nueve hermosos cenotes (*dznot*) fueron labrados por el poder divino para recoger el agua de la lluvia!

Y tuvieron que batallar para ser dueños del lugar. Después, lucharon para conservar el privilegio de su propiedad. Así tuvo que ser por algún tiempo.

Cuentan que su jefe era un joven y valeroso guerrero que se distinguía en las luchas. Trataba de ganar para su tribu ese lugar en el mapa de los imperios derrocados, de los antiguos reinos abandonados.

Había en el pueblo una gentil doncella amada por todos; era hermosa y hablaba con suprema bondad. Poseía un alma transparente y su voz tenía el acento de los manantiales, su nombre era Xunaán.

Y he aquí que el aguerrido paladín, el guerrero invencible, fue vencido por el amor: desde que la vio, el joven no tuvo ya más interés ni pensamiento que la doncella Voz de Manantiales. La amó con toda su alma y toda la fuerza de su corazón. Cada momento era para él largo si no podía verla; necesitaba su amor para ofrecerle sus triunfos.

Ella también lo amaba, pero su madre, temiendo que el guerrero le arrebatara para siempre a su prenda, la escondió en una gruta que nadie conocía.

Se acabó la alegría del jefe y el bienestar de su pueblo. Se olvidó de la guerra; rogaba a los dioses que se la devolvieran. Envió emisarios a buscar a Xunaán por todos los senderos, pero volvían agotados y sin noticias.

Un día apareció un pájaro de hermoso plumaje sobre las mujeres que lavaban cerca de un pozo, sacando agua con sus bateas para remojar la ropa; a lo lejos se escuchaba la inconfundible voz de la doncella en el fondo de una gruta prodigiosa, afuera de Bolonchén. Allá se dirigió el guerrero con toda su gente, siguiendo al ave mensajera que desapareció cuando la comitiva estuvo frente a un lugar que semejaba una boca entre las rocas. Se trataba de un sitio estrecho y con pendiente; apenas había un sendero abierto. El amor lo empujaba y no temió en bajar el hondo precipicio de rocas salientes que brillaban como columnas de cristal a la luz de las antorchas que la gente encendió para ayudar al enamorado.

Y a la luz de las antorchas, ante los hombres y mujeres que lo acompañaron, apareció Xunaán con toda su belleza y prodigio.

El amor venció. La alegría volvió al pueblo, pues el poder de la bella Xunaán renació lo que tocaba.

Y dicen que en las noches, después de tantos siglos, el enamorado aún llega hasta el cenote de Xtacumbil para escuchar la voz de su amada Xunaán o Señora Escondida.

Hanincol, la comida ceremonial

Esta comida que en maya se llama *hanincol* es a la vez una ceremonia realizada en la milpa —sembradío o plantío—, durante la cual el 'men o hechicero ruega a la divinidad o la desagravia por alguna falta cometida.

Asistí con un amigo a una hanincol y todo me pareció curioso y extraño; un evento que no se ve por otros rumbos. Esta comida constituye un acto religioso que proviene de costumbres antiguas.

Llegué al pueblo a caballo y en la puerta de la casa indicada se encontraba ya mi amigo esperándome, aunque apenas amanecía. Él estaba muy apegado a su tierra y era un buen conocedor de las costumbres y tradiciones populares, ante las cuales debía mostrar respeto.

Después del desayuno —café negro con pan—, me llevó a la casa del 'men. Este personaje, para mí un poco extravagante en su apariencia, nos recibió con mucha desconfianza.

—Hoy será la fiesta —me dijo—, ¿te vas a santiguar?

—¿De qué se trata? —pregunté al comprender que no sería algo agradable, por lo menos normal.

—¿Quieres o no aceptas?

—Sí quiero —afirmé. Mi acompañante se quedó sorprendido con mi respuesta; su azoro aumentó mi temor, pero ya había aceptado la santiguada y me obligó a someterme. Se trataba de un baño con hierbas y amuletos durante el cual el 'men hacía ademanes, rituales y conjuros. Una vez santiguada y oliendo a hierbas "buenas" —romero y ruda—, caminé con el 'men y mi amigo hasta el brocal de un pozo abandonado, mientras se cumplía no sé qué plazo. Pregunté acerca de la comida de milpa o hanincol y el hombre, dándose importancia, me contestó:

—No temas, con esta hanincol se quitan los enojos de los dioses.

—Es como un desagravio, ¿no? —intervino mi amigo.

El hijo del dueño de esta tierra está muy enfermo —dijo solemne el 'men—, porque Nohoch Tat (Gran Señor o Nuestro Señor, Nuestro Padre Celestial) está disgustado.

Entonces mi acompañante me advirtió que debía aprenderme los nombres de los vientos —¡en maya!—, para decirlos en los momentos adecuados durante la hanincol. Y estuve repitiendo y repitiendo sonidos y expresiones completamente desconocidos durante el recorrido hacia la casa del enfermo.

Allí estaba, ardiendo en calentura, tendido en una hamaca. El 'men le ofreció un tarrito con pozole mohoso endulzado con miel y el muchacho lo bebió sin chistar.

Mientras el remedio hace efecto, se prepara la comida para la hanincol: al moler maíz y frijol cocido y semillas de calabaza tostada se hace la masa para formar nueve bolas; éstas se llevan a una fosa dispuesta con piedras ardientes, pues se cuecen como panes, envueltas en hojas de plátano o de roble. Se hace atole (bebida de harina de maíz, cocida y endulzada) y se cuecen pavos y gallinas.

En una mesa principal se coloca una cruz cristiana, tres velas grandes, tres medianas y tres pequeñas. Se prepara incienso, albahaca, ruda, flores, golosinas y tabaco. A esa mesa se llevan los alimentos y el 'men los bendice presentando la cruz a los cuatro vientos; rocía a los cuatro rumbos con miel y balché (bebida local).

Ya cocidos los nueve panes, se reparten. El 'men distingue a los privilegiados con enormes cigarros puros y se les permite fumar.

Los niños reciben alimentos de mano del 'men y, como asisten en representación de los aluxes, no deben tocar nada.

Se espera el día siguiente, pues durante la noche, el Dueño del Monte (divinidad ancestral) tendrá un banquete con los verdaderos aluxes, sus hijos, y éstos fumarán con él. Mientras, los convidados consumen los alimentos y el balché.

Para el amanecer el enfermo debe estar curado y aparecer ante la concurrencia. Así termina la hanincol o comida de milpa.

¿Será la magia lo que curó al muchacho o la buena dosis de penicilina que el 'men le proporcionó en el moho del pozole?

Si algún día estás indispuesto, puedes acudir, probar y decidir la causa de tu curación. ¿Irás?

El canancol

No es un espantapájaros ni un juguete olvidado en el centro de un campo de henequén, de una gran milpa o de una propiedad extensa; el canancol es un personaje tan importante como un familiar, casi como un hijo, ya que lleva la sangre de su dueño.

Un canancol se genera después de un proceso complicado; ritual que existe desde tiempos muy remotos y está en manos de los hechiceros, sacerdotes u hombres sabios y buenos, cuyo título en maya es el de 'men. Este singular canancol, que la fantasía y la fe tradicional convierten en leyenda, tiene poderes mágicos y más fidelidad que un perro como guardián de las propiedades.

Se elabora un muñeco con la figura de una persona y se le cubre con la cera de nueve colmenas. La figura se completa con ojos de frijol, dientes de granitos de maíz, uñas de ibes (frijolitos blancos muy pequeños) y se viste con holoch (hojas de las mazorcas). El 'men, por supuesto, supervisa la confección.

Cuando está listo, "el cuerpo" se sienta sobre nueve trozos de yuca en medio del sembradío que se le encomienda; mientras, el 'men invoca el poder divino y la intervención de los vientos buenos para que sean benévolos con "el que será padre" (el dueño del terreno).

El canancol ya colocado se ensalma con hierbas, se presenta al dios Sol y se invoca al Señor de la Lluvia. Se queman hierbas y se mantiene el fuego durante una hora. Se reparte balché a los presentes.

En ese momento el sol debe estar a medio cielo o cenit. El brujo corta en el dedo meñique del amo y vierte nueve gotas en la mano del canancol, que tapa de inmediato diciéndole al muñeco:

—Éste es tu amo, canancol, a él le debes la vida. Le debes obediencia. Cuidarás y defenderás este terreno. Aquí está el arma para castigar a los ladrones —y coloca ceremoniosamente una gran piedra en la mano del muñeco.

Mientras nace y despunta la siembra, el canancol se cubre con honoch, pero al llegar los días de la cosecha, se le destapa para que pueda actuar.

Dicen que el que se acerca a robar, recibe pedradas y si se trata de un depredador, rata, tuza u otro animalillo, aparece muerto en el entorno, su "castigo" se atribuye a la intervención del canancol.

En las noches, se para de su asiento y camina por el sembradío; para no sentirse solo, "silba como un venado". Si el amo visita su propiedad, silba en la misma forma para que su "hijo" lo reconozca y lo deje retirar la piedra. Después, al partir, coloca la piedra en su lugar y vuelve a silbar como despedida.

Al día siguiente de la terminación de la cosecha, con el terreno libre, el dueño hace una comida en honor del canancol. Con la cera de su cuerpo se hacen velas, que se prenden en agradecimiento a los dioses antiguos, o bien, se llevan a la iglesia más cercana, para colocarse en el altar de la Providencia o ante el Santísimo.

El velo en la playa

En uno de los pequeños puertos de pesca de la costa campechana vivía un honrado viejo pescador; tenía una hermosa hija llamada Marina, con quien compartía su vida y a quien amaba con ternura. En el muelle y en el poblado, todos los respetaban.

Marina vivía triste, a pesar del amor y la fortuna de su padre; aun teniendo a sus pies una de las playas más propias del ensueño que acaricia ese mar.

Ramón, el piloto de la *Rafaela*, estaba enamorado de Marina, pero nadie sabía sus sentimientos porque él siempre tuvo temor de confesarlos.

Sin embargo, como le intrigaba la melancolía de su amada secreta, no perdía palabra ajena que lo llevara a conocer el origen de aquella tristeza.

La gente decía que Marina vivía sin alegría porque estaba enamorada de un joven rubio que llegó por el mar y entró a su casa...

Que se presentó un día como el hijo del primer capitán que tuvo su padre.

Que lo conoció durante las fiestas de San Román en las que se venera al Cristo Negro, protector de los marineros.

Que el joven le habló a la linda playerita de amores y ella correspondió... que en algún viaje próximo hablaría con su padre para casarse con ella, frente al Cristo Negro, tal vez.

Desde entonces, ella esperaba cada amanecer tratando de descubrir en el horizonte el saludo blanquísimo de la vela extendida sobre la nave en que llegaría el resplandor dorado de su cabellera, rodeando su rostro bienamado...

Y un día la barca arribó al muelle y el joven rubio descendió, y los enamorados se encontraron en la playa, hablaron y se amaron.

Pero él volvió a partir. Marina sollozó frente al mar hasta perder el sentido. Su padre la encontró sobre la arena. La fiebre la hizo delirar y el delirio la movió a confesar su historia.

El viejo pescador fue a hablar con su antiguo capitán, padre del rubio enamorado. Mas el dueño de su primer barco tomó la historia como una más de los hombres de mar en que sólo se comenta: "Las chicas de los puertos son tan soñadoras y tan románticas, tan dulces para amar". Después de un largo trago y dos bostezos, respondió con voz pausada:

—Amigo, tu historia pasará a la historia como una historia más, y será historia...
Mi hijo me pidió varias veces que fuera a hablar contigo; yo le di largas y disculpas. Por último, decidí enviarlo a Barcelona; allí pasará algunos años; mientras
olvidará ese tonto capricho y envolverá en las brumas del olvido la imagen de
"su chica de la playa".

Pero esa chica de la playa no era como las demás jóvenes de los puertos, era su
hija adorada, su Marina... El viejo pescador quería morirse, decepcionado ante el
resultado de su entrevista, lloraba frente al mar dejando subir lentamente el humo
de su pipa, que según la creencia popular tiene la virtud de "secar penas".

Ramón, aquel piloto de la *Rafaela,* el siempre enamorado de Marina, se encontró al padre de ella una tarde; se acercó para consolarlo y él le abrió entero su
corazón. Entonces Ramón confesó su amor secreto y ambos planearon un posible
casamiento si Marina aceptaba, pues Ramón la adoraba a pesar de su historia.
Ella podría olvidar al rubio ausente en los brazos que se tendían ansiosos por
estrecharla.

Al día siguiente habló con la muchacha y le pidió que fuera su esposa. Le prometió que emigrarían si ella temía ser pasto de las lenguas; empezarían su vida
en otro puerto.

Ellos no comentaron sus planes y se efectuó la boda. Hubo fiesta y banquete.
En la celebración de sobremesa, mientras Ramón departía con los convidados,
ella salió a la playa para mirar el horizonte. Se quitó los zapatos blancos para sentir el agua en los pies.

Cuando Ramón salió a buscarla, sólo encontró los zapatos de raso y el velo de
la novia tendido sobre la arena de la playa.

Alguien dijo que vio cómo la joven desposada subió a una barca extraña y
desapareció entre un reflejo de oro.

Colima

El cayuco del Diablo

¿Acaso el demonio poseía un cayuco? Al parecer, sí. El Diablo era dueño de un cayuco, embarcación de una pieza mucho más pequeña que una canoa, con el fondo plano y sin quilla. Bueno, eso es lo que se cuenta.

También se dice que cierta ocasión, dos hombres, uno joven y otro mayor, conversaban sobre el cayuco endemoniado, dirigido por un ser invisible, que vaga sin rumbo, deslizándose a gran velocidad. O bien, lentamente, sin prisa, a merced de la voluntad del viento.

El escenario era único: palmas sobre las riberas; los rumores casi sordos que provenían de las selvas vecinas, el ruido de las olas del mar, que rugía detrás de los médanos. Los viajeros jamás imaginaron lo que les esperaba: tras perder el camino fueron desviados por una fuerza extraña. La luna, la que brillaba débil, pero decidida, fue testigo de la misteriosa escena cuando un cayuco desenfrenado por poco choca con el navío que había perdido su destino.

Los hombres, aterrorizados, no tardaron en reaccionar: el cayuco volaba. Parecía una gaviota. Como si sus alas fueran remos enloquecidos, guiados por una mano invisible, extraña, pero decidida a surcar las aguas de la tranquila albufera.

Los navegantes nocturnos seguían confusos. Habían visto las mañas y artimañas del mismísimo demonio, dueño de un cayuco al que impulsaba a volar.

Chiapas

La Creación

En un principio, nada estaba en orden.

Sólo el agua se encontraba en reposo, con un sinfín de posibilidades.

Ocultos en la inmensidad se hallaban los Creadores: Tepeu y Gucumatz, padre y madre de todo lo creado.

Como estaban solos, dijeron:

—¡Que se abra el mar y surja la tierra!

Entonces formaron los montes y los llanos. Dividieron caminos para ordenar el agua: aparecieron los arroyos, los ríos y las lagunas.

Crearon a los animales para cuidar los montes y a los enanitos para habitar los bosques.

Sólo pedían gratitud y alabanzas para su obra; pero aquéllos no pudieron hablar para agradecer y fueron destinados a servir de alimento unos de otros y tal vez de algunos seres diferentes.

—¿Por qué no crear seres superiores? —dijeron—. Hagamos un ser inteligente, capaz de reconocer nuestro mérito, de hablar y de alabarnos.

Ése fue el momento de crear al hombre. Probaron con cuerpecitos de barro; pudieron amasar el lodo y fácilmente lograr su intención. Pero aquellos hombres no tenían entendimiento y al acercarse al agua se desmadejaron y se deshicieron.

Ese experimento dejó tristes a los Creadores y Sostenedores de la Vida, mas intentaron de nuevo. Ahora con muñequitos de madera. Echaron suertes con maíz y frijol tzité.

—¡Sí, sí! —gritaron juntos—, la madera hablará por su boca, todo será alabanza.

Los hombres de madera salieron muy bellos pero no tenían entendimiento y andaban por el mundo sin acordarse de las divinidades.

Tepeu y Gucumatz idearon un castigo para su ingratitud: enviaron sobre el mundo una lluvia de brea y resina ardiente.

Los hombres de madera pidieron asilo y ayuda a los animales, así como a los objetos, pero he aquí las respuestas a sus súplicas. Los perrillos itzcuintlis y los guajolotes dijeron:

—Nos comieron y nos maltrataron bastante: no les ayudaremos. ¡Fuera!

Los metates y los molcajetes se quejaron también contra los hombres:

—Sus mujeres nos frotaron sin piedad y nos desgastaron moliendo su maíz y haciendo salsas. ¡Es justo que desaparezcan!

—¡Ahora, nosotros moleremos esa carne quemada! ¡Su cuerpo se hará polvo! —añadió un metatillo inútil al estar quebrado de una pata.

Tampoco las ollas ni los comales tuvieron compasión:

—Siempre tiznada, siempre me tuvieron olvidada —gimió una olla grande, descuidada por su ama—, no merecen ayuda.

—A mí me deshicieron una oreja con un mal movimiento, ¡descuidados! —se quejó una ollita donde hacían pozol.

Un comal está bien para ayudarlos cuando hacen sus tortillas, cuando asan su carne y su pescado, cuando calientan la cazuela de calabazas con achiote... ¡está bien! Pero un comal se cansa de que nadie lo limpie, de que nadie lo atienda; siempre ennegrecido y tatemado, sin que nadie se duela de que está siempre en el fuego.

—Nosotros quemaremos, ¡muy fácilmente!, esa madera que tanto nos dañó —amenazaron.

De ese modo, sin encontrar ayuda, los hombres de madera corrían, metiéndose en sus casas; pero el diluvio de resina los carcomía. Trataron de subirse a los árboles, pero las ramas se doblaban lanzándolos al suelo. Quisieron esconderse en cuevas, en grutas, en cavernas, pero los animales vigilaban su entrada o ésta se cubría de maleza tupida antes de que llegaran.

Ya quedaban muy pocos cuando bajaron los pájaros del Mundo de los Muertos, para perseguirlos, hasta que arribaron los tigres verdugos: Cotz-Balam y Tucum—Balam, y los hicieron pedacitos.

Eso sí, hubo unos cuantos que pidieron perdón y huyeron a los árboles de un gran monte. La piedad de los Creadores les proporcionó un lazo, para que atándose a las ramas, éstas no los rechazaran. Los monos no son sino descendientes de los hombres de madera, por ello se parecen tanto a nosotros.

Secreto: los lazos se volvieron colas. Después de fracasar en dos ocasiones, intentaron nuevamente la creación del hombre.

Consultaron entre sí y decidieron pedirles opinión a los seres existentes.

Cuatro animales —dos de aire y dos de tierra— propusieron el uso del maíz amarillo y del maíz blanco para el nuevo experimento.

Yak, el gato montés, habló primero:

—El maíz es grato para comer, debe poseer alguna sustancia poderosa porque te sientes fuerte; además, es pródigo: un granito te da muchas mazorcas.

—Estoy de acuerdo con el gato de monte —aulló el coyote—, el maíz da fuerza. Creo que hará una carne consistente para un ser superior.

Al ser interrogada, la cotorra contestó:

—Señor, el maíz actúa reforzando la voz y me permite hablar; un hombre de maíz hablará, razonará y te alabará.

El cuervo, desde una rama que le servía de sostén, ofreció su parecer:

—El maíz da sabiduría y bienestar. ¡No dejen de usar el maíz!

Los Creadores aceptaron esta semilla como material para su nuevo intento y enviaron a los cuatro animales por los cuatro rumbos del mundo recién creado para conseguir las mejores semillas de maíz que se usarían para crear al ser inteligente y agradecido.

Ixmucamé —la abuela de los semidioses hijos de Ixquic la doncella, frutos del milagro del poder de la calavera del Xibalbá— fue quien preparó la comida para conformar el cuerpo del hombre.

Del maíz blanco y del maíz amarillo se formó el cuerpo de los primeros hombres. Su carne y su gordura salieron del maíz. También sus manos y sus pies provinieron de la misma comida. La cabeza era lisa y, con el pelo de las mazorcas que se desgranaron, tuvieron cabello.

Cuatro hombres formados. Los cuatro padres de todos los quichés y de toda la raza humana. Se encomendó su defensa y fortaleza al espíritu de la selva, que es Yumbalam, el Aliento del Tigre. Esos cuatro "Tigres", con el mismo espíritu grandioso del amo de la selva, fueron los primeros hombres que aparecieron por obra de los Creadores.

Los cuatro se erigieron como los primeros padres de la humanidad, como otros cuatro Adanes de la creación tradicional. Y como a cuatro Adanes, también la divinidad les proporcionó, a cada quien, una mujer, a la que encontraron de improviso a su lado, al despertar de un sueño.

De estas cuatro parejas primitivas descienden todos los linajes maya-quichés, quienes, agradecidos, decían en sus oraciones:

—Oh, Tepeu, Gucumatz, que nos formaste, danos descendencia. ¡Oye nuestra necesidad de poblar el mundo!

Tres parejas tuvieron numerosos hijos y progresaron. Sus familias se extendieron por el Oriente. El cuarto grupo que debió formarse se integró por la intervención del mago Zaquic.

Xibalbá, el siniestro inframundo

A partir de una dualidad creadora masculino-femenina, cada una de estas fuerzas se duplicaba y ejercía el poder de formar la Creación, por eso hablaban de Dios como los padres y madres de todo lo existente.

Entre los conceptos acerca del más allá, de la vida ultraterrena posterior a la muerte, ellos situaban a las personas —almas— en un lugar llamado Xibalbá, debajo de la tierra. Los misioneros cristianos lo compararon con el infierno; también se le nombró el inframundo. (Aquí entre nos, yo le diría "la casa de los sustos".)

Allí vivían los causantes de las enfermedades y los vicios. Establecido como una especie de reino, era un lugar de oscuridad y tormento.

En el inframundo se encontraban diferentes casas de castigos, cada una tenía su especialidad: La Casa Oscura no dejaba entrar ni un rayito de luz: todo en ella era tinieblas. La Casa del Frío: todos acababan tiritando. La Casa de los Tigres; la de los Murciélagos; la de las Navajas… ¡Suficiente para atemorizar a cualquiera!

Zamná

En estas tierras —nuestro suelo—, después de algún suceso lejano que nadie consignó, pero que todos conocían por sus consecuencias, los hombres se dispersaron.

¡Los más buenos se establecieron en la planicie del Oriente!

Las inscripciones que hicieron los señores de ese tiempo dan a conocer su nombre: los Itzáes. El más sabio era Zamná.

Zamná significa "soy sustancia del cielo, soy el rocío de las nubes". En la tradición se le llama Rocío del Cielo.

Zamná —conocido también como Itzamná— no fue rey o guerrero, tampoco puede decirse que un dios: era un profeta.

Su poder emanaba de su conocimiento de la vida y del idioma de los muertos; esto último se considera la sabiduría y experiencia de los antepasados. En los días en que la luna se hizo grande, Zamná tomó posesión de los animales llamándolos por su nombre; así, vino el faisán, se acercó el venado, bajó la paloma, acudió el conejo. La tórtola llegó sin ser llamada y picoteó en el hueco de aquella mano amiga y generosa. Sólo las víboras no entendieron su nombre.

Luego, Zamná ordenó a los vientos que corrían sin sentido. Gritó hacia el Oriente y el eco le respondió con lluvia; gritó al Poniente y le contestó el viento de la ruina. Del Sur arribó el viento del hambre y del Norte el viento de la revelación. Entonces, la gente aprendió a conocer los vientos, a respetarlos, a gozarlos y a temerlos.

Los pueblos se fundaron y recibieron su nombre según el oficio de sus pobladores, o bien de los animales, flores y frutos que hubo en cada lugar.

Zamná recogió vegetales comestibles, hizo venir a los enfermos y a cada uno le aconsejó que tomara lo que al oler sintiera que era bueno para su mal.

Los enfermos sanaron y Zamná comentó: "Sólo se ha de tomar lo que es bueno para el bien".

Cuando el propio Zamná escuchó el mar, envió hacia el Oriente a varios jóvenes porque adivinó que "en un tiempo salieron de las aguas arrancándose las escamas y tapándose las agallas, para respirar un aire que no conocían" (¿se tratará de las primeras especies terrestres?). Aquellas criaturas se arrastraron sobre la arena el primer día y al siguiente se alzaron ante la luz.

¿No te parece un sabio anticipo a las teorías modernas, sobre el origen y la evolución de la vida en la Tierra?

Retomando nuestra leyenda: los jóvenes regresaron; uno trajo sal, otro peces, el tercero perlas. Zamná distribuyó siempre con sabiduría, prudencia y providencia.

La sal a los ancianos, para que la repartan.

Los peces a las mujeres, para que provean el alimento.

Las perlas a las doncellas, para que se adornen y su vista cause felicidad.

Luego, Zamná, bajo un gran roble, descubrió el destino de todos:

Quienes pusieron su rostro junto a las raíces serían los sacerdotes.

Los que cortaron ramas, las aguzaron y prepararon las más gruesas para la defensa, serían los guerreros.

Quienes tomaron flores y bellas ramas para trenzarlas entre sus cabellos serían los artífices.

Los que se quedaron en silencio, al tratar de entender las voces mudas y el espíritu interno de las cosas, serían los profetas.

Cuando los Itzáes le preguntaron acerca de los sacrificios y ofrendas a los dioses, Zamná respondió que servían para testimoniar favores, lo mismo que para pedir perdón. Añadió que sólo es necesario ofrecer una fruta, un animal o un bien cualquiera a lo alto y dejarlo después sobre la tierra para alimento de "los que no tienen alas y se arrastran con dolor y vergüenza sobre sus pechos".

—Lo que vale más que cualquier ofrenda —aseguró— es el tesoro de un corazón limpio. Zamná levantó los ojos al cielo y al instante se detuvieron los luceros. Su brillo se hizo como lumbre y la luz se convirtió en música en los oídos de los hombres de fe.

Fundaciones

Cuando Zamná, el organizador, el sabio, el profeta, consideró que las cosas habían quedado en orden, convocó a los itzáes para indicarles que debían fundar ciudades.

Los hombres así lo hicieron; se separaron en cuatro porciones tribales —como es lo correcto de acuerdo con la función mágica del 4 (doble de la dualidad)— y tomaron caminos diversos. Al Oriente fundaron Chichén Itzá, cuyo nombre fue en honor de la unidad itzá.

Al Poniente erigieron T'ho.

Al Sur, Copán, que significa lugar "hollado". Al Norte se fundó "la ciudad oculta anunciada en las enseñanzas antiguas".

Todo quedó como debía de ser. Allí vivieron los itzáes cuando los hombres y los dioses se daban las manos desde las nubes y desde los árboles. El campo les daba alimento; los animales, alivio; las ciudades, paz; y las pirámides, alegría, sabiduría y esperanza. Así ocurrió hasta la llegada de los invasores que se anunciaron con vientos pestilentes y voz ronca, encima y por debajo de la pirámide del poniente.

Kukulkán

Las garzas se dispersaron volando, temerosas, en todas direcciones. Se oyó un lenguaje rudo de pronunciación atropellada, y los que hollaron los poblados impusieron la guerra. Un hombre alto "con rostro encalado y barba blanca" iba al frente. Sus seguidores le decían Quetzalcóatl; los mayas lo tradujeron como Kukulkán (Serpiente Emplumada, que en un principio fue Serpiente con Alas).

Se impusieron sacrificios humanos. Los itzáes quisieron huir, pero todos los caminos se cerraron con tupida maleza.

La leyenda cuenta que un día voló hasta el cielo y quedó tan admirado del brillo del sol que quiso hablarle como a un igual.

El sol se ofendió y le quemó la lengua.

Kukulkán precede al dios Chaac, su cola agita el viento y lo hace soplar sobre la tierra para barrerla y quitar toda la basura; después, la fuerza de Chaac hace caer la lluvia y ésta se vierte sobre el suelo limpio.

Las serpientes

Cuentan que la Serpiente de Cascabel tocaba sus sonajas ese día con gran entusiasmo.

—Vengan, vengan todas, amigas mías, voy a celebrar una fiesta.

Pronto llegaron las serpientes que oyeron el llamado, pues Cascabel era muy estimada y poderosa, y hacía unas fiestas memorables. Y así resultó ésta.

Al final de la reunión, que fue magnífica, Cascabel dijo que estaba tan contenta que quería concederle a cada una su mayor deseo.

—Yo quiero —pidió la primera— ser invisible para protegerme de los que me persiguen en el bosque.

—Serás color de tierra —prometió Cascabel.

—Yo quiero tener la panza más grande para comer mucho —expresó la segunda.

—Podrás tragar un cerdo —ofreció.

—Yo quiero ser bella —rogó la tercera.

—Te entrego los colores del iris.

La cuarta pidió fuerza y Cascabel le enfatizó que un golpe de su cola dejaría fuera de combate a cualquier enemigo.

La aficionada a la resolana y a la calma pidió subir a los tejados de las casas y Cascabel le concedió la agilidad de la ardilla.

La última, ¡quería comer serpientes!

—No —exclamaron todas y, echándose sobre ella, la devoraron de inmediato.

Tamaychí

Tamaychí es una divinidad protectora de los animalitos. Habla con ellos, los comprende y los ayuda cuando están en peligro o en dificultades.

Es como un genio benévolo y tiene el poder de un mago. Es invisible, pero acude cuando alguien lo necesita. Se cuentan numerosas intervenciones de este personaje singular, a continuación se narran algunas.

Uitzol, el pajarito

Un pajarito sin oficio se hallaba un día en el bosque, ocioso como de costumbre. Los demás pájaros iban y venían de sus nidos sin poder consolar a sus hijitos que se alborotaban y lloraban sin parar.

Llegó Tamaychí a preguntar qué problema había que hacía sufrir tanto a los pequeños:

¿Acaso no los cubren bien con su cuerpo, malos padres? ¿Por ventura, no les traen suficiente comida, holgazanes? ¿Los abandonan por irse a platicar con los amigos, irresponsables?

—No, señor, comen bien, están cubiertos y no descuidamos su vigilancia —dijo la Abuela Pájara—. Toda la vida están descontentos y se quejan porque no tienen diversión.

Entonces, Tamaychí consideró que era cierto y tomando a Uitzol, el pajarito sin oficio, entre las manos, le ordenó:

—Tú, ocioso, vas a tener quehacer desde hoy: brinca y canta para que los pajaritos se diviertan cuando se asomen en los nidos, y no lloren tanto.

Por ello Uitzol da saltitos, al parecer inútiles, y canta todo el día.

Las lagartijas

Los primeros hombres y sus hijos molestaban constantemente a las lagartijas. Al jugar con ellas les estiraban las patas, les movían la cabecita, las hacían caminar sobre piedras rasposas, y un día, ¡hasta les cortaron la cola! Una comisión se presentó ante Tamaychí.

La lagartija más lastimada se adelantó y habló:

—Señor, los hombres y sus hijos nos maltratan. Mira, nos cortaron la cola y ahora los animales del bosque se burlan y nos dicen que parecemos ranas.

—Sí —añadió otra lagartijita asustada—, ayer me iba a comer una víbora y tuve que gritarle: "¡No soy sapo ni rana, soy una lagartija!".

—Lo bueno es que la víbora, torciéndose de asco, exclamó: "Ush... aléjate... las lagartijas me dan náuseas" —afirmó la primera que habló con Tamaychí.

Entonces, el poderoso amigo de los pequeños de la selva les prometió:

—El corte de la cola no va a dolerles nada y, además, cada vez que la pierdan, les daré una más larga. ¿Contentas?

—Sí, sí —dijeron las lagartijas a coro y se alejaron estrenando colas.

El zorro

La gente se quejaba de que el zorro hacía destrozos en los corrales. Intentaron alejarlo con otros alimentos apetecibles, pero el animal no los probó; seguía asaltando los corrales en las noches.

—Tamaychí —invocó un granjero desesperado—, mira lo que hace el zorro: mi gallinero está perdido por su culpa.

El hombre quemó un poco de copal amarillo cerca del gallinero y escuchó al poderoso ser protector de los necesitados.

—Hablaré con él —ofreció.

—Oye zorro, necesito hablar contigo: preséntate —le mandó decir con un tecolote o búho, de los Tukur que sirven de mensajeros en esas regiones—. Tengo muchas quejas de tu comportamiento.

—Prodigioso señor Tamaychí —se quejó el animal cuando estuvo ante él—. Tú dispusiste que comiera carne de gallina. No sé comer otro alimento; lo que es gallina ¡no me dan! Y cada vez que como, me persiguen y me apalean.

—Tienes razón, amigo —contestó Tamaychí—, yo dispuse que comieras carne de gallina: ¡eso habrás de comer! Pero voy a hacerte más leve el castigo.

—¿Cómo? —preguntó.

—Come bien. Sé muy cuidadoso y acércate en silencio. Cuando te persigan, al pimer palo, a la primera pedrada, al primer chicotazo, al primer golpe de sartén, de olla, de piedra de moler, de cuchara de fierro o de pala, te tiras al suelo, te quedas quieto, sin moverte, sin abrir los ojos y detienes un momento la respiración. En cuanto den la vuelta, al creer que estás muerto, ellos se retirarán. Escaparás sin que te alcancen.

La urraca

Trabajaba mucho la urraca y no querían pagarle.

Se quejó con Tamaychí y éste le dijo:

—Vamos a comprobar si es cierto lo que dices

La urraca trabajó para un loro, luego para un sapo, después para la zorra y nadie le pagó.

—Bien —le indicó Tamaychí—, desde hoy roba todo lo que quieras.

A partir de ese día la urraca roba rosarios, dedales, medallitas... sí: tiene predilección por los metales y es particularmente aficionada al oro.

"Ha de querer reponer las moneditas que todos le quedaron a deber."

Los sueños

Una linda mariposita lloraba porque perdió sus alas.

—Mis alas eran muy hermosas, Tamaychí —gemía desconsolada.

—No llores, pequeña, tal vez puedas vivir sin alas.

—Sí, tal vez pueda, señor, pero eran tan bellas; estaba tan feliz con mis alas... ¿No volveré a tenerlas?

—Tengo una solución para ti, pequeña —le indicó que debía ir por el camino del Oeste hasta llegar al cruce, después seguir hacia el Sur, allí encontraría un monte que también debía escalar—. En ese lugar encontrarás la ceiba más frondosa, ampárate a su sombra.

La mariposita caminó y caminó según las instrucciones de Tamaychí. Buscó la ceiba grande y estaba tan cansada que en una raíz saliente se quedó profundamente dormida.

Al despertar vio frente a ella a Tamaychí, este genio protector que conoce el alma de los animalitos, y le dijo alegremente:

—¡Te veo feliz, pequeña!

—Tamaychí, Tamaychí, estoy contenta porque en sueños volé hasta las nubes con mis hermosas alas, aunque veo que no las tengo.

—Así es, pequeña, las ilusiones y los sueños nos dan felicidad, aunque sólo sean eso, ¡sueños!, y se desvanezcan cuando despertamos.

Juan Tul

Juan Tul es un conejo al cual la leyenda le atribuye numerosas aventuras. Él es muy listo y casi siempre sale ganando.

Muchas veces se burló de la Ardilla. Un día, pasó ésta y vio al conejo con los brazos en alto y las manos contra el techo de su cueva.

—¿Qué haces, Juan Tul?

—Estoy sosteniendo el techo de la cueva, parece que se va a desplomar.

—Oh, con tu permiso: voy de paso.

—Adiós.

Al día siguiente, la Ardilla volvió a pasar y Juan Tul seguía en la misma postura; así se colocó cuando la vio acercarse para hacerle creer que había sostenido el techo desde el día anterior.

—¿Todavía sostienes el techo de tu cueva, Juan Tul?

—Sí, amiga; estoy muy agotado.

—Déjame ayudarte —dijo, compasiva, y allí se quedó en lugar del conejo un día y otro más.

Al tercer día, ya muy cansada, la Ardilla aflojó un poco las manos y se dio cuenta de que el techo no se estaba cayendo, de modo que ésa fue una de las bromas que solía jugarle Juan Tul, por lo cual se retiró disgustada.

Unos días después se encontraron nuevamente y como la Ardilla le reclamó por el engaño, Juan Tul, haciéndose el sorprendido, le dijo:

—¿Cuál cueva, amiga? Desde hace meses no he salido del zacatal... Mira, hasta tengo los bultos hechos para entregar, ayúdame a cargarlos.

La Ardilla le auxilió con los más grandes, que puso sobre su espalda. Juan Tul cogió el bultito pequeño que quedaba en el suelo y se echó a correr.

—Otra vez me engañaste —se quejó la Ardilla. Con gran trabajo se logró librar del cargamento y se escapó.

A los pocos días, se encontraron otra vez.

—Juan Tul, me has engañado ya dos veces: te voy a castigar con esta vara —lo amenazó. El conejo negó los cargos y, al ver que la Ardilla estaba decidida a pegarle, le dijo:

—Tonta, al castigarme por algo que hice o no hice, vas a dejar los piñones que están tirados en aquella orilla.

La Ardilla fue a buscar los piñones y, mientras los recogía, Juan Tul se le perdió de vista.

—¡Van tres! —dijo enojada.

Otro día se encontraron al salir del bosque:

—¡Juan Tul, por fin te encuentro! ¡Vas a ver!

—Yo no soy Juan Tul. No soy ni de este rumbo, acabo de llegar de aquel bosque.

—Bien, señor, perdone mi confusión, que usted era Juan Tul —en seguida le pidió—: tengo sed y usted trae un calabazo lleno: ¿me dejaría beber?

—Claro: bebe lo que gustes —y le embutió el calabazo en la boca.

La Ardilla, realmente sedienta, bebió hasta dejar vacío el calabazo y cayó privada de sentido. Apenas alcanzó a entender lo que Juan Tul gritaba entre risotadas:

—Miren a esta borracha: se acabó mi balché —luego lanzó una nueva burla directa—: tonta, tontísima, así eres incapaz de ponerte de pie; alcánzame si puedes... —y el soberano bribón se echó a correr.

Los aluxes

Los aluxes se semejan mucho a los duendes. Son como niños, pero muy peque-ñitos; sólo se dejan ver alguna vez, cuando alguien los sorprende antes de que se vuelvan transparentes o invisibles.

Viven en las "cuyas" (montículos de ruinas) y en los sembradíos. Buscan luga-res donde hay agua para esconderse.

No son malos, sólo traviesos. Suben y bajan. Tiran piedritas. Se roban el fue-go para jugar. Pisan las matitas que empiezan a brotar, al corretearse por ahí. Si alguien oye ruiditos extraños, pisadas o la caída de algún trasto, seguro que están haciendo de las suyas. Si perciben que alguien los escucha o trata de descubrirlos, se alejan "a la carrera", siempre por pares o "en montón".

Si una lumbre arde y salen chispas, corren por ellas y se las arrojan unos a otros; si acaso se interrumpe su juego —con una palmada o moviendo las brasas para evitar el chisporroteo—, se esconden, pero no se van. Esperan un momento para presentarse nuevamente y seguir el juego. En ese caso se alborotan más bai-lando alrededor del fuego.

Pocas personas aseguran haberlos visto y casi siempre se trata de ancianitos a quienes se les cumple esta curiosidad, y son ellos —gente seria y confiable— quienes han informado de la apariencia y andanzas de esos minúsculos seres legendarios.

"Los aluxes tienen sus terrenos y hay que respetárselos", se comenta en los pueblos. No hay que invadir sus propiedades; si se siembra en uno de sus terrenos, antes hay que congraciarse con esos seres invisibles y misteriosos, juguetones y "maldosos".

Hay que hacerles saber que se les toma en cuenta, que merecen respeto y que no se desea molestarlos ni interrumpir su vida.

Para mantenerlos contentos y evitar que perjudiquen los primeros brotes de una siembra, los campesinos suelen "regalarles" comidita: dulces, pan, pozol y hasta cigarritos.

El sumidero: ¿suicidio colectivo?

El estado de Chiapas —al extremo sureste de nuestro territorio nacional— pertenece en su mayoría a la cultura maya.

Se hallan importantes ruinas en lugares como Altar de Sacrificios, Lacantún, Bonampak, Yaxchilán y Piedras Negras.

A principios del siglo XVI los españoles trataron de someter a la región. Luis Marín acometió en 1523, pero no tuvo el éxito esperado; los chiapanecos siguieron defendiéndose. En 1527, Diego de Mazariegos logró vencerlos con una tropa española de 150 infantes y 40 soldados.

Cuenta la leyenda que al entrar el capitán español, pocos habitantes quedaban en el poblado indígena, la mayoría ancianos, niños y mujeres.

Al verse derrotados, los chiapanecos reaccionaron de una manera semejante a los hebreos sitiados por los romanos en Masada, quienes prefirieron morir en forma colectiva que caer en la esclavitud. Cuando tomaron aquella plaza, los romanos no encontraron a nadie con vida; aquí, los diezmados indígenas —tras los cuatro años de resistencia— al saberse vencidos, ¡se lanzaron desde el peñón de Tepelchía hacia el profundísimo barranco, donde perecieron!

A pesar de la extrema escasez de indígenas que había en la plaza, Mazariegos la dio por "tomada en nombre de España". Fundó con los sobrevivientes la ciudad de Chiapa de los Españoles, donde existió el pueblo de Hueyzacatlán, hoy San Cristóbal de las Casas.

En Sotoctón, la antigua Chiapan de los Indios, se fundó la actual Chiapa de Corzo. Tal fue la legendaria historia del suicidio colectivo del Sumidero y tales son las dos Chiapas que determinan el nombre plural de dicho estado.

Fórmulas, brujos, serpientes y personajes

Hay que tener cuidado si, yendo por Chenalhó, en las Tierras Altas de Chiapas… hasta Guatemala, escucha el terrible conjuro de un brujo:

"Trece diablos malignos, trece dioses de la muerte, culebra amarilla, culebra verde, oídme: Una vez os mando. Nueve veces os mando."

El "trabajito" lo manda hacer quien tiene una enemistad y lleva un trozo de cabello o un jirón de una prenda para pedir venganza.

Las víctimas de este embrujo se invaden de inmediato de dolores de estómago que a veces se complican con otros síntomas —dolor de cabeza, cojera, "mal de manos", falta de vista—, que pueden agravarse y ocasionar la muerte.

Hoonob, la serpiente amarillo-dorada, es muy poderosa: causa la muerte a quien se ponga un sombrero o un huarache que estuvo en el lugar donde ella se arrastró. También se recibe su fuerza maligna si ella pasa sobre la prenda que alguien se pondrá.

Un brujo puede "introducir" un sapo, insecto o víbora en el cuerpo de determinada persona para dañarla; a veces le produce tumores.

Además, se afirma que si una mujer pierde a su bebé al principio del embarazo, no era tal bebé, sino que "llevaba un animal perjuicioso entrometido".

La Malhora

La Malhora es un personaje tradicional de las creencias populares, pues es parte esencial de numerosas leyendas.

No tiene forma definida; es un espíritu un tanto "nagualesco", ya que cambia de aspecto según el momento y de acuerdo con la persona que "la ve". Siempre —dicen— "llega cuando no debe", se presenta en mala hora, a eso se debe su nombre. Además, tiene la costumbre de "malhorear"; sus "bromas" son pesadas y a veces fatales, como ésta que escuché (te advierto que pocas veces adquiere figura de hombre, siempre de mujer):

Juan se peleó de palabra con su compadre Chano y salió a su labor. Hasta allí llegó la esposa de Chano y le reclamó a Juan, quien dijo algo así:

—¿Qué pasó, comadrita?, el disgusto no era con usté, ¿qué tantas mentiras o injundios le contó su viejo?

—Ay, compadre, yo no pensé que usté me levantara falsos; tá bien que me haiga visto con ya sabe, pero sólo semos, cuatitos desde enantes...

De este modo la Malhora, en forma de la comadre, sigue el diálogo que por lo común conduce a equívocos, confusiones y futuros problemas graves con el ausente.

Pero puede ser que la comadre sea ella y no una aparición de la Malhora... Los creyentes no aceptan dudas; a veces los "aparecidos" son reales, pero se llevan su golpiza. Entonces, el golpeador se disculpa:

—Perdona no era a ti a quien golpeaba: anoche platicamos de la Malhora y creí que era ella... Pues en mala hora ¡te digo!

El sombrerón

Parece pequeño y a medida que se acerca va creciendo y se aparece a los ebrios que andan fuera de casa; les provoca traspiés, los amenaza con bufidos o con golpes de su enorme y pesado sombrero para hacerlos pensar y jurar escarmiento.

El cadejo

El cadejo es una especie de perro —demonio que aparece según tradiciones y consejas de toda el área del pasado maya desde Yucatán hasta El Salvador.

Y sucedió un día, en el hermoso rancho azucarero de don Manuel, donde se usaba un trapiche para moler la caña que llega a carretadas y los peones destrozan con enormes machetes para volcarla luego sobre los engranes que la convierten en jugo espeso... Ese jugo se cuaja para formar panela, antecedente de la azúcar, lograda después de varios pasos que la depuran.

La faena era pesada, de modo que con esa noche llegó el agotamiento. Cada uno de los trabajadores se acomodó en su hamaca, y quien no tuvo una se echó sobre un costal en un lugarcito fresco.

Al dar las 12, justo en la penúltima campanada, Jacinto —uno de los más cansados— sintió sobre sí una luminaria de fuego. Quiso enderezarse, mas alguien lo detuvo echándole espuma caliente y un vaho asqueroso.

Jacinto se tiró de la hamaca y se revolcaba pidiendo auxilio. Los demás escucharon y, sorprendidos por los ruidos de la lucha, las voces y la luminaria como de incendio, exclamaron, a cual más asustado:

—¡El cadejo! ¡El cadejo se está revolcando!

—Hay que pegarle cintarazos con los cueros mojados.

—Hay que darle de palos hasta que huya.

—¡Vamos a ayudarle a nuestro compañero, el cadejo lo va a matar!

Al acercarse se dieron cuenta de que no se distinguían dos personas luchando; aunque de pronto se veían unos y otros pies, unas y otras manos; una cara humana llena de espanto; una máscara horrible de perro endemoniado, ¡cuernos!, ¡fuego!

—Calma —suplicó la boca humana que salía entre la confusión del pleito—. Soy Jacinto —rogaba—, ¡no me peguen más!

Los amigos se descontrolaron. Uno de ellos imploró:

—Ya, Jacinto, no te dejes "posesionar", ¡parece que el cadejo anda suelto!

—No vuelvas a invocar a ese monstruo —añadió un segundo.

Tales fueron las advertencias, que los rancheros, invadidos por el pánico, simularon al momento que formaban la cruz con ambas manos para retirarse sin dar la espalda.

El incendio cesó. Jacinto estaba muy golpeado y con algunas quemaduras. Él mismo nunca supo —ni sabrá— cómo llegó el cadejo o de qué manera su persona admitió al enemigo transformándose en ese personaje de las viejas leyendas.

La Tisigua

Doña Micaela, vecina de un rancho cercano a Terán, como todos los habitantes "de por allá", creía en la Tisigua y le temía porque tenía un apuesto hijo de 18 años. Las vecinas le llenaban la cabeza de dudas sobre el comportamiento del muchacho... que si lo buscaban las chicas casaderas... que si ya tendría hasta familia en el mismo Terán o en algún rancho del rumbo...

"Envidias" —pensaba la madre disgustada—. Pero el día de la fiesta después de arreglarle a Nicho su mejor ropita y antes de irse a velar al Santo Señor para pedirle gracia, le habló con sinceridad. Le advirtió que en el Sabinal y en las pozas cercanas se aparece la Tisigua y atonta a los jóvenes que se dejan engañar. Que es muy hermosa y sólo espera que algún descuidado esté más de la cuenta en el baño para hacer de las suyas.

—Eso de la Tisigua es cuento viejo, má...

—Anda, si no lo crees, ni lo digas, porque agarra venganza, ¡y es mala!

—La Tisigua es para gente sin oficio y sin sesos. Ya pasó el tiempo en que los espantajos y aparecidos daban miedo...

—Velo vos, Nicho, ahí está Lipe, el hijo de don Chano, convertido en idiota porque la Tisigua le dejó escurrir miel en su sombrero y le cayó en la cara... y le mojó su cuerpo. ¡Velo vos, mi niño!

—No tema nada, má. Sí, voy al Sabinal porque el agua es fresca y agradable el baño, pero de la Tisigua, ni hablar, ¡porque no existe!

Con esta pena, doña Micaela se fue a la función del Santo, y en ese descuido se fue Nicho a bañar al Sabinal. Colgó su ropa en las ramas de los sabinos junto al río y entró al agua. Disfrutó un rato de la frescura y dio unas brazadas. Después, sobre una piedra, comenzó a enjabonarse.

Entonces, detrás de él escuchó unas palmadas. Volteó de inmediato; no había nadie, pero vio que las hierbas se movían como si alguien se ocultara. Continuó su baño con cierta timidez y precaución porque supuso que lo espiaban. Escuchó de nuevo las palmadas y un silbidito como de invitación.

Se quitó el jabón de la cara y volvió a zambullirse. En eso, una bella joven salió de entre las aguas frente a él: ¡bonita, la malvada!

El muchacho nadó hacia ella sin alcanzarla. La mujer apareció detrás del tronco de un sabino. Nicho se olvidó por completo de las consejas y las recomendaciones y se lanzó justo al lugar donde aquella cara hermosa sonreía y sus ojos guiñaban.

Pero Tisigua se salió de inmediato del agua y recogió el sombrero que Nicho colgó en una rama, cerca de su ropa. Saltando sobre el joven le embutió el sombrero hasta media cara; empezó a escurrir miel y luego agua lodosa con olor a azufre.

Con carcajadas y golpes de las manos sobre sus propios muslos, la mujer celebraba su victoria. Él quiso defenderse, gritar para reclamarle, pero no podía hablar con claridad. Mientras él balbuceaba, ella desapareció.

Nicho recogió su ropa y se la puso "como se la pondría un tonto". Llegó a su casa muy tarde porque no recordó el camino. Los vecinos salieron en su busca; al regresar sin haberlo hallado —por el camino acostumbrado— ya estaba el curandero rameándolo en presencia de su madre. Él se veía como alelado.

Señor de las Ampollas, Señor de Esquipulas, devuélvele su persona a este cristiano —decía el 'men. Eran buches y buches de aguardiente sobre su cara, sus brazos, su cabeza y Nicho seguía en tal estado.

Virgen de Copaya, Virgen de Olachea, que se vea su milagro. San Marquitos de Tuxtla, San Agustín de Tapachula, San Pedro de Tapana, Pasión Verde de Chacotepec...

Doña Micaela calentaba y recalentaba el café para su hijo y éste "no volvía a su ser". Don Crispín, especial para curar espantos, seguía invocando sin provecho. San Sebastián de Chiapa, cúralo... San Caralampio de Comitán, apiádate... San Pascualito, sánalo...

Pero Nicho nunca sanó. Ahora pide de casa en casa su comida por los ranchos y las calles de Terán, y cuando le dan algo, ríe con su mueca tonta hacia arriba, como si viera a algún aparecido.

Dice la gente que al recibir un bocado, Nicho piensa que la Tisigua es quien se lo da y él agradece con la sonrisa de su razón perdida.

El Grillo y el Tigre

Cerca de Izapa —localidad chiapaneca vecina de la frontera con Guatemala— oí llamar "Coronel" al Grillo, y "General" al Tigre Balam.

Interesada por los curiosos grados militares de estos personajes, comenté, indagué, y aquí está la historia:

Los animales de la selva y hasta los mismos hombres saben desde el principio que Balam es el rey. Sí el Tigre, Ocelote o Jaguar, el invencible por su poder, su fuerza y su presencia.

Los pequeños del bosque: saltones, como el grillo y la rana; rastreros, como los gusarapos, las lombrices de tierra y las cochinillas; volantes, como el avispón, el jicote y el tábano, además de las moscas y los mosquitos, eran constantemente rechazados, menospreciados, ignorados o aplastados por los grandes. Se quejaban y trataban de defenderse, pero el Tigre aconsejó a los grandes que los persiguieran, los maltrataran, los golpearan con el fin de destruirlos. Aquello se volvió una guerra sin cuartel, se estableció una guerra de guerrillas.

Hasta que un día... el Grillo libró a una catarinita de ser pisoteada por un tapir malintencionado. El padre de la catarina —que era mago—, le agradeció al Grillo el salvamento de su princesa y luego comentó:

—No sé qué haríamos los pequeños si no hubiera paladines entre nosotros. ¡Valemos tan poco! ¡Somos tan insignificantes!

—Podríamos unirnos para defendernos —propuso decidido el Grillo.

—Hay que hacer una alianza, olvidar nuestras diferencias, dejar nuestra discordia y esconder nuestra envidia —dijo don Catarino—; si logramos unirnos, no podrán vencernos.

El Grillo tomó la responsabilidad de unir a los pequeños y atacar sin descanso a Balam, al tapir, al gato montés, al venado y a todos los demás que "se pasean como dueños del mundo". El Grillo comentó que si los piquetes, zumbidos y gritos son molestos, con esas armas podían atacar a los grandes y vencerlos. Don Catarino, el mago, se encargó del conjuro que haría más fuertes las voces y los zumbidos, así como que los piquetes ardieran más.

Balam rugió y los poderosos de la selva acudieron y lo nombraron "General"; éste les aconsejó no amedrentarse.

El Grillo ordenó ataque constante a todos y por todos lados. Picar y picar sin piedad desde las patas hasta la cabeza, la trompa, las orejas y la cola, al tiempo que los zumbadores y gritones aturdían a los grandes al punto de enloquecerlos.

Los grillos menores y las cigarras frotarán con fuerza sus instrumentos ensordecedores; los mosquitos, las moscas de la fruta, los abejorros y los jicotes afilarían sus lanzas y activarían su veneno.

El ejército de Balam se adelantó dispuesto a vencer, pero los pequeños —siguiendo los consejos y bajo la supervisión del Grillo— picaron a los grandes, éstos se rascaron y se rascaron hasta reventarse la piel, sangrar de las pezuñas y garras, lastimarse los oídos al tratar de tapárselos contra el ruido. Sus ojos irritados manaron lágrimas que les impedían ver por dónde era mejor huir. Los pequeños los persiguieron hasta que cada uno se fue por su lado.

Cuando decidieron volver, el Grillo se enseñoreó sobre una peña y empezó a llamar a los pequeños con su sonidito insistente.

Balam se adelantó y propuso además que cada uno cumpliera su función en la Tierra, pero que cada cual respetara a los demás.

El Grillo aceptó el trato; los saltones, rastreros y voladores estuvieron conformes.

Entonces nombraron "Coronel" al Grillo. Éste vigila desde su peña adelantada y todos, grandes y pequeños, viven en armonía.

El duende y las hamacas

La leyenda del duende es la responsable de que la gente de la costa de Chiapas no pase la noche en la hamaca, la cual es el lecho especial de las regiones cálidas: aérea, móvil por sí misma, mece, envuelve y arrulla con el trac-trac del roce de la cuerda sobre la madera —árbol o viga— donde está asegurada. Ha sido siempre indispensable para el descanso nocturno en esos rumbos; sin embargo, hace tiempo que la hamaca se usa en el día; y en la noche, ¡se recoge!

Se cuenta que un nativo de Juchitán, Oaxaca, trajo de su tierra una hamaca de lo más amorosa y confortable, y claro está, dormía en ella, causando la envidia de los demás peones. Pasaba todas las noches meciéndose, dormido plácidamente entre sus hilos, hasta que una noche:

Un ser invisible movió la hamaca del tehuano a su gusto y antojo... Parecía que un viento huracanado llegaba. El hombre se inquietó al parecerle ese movimiento fuera de lo normal, pues nada del contorno se movía. Abrió bien los ojos; al no ver a nadie pensó en algún ser misterioso, en un espíritu que lo columpiaba. Los impulsos eran cada vez más fuertes y la hamaca se azotaba contra las paredes de vara, luego rozó el techo de palma de la palapa en que dormía. Tuvo miedo:

—De los vivos, yo me defiendo —reflexionó y se dejó caer al suelo antes de ser lanzado. En ese momento sintió "clarito" que alguien lo empujaba.

Los demás peones que dormían cerca oyeron el golpe y acudieron a auxiliarlo; al saber su versión del asunto, muchos se rieron de sus "pesadillas", pero uno comentó con voz de sabio:

—Cuando alguien se muere en una hamaca, su alma no deja que otro pueda acostarse en ella.

Luego todos rieron y tomaron comiteco (licor de Comitán), pero desde esa noche nadie durmió tranquilo. El supuesto difunto dueño de la hamaca del juchiteco —quien ya no la usaba— no había sido el culpable: existía alguien más, un ser invisible, ¡el duende! El duende se molesta con el trac-trac de las hamacas en la noche...

Desde esos días, la leyenda del duende se propaló, las madres se amedrentaron y asustaron a sus hijos; la creencia se extendió a tal grado que hoy en esa zona las hamacas se usan en el día para descansar ventilándose en las tardes —para la siesta fresca del trópico—, pero en las noches... ¡se alzan y se amarran sobre sí mismas para evitar que el duende venga a moverlas y ponga en peligro a los durmientes! Esa gente duerme en el suelo en costales o esteras, o bien consigue un catre, nunca tan confortable y propio para el clima como una hamaca, pero así se libran de que el duende, atraído o molesto con el trac-trac continuo, venga a hacer un perjuicio.

Unos dicen que han visto al duende como un hombre espantoso y descamado, otros aseguran que es un enanito como gnomo, cuyos enormes brazos adquieren una fuerza descomunal para sorprender en las noches a los que duermen en hamaca y lanzarlos al suelo.

Ya sea que se presente en una u otra figura, todos están seguros de la existencia de ese ser sobrenatural y tratan de evitar su presencia.

La Virgen Generala

Corría el año 1712. Chiapas pertenecía a la Capitanía General de Guatemala. La capital, entonces llamada Ciudad Real, vivía días de angustia porque contaba con 32 pueblos sublevados.

Se realizaron hechos heroicos de ambos lados. Al fin, un refuerzo de 600 soldados llegó de la guarnición militar de Ciudad Real. El comandante era muy devoto de la Virgen. Ante la desventaja de los suyos en número de combatientes, la invocó pidiéndole su ayuda.

Cuando la lucha arreciaba, los atacantes empezaron a huir, con lo cual vencían las tropas regulares.

Uno de los jefes rebeldes les reclamó su derrota a pesar de que eran tantos contra los defensores de Huixtla. Los vencidos explicaron que eran menos los soldados, pero que, tras aparecer una gran señora en la torre de la iglesia, les arrojaron flechas y pedradas desde lo alto, causándoles heridas y muertes.

A la hora que el devoto se dirigió a la catedral a dar gracias por la ayuda divina, sus acompañantes prisioneros y pueblo sometido señalaron la imagen de la Virgen de la Caridad, venerada en una capillita interior, como la causante del envío de los proyectiles.

El caso milagroso —sobrenatural— se le propuso a Guatemala y de allí pasó a conocimiento de España. Desde entonces la Virgen de la Caridad es la protectora de Chiapas, con el título de Generala y patrona de la ciudad.

En su catedral ostenta la banda de Generala puesta en su hombro izquierdo. En el brazo izquierdo sostiene al Niño Jesús ¡con un bastoncito de mando militar!

Las piedras haraganas

Hace cientos de años, el pueblo de Chamula no aceptaba entre sus vecinos más que indígenas, descendientes sin mezcla de los primitivos pobladores. Por tanto, no vivían allí blancos ni mestizos —castellanos y ladinos, a su decir—, cuya presencia ocasional se debía sólo al comercio o a alguna visita completamente necesaria y brevísima.

Entre la población "indígena" se asentaron algunos negros cimarrones —por mal nombre baguales—. Muchos esclavos de las fincas cafetaleras o cañeras de la región huían al campo con peligro de ser cazados o encadenados por los vigilantes; se perdían entre la maleza de los montes y, si daban con algún camino, llegaban a los poblados ínfimos del rumbo y buscaban acomodo entre los naturales. De este modo arribó Sempronio al pobladito de Chamula. Por supuesto que había sido bautizado como José antepuesto a Sempronio, igual que los demás José —hijos de esclavos negros o de indios en encomienda que además compartían el apelativo de su amo.

Sempronio era temido y respetado porque dio pronto señales de ser sabio, hechicero o alguien "muy entendido". Decían que con sólo la vista podía quitar la vida; que tenía una especie de coraza donde botaban los males que otro le deseaba, que "ni bala ni flecha traspasaban su cuerpo"...

De acuerdo con esa primacía que adquirió con su fama legendaria, Sempronio opinaba en todos los asuntos y las resoluciones importantes de Chamula; por lo tanto, sobre cuando se levantaría la iglesia titular.

El negro tomó el camino y un numeroso grupo de personas iba tras él. Se detuvo frente a una Cruz —la misma que hoy se encuentra sobre un pedestal— a unos 40 metros del templo de la actualidad.

La gente hizo lo mismo, Sempronio realizó una gran inspiración, volteó la vista al cerro y empezó a chiflar. Al oír este llamado, las piedras del monte se volvieron carneros y bajaron tras un macho negro malencarado y fortachón que, a los pies de Sempronio, se convirtió en una piedra.

Los demás carneros también recobraron su forma original y, al cabo de unas horas, hubo un montón de piedras para el templo.

Entonces, Sempronio chifló de nuevo. Las piedras de otro cerro se transformaron en carneros blancos, llegaron hasta el poderoso hechicero y formaron un gran montón de piedras blancas.

Mas el cerro del sur, a la izquierda de la carretera hacia Chamula, no soltó sus piedras; éstas permanecieron allá a pesar de los chiflidos del negro. La gente, indignada, empezó a gritar:

—Chaján canvitz, Chaján canvitz... —que en idioma nativo quiere decir "cerro de piedras haraganas".

Desde ese día el cerro se conoce con ese nombre.

El ámbar

El ámbar se formó debajo de la tierra con destellos de sol, sangre y dolor del tiempo, cuerpecito perdido de algún insecto próximo a desaparecer que huía de la muerte.

La resina que lloraron aquellos árboles antes de perecer sobre las hojas del abundante guapinol (leguminosa prehistórica) —hace millones de años— se cuajó en el olvido oscuro y se guardó para el mañana sin promesas.

Su aroma es dulce; a veces quiere ser copal para saber de ofrendas y arde formando un arco iris de luces...

El ámbar es muy estimado como amuleto y su polvo como remedio en la zona chiapaneca. Los yacimientos de Simojovel son ricos en ámbar color vino... Hay en Chiapas otros depósitos de ámbar negro, verde musgo, opaco, jaspeado. Se recoge en Huitiapan y en Totolapa. Los agricultores aprovechan "las secas" para arrastrarse —hincados— por las minas, en pos de su riqueza; pero... ¿cómo se descubrió la existencia del ámbar?

La leyenda dice que hace cientos de años, un vecino de San Cristóbal se encontró por un camino a un anciano que le pidió socorro porque no tenía que comer.

Aquel hombre compartió su comida con el necesitado y éste, al despedirse, le profetizó:

—Bajarás al río este próximo Hábeas... irás de noche. Rezarás un Padre nuestro y un Avemaría. Cuando canten los gallos meterás la mano al río: él te dará riquezas. ¡Guardarás el secreto!

Así lo hizo, según el consejo, y notó que en el agua del río se hallaban algunas gemas. Arrimó a su mula y juntó un cargamento de ámbar. ¡Era ámbar lo que el agua llevaba!

Una vez cargada la mula "más que poco" y sus espaldas "nada mucho", se encaminó a la población. Allí vendió su carga, tuvo para sembrar toda su milpa —que era grande— e hizo fortuna.

Un compadre envidioso trató de hacerle confesar el origen de su riqueza, pero el afortunado recordó la recomendación de su benefactor acerca del secreto y le dio largas. El compadre insistió primero y luego amenazó al amigo, por lo que éste le dijo solamente:

—Un viejo limosnero que anda por los caminos de Simojovel... Y el compadre, movido por la codicia, no esperó más. Salió en busca del anciano; al encontrarlo le aventó un pan y le advirtió:

—Este pan tiene precio: quiero ser rico como mi compadre.

A pesar del mal modo, el anciano le reveló el secreto.

Esa misma noche el compadre fue al río. No rezó. Metió al agua las manos —abriendo y cerrando con ansia—. El río empezó a verter piedras y él a rodearse con ellas. Y cuando se dio cuenta no podía moverse; estaba sepultado bajo el ámbar y no pudo salvarse.

Unas peñas cayeron alrededor y formaron un hoyo para ocultar todo debajo de la tierra. En ese lugar está la mina de donde se extrae el ámbar.

Distrito Federal

La Noche Triste y el Salto de Alvarado

En la ciudad de México existe una avenida que va desde el oeste del Centro Histórico hasta el antiguo pueblo de Tacuba, hoy, parte de la ciudad.

Dicha calle recibe el nombre de Puente de Alvarado, en recuerdo del legendario salto que el capitán español, Pedro de Alvarado, efectuó una noche "tenebrosa".

Más adelante, antes de llegar a Tacuba, en la colonia Popotla, a un costado de la iglesia del Pronto Socorro, se encuentra —ya casi destruido por el tiempo, la indiferencia ciudadana y el irrespetuoso acto de algún loco— un viejo ahuehuete (árbol del país) cercado, que es conocido como Árbol de la Noche Triste.

Hagamos memoria de esos días históricos, origen de las leyendas respectivas.

La Noche Triste

Muchos de los capitanes más fieles y queridos habían muerto en la huida. Los restantes, exhaustos, maltrechos y malheridos, siguieron a Cortés hasta Popotla —hoy a unas cuantas paradas en Metro desde la calle Puente de Alvarado.

El capitán, muy decepcionado, furioso por haber sido descubierto en su huida, nos dice la leyenda, lloró.

Lloró, no como el moro que perdió Granada en 1492, a quien su madre reprochó el llanto; tal vez lloró de rabia. O quizá —dicen otros— vinieron a su mente de bachiller los romances de moros y cristianos que tanto conocía, y puso en el reparto de personajes a sus amigos entrañables, sus bravos capitanes muertos o heridos en batalla durante esa noche "tenebrosa".

"¡Abenámar, Abenámar, moro de la morería, el día que tú naciste grandes señales había!". "Los vientos eran contrarios, la luna estaba crecida, los peces hacían gemidos por el mal tiempo que hacía... Si duermes, rey don Rodrigo, despierta por cortesía, y verás tus malos hados, tu peor postrimería, y verás tus gentes muertas, y tu batalla rompida".

El salto de Alvarado

Don Pedro de Alvarado fue uno de los más esforzados capitanes que apoyaron a Cortés en la conquista de la Nueva España, origen de nuestra patria, México.

Alvarado era, además de sanguinario, fuerte, decidido y buen dirigente de tropas, a veces rebelde; de los adjetivos que le atribuyo, dan fe la historia y la leyenda. Le digo *rebelde* recordando la inútil matanza del Templo Mayor, hecha en ausencia de Cortés y sin su autorización. Dicha matanza le valió al rubio Tonatiuh —como le decían los indígenas por compararlo con el sol— una memorable reprimenda que, a su regreso, don Remando puso en estas palabras:

—Soldados somos, ¡eh!, don Pedro, ¡que no truhanes!

Los conquistadores y sus aliados habían hecho su agosto en la capital azteca.

Bien, pues a pesar de las estrategias, llegó para ellos una Noche Triste o Noche Tenebrosa en junio de 1520.

Los castellanos salían de Tenochtitlan por la calzada que unía esa ciudad con el reino de Tlacopan, tributario y vecino de Azcapotzalco. Dicha calzada fue construida sobre el lago y tenía cortes que los aztecas salvaban de día con unos grandes y sólidos puentes de madera, que retiraban de noche.

Los conquistadores, preparando su nocturna retirada, construyeron un puente similar —desarmable— que irían colocando en las zanjas que cortaban la calzada.

Sandoval, Olid, Velázquez de León, Garay, Bernal Díaz, Alvarado, así como el mismo Cortés, transportaban en la salida los fabulosos tesoros que habían acumulado para su rey, Carlos V: piedras preciosas, joyas y lingotes de oro obtenidos al fundir piezas de incalculable valor artístico.

Alvarado iba a la retaguardia —como la mayoría de las veces—, ya que era el sitio más peligroso ante la posible persecución.

Era una noche muy lluviosa, como suelen ser aún las noches de junio en la ciudad de México. Todo parecía darse según el plan, era una retirada silenciosa, incógnita, pero...

Una mujer que salió con un cántaro a buscar agua en la última fuente que proveía a los habitantes del lugar, escuchó el derrumbe del puente que pusieron los españoles, causado por el gran peso de los fugitivos, que iban junto con aliados, tesoros y caballos... Al llamado de aquella mujer, todos los vecinos tomaron las armas para perseguir a los conquistadores, en defensa de su tierra, sus propiedades y su vida misma.

Por todos lados llovieron esa noche flechas y piedras, por los puestos de vigilancia, por las azoteas de las casas cercanas a los bordes de la calzada, volaban como proyectiles los cuchillos de pedernal y los cacharros sobre los hombres que salían, quienes respondieron con arcabuces, bayonetas, espadas y caballos sobre la población isleña. Resultó una matanza terrible que llenó de caídos —de uno y otro bando— los espacios sin puente de la calzada.

Alvarado peleaba en la retaguardia, tratando de detener a los persecutores. Al llegar al tablado, que estaba sobre el lugar hoy conocido como Puente de Alvarado, cayó muerta su yegua al tiempo que se derrumbaba el maderaje.

Pedro tomó su lanza y la apoyó muy lejos, sobre piedras, tesoros perdidos, caballos muertos, soldados, víctimas —amigos y enemigos— y, como un gran atleta olímpico, ¡saltó hasta la continuación de la calzada firme!

Debo decir, sin sarcasmo, que esa marca de "salto de garrocha" no ha sido superada en las competencias mundiales...

Este salto es la prueba del poder, el ingenio y la fortaleza de que es capaz un hombre ante el miedo. Indica el gran apego humano a su vida terrenal: al sentirla en peligro, se olvida del riesgo y la defiende.

De allí se continuó la retirada hasta Popotla, donde ocurrió el episodio del llanto de Cortés por los perdidos esa noche, la Noche Tenebrosa o Noche Triste.

Después de este suceso, un indio tlaxcalteca, uno de sus aliados, condujo a los maltrechos y desilusionados castellanos a Tlaxcala, "país" enemigo de los aztecas. En esa "república independiente" se fortalecieron y se prepararon para sitiar Tenochtitlan hasta su caída.

Éste fue el fin del Imperio Azteca y el comienzo de la Época Colonial.

Los dos monjes

Entre las ruinas de un antiguo *teocalli* (templo azteca), en un barrio indígena, se hospedaron dos extraños monjes.

Ambos cabalgaban sobre mansas mulas. Su única escolta era un caballero rubio, alto, gentil y hermoso como un príncipe, quien había llegado sobre un hermoso caballo árabe.

Era el tiempo de la primera Audiencia cuando el cruel y voraz Nuño de Guzmán gobernaba en Mexitán. Así se llamaba la nueva ciudad levantada sobre los escombros de la vencida Tenochtitlan, antigua capital de la raza dominadora de los más pomposos cacicazgos y señoríos nativos.

En vano protestaban las familias formadas por los primeros conquistadores contra las orgías y abusos de los gobernantes, quienes llegaron cuando ellos ya habían guardado las espadas que les significaron años de batallas, esfuerzo y sinsabores. En vano señalaban y repudiaban a las mujeres aventureras que llegaban en los bergantines españoles, "entre los ganados de cerdos, corderos y reses, barriles de vino y sacos de semillas"...

Los dos extraños monjes vestidos de negro venían desde Jerusalén, trayendo —según ellos— un trozo de la cruz del calvario, reliquias diversas de mártires y santos, además de una bendición especial del papa para los fieles que besaran su vestidura.

Llegaron a guarecerse en ese pobre hospedaje, el antiguo teocalli, un día lluvioso y frío, después de rechazar el asilo en los conventos del clero establecido y el ofrecimiento que los gobernantes hicieron de sus ostentosos palacios.

Sin dar a conocer sus intenciones ni la razón de su rechazo, los tres singulares personajes pasaron los puentes que comunicaban la ciudad española con la azteca, y llegaron a ese humilde resguardo del barrio indígena.

Pronto fueron el blanco de las miradas y comentarios de los habitantes de la naciente y orgullosa capital. Lo que más se comentaba era el misterioso cambio de uno de los monjes durante las noches: en vez de manto negro, aparecía con uno blanco, muy blanco, hecho de seda, que a la luz de la luna, en la oscuridad de las calles, relampagueaba con reflejos plateados.

Aquel monje predicaba sobre una canoa india; al echarse a la espalda la capucha de su manto blanquísimo, dejaba a la vista un rostro sumamente joven, sin barba, rodeado de una corta y ensortijada cabellera rubia. Y lo más extraño era que predicaba con palabras indígenas; hablaba de milagros evangélicos, y consolaba a los enfermos y miserables indígenas que lo rodeaban.

Los monjes y su guardaespaldas fueron requeridos por el gobernador Nuño de Guzmán y por el obispo Zumárraga. Aquellos mostraron una autorización del papa en la cual se rogaba que no se les molestara en su misión evangelizadora.

El monje más alto no cambiaba su ropa negra y hablaba con voz pausada; predicaba entre la población hispana, reclamándoles su avaricia y mal comportamiento, su crueldad, así como el olvido de la enseñanza de una religión de hermandad, de paz, que era —como se pensaba— objetivo de la conquista.

El monje menos alto no dejaba ver su rostro en el día: se ocultaba casi por completo bajo la capucha negra y los pliegues de su manto.

El rubio acompañante iba siempre tras los dos monjes que caminaban con las manos entrelazadas, cabalgando lentamente, acariciando el regio puño de su espada, siempre silencioso.

Una noche, al terminar de una fiesta por el rumbo de Coyoacán, cerca de una gruta encantada de donde salían tecolotes aullando, algunos allegados del gobierno hablaban de varias leyendas del lugar. Mencionaron el misterio de los predicadores; entonces, dos aventureros valentones ofrecieron descubrir el enigma de los monjes negros al Presidente de la Audiencia (Nuño de Guzmán), compañero de francachelas.

—Si son el Diablo —dijo uno de los valientes—, los vamos a traer sobre nopales, atravesados por espinas.

—¿Y si no podéis? —preguntó el gobernador.

—¡Sólo que sean santos! —dijo el otro comprometido—. Entonces el castigo nos tocará a nosotros.

Y cuenta la leyenda que al día siguiente aparecieron ambos aventureros prendidos, como mariposas, sobre un nopal grandísimo. ¡Aullaban más que los tecolotes de la gruta!

Fueron bajados por orden de Nuño de Guzmán, pero murieron de inmediato. Los monjes desaparecieron de la ciudad. No se supo de ellos hasta 20 años después, cuando un descendiente suyo comunicó su historia:

Los monjes eran gemelos, italianos, hombre y mujer; al llegar a su juventud, se supieron nietos de un bastardo de los Médicis. Visitaron al Papa para pedirle autorización para predicar en el Nuevo Mundo. Deseaban redimir en algo la memoria de sus criminales ancestros.

El guardián rubio que los acompañaba era un caballero del Rhin, enamorado de la bella italiana. Ésta ofreció desposarse cuando hubiera logrado la conversión de siete pueblos. Para predicar en la Nueva España, aprendieron español y náhuatl en cuanto llegaron a Veracruz, antes de dirigirse a Mexitán.

El sillón del virrey

Calle Sillón de Mendoza, colonia Toriello Guerra, Tlalpan.

Más allá de las vías del antiguo ferrocarril había un gran tiradero de basura. Todavía hace unas décadas, los chiquillos del barrio, hijitos de los "pepenadores", se divertían sacando un patín con tres ruedas, una muñeca con la cara quemada, un payasito de cuerda con la cabecita colgante.

Los pepenadores vivían en condiciones de miseria, y sobrevivían de usar o vender algo rescatable que caía entre las carretadas de cachivaches inservibles.

Pero la ciudad creció por todos lados, y se hicieron fraccionamientos elegantes para la gente que deseaba estrenar casa. Al sur se había hecho el Pedregal y, después, Jardines del Pedregal. Por el occidente, Lomas de Chapultepec; al norte, Guadalupe Tepeyac y Ciudad Satélite. Villa Olímpica se construyó con el fin de alojar a los atletas del mundo para la olimpiada de 1968; después, se quedó como una zona departamental. Y antes de la Ruta de la Amistad, San Fernando y Calzada de Tlalpan, se fraccionó el terreno de los tiraderos de basura que estaban en la zona del antiguo ferrocarril.

Ahí ocurrió un suceso que bien merece estar entre las leyendas de la ciudad de México:

Se quitaron las barracas del lugar y, para limpiarlo, los encargados de trazar el fraccionamiento se dedicaron a sacar infinidad de cosas inútiles que los pepenadores habían ignorado.

—Mira, aquí está un respaldo como de silla —dijo Santos.

—No, tiene brazos —dijo Anselmo, retirando unos hules que los ocultaban—, debió ser un sillón o una mecedora.

—Del año del cohete —rió Santos.

—¡Y está bien enterrado!, quién sabe cuánta tierra y cuántos pedazos de macetas y cántaros, medios platos, lo están sosteniendo en su lugar, ¡no se puede sacar!

—Córtale una pata.

Y ya con la piqueta lista para darle el golpe, la voz del ingeniero encargado detuvo la ejecución:

—¡Cuidado! —dijo con expresión extraña—. *Eso* parece un sillón importante. En el respaldo se ve algo como un escudo. Está maltratado, pero pudo haber sido de algún noble.

—Con suerte y es un tesoro.

—Mañana lo sabremos, hoy dejémoslo enterrado y limpiemos otro lugar.

Así lo hicieron. El ingeniero se quedó con la duda, pero esa misma noche consultó a un primo suyo que trabajaba en las bodegas del museo del Castillo de Chapultepec.

El especialista le comentó que a aquel lugar, en realidad, se habían llevado deshechos de éste y otros museos. Bien podía tratarse de alguna pieza de valor histórico.

Podría ser un sillón de algún noble de los que vivieron en el Porfiriato, o haber pertenecido a una de las familias francesas que vinieron con Maximiliano. Quizá se trataba de un asiento del último periodo virreinal. Debían limpiar el escudo y buscar en los archivos.

—¡Qué flojera! —opinó el ingeniero—. Voy a pedir que lo saquen con cuidado y te lo entrego. Tu paciencia y sabiduría me sacarán de dudas algún día.

Y trataron de rescatar el sillón completo.

—Ah, sí —dijo una mujer del rumbo que pasaba en ese momento—; ni crean que lo van a sacar.

—¿Por qué? ¿Tiene alguna maldición o brujería? —preguntó Santos, mientras hacía la señal de la cruz.

—Dicen... —contestó la mujer, no muy convencida.

—Sí, tiene un embrujo: una niña que se llevó el forro de este sillón y se lo puso como capa, cayó desmayada, y apenas le quitaron el trapo, ¡volvió en sí!

—¿Dónde está ese forro? —preguntó el ingeniero, que apareció por ahí.

—¡Uy, señor! La mamá de la niña, que es mi comadre, le echó su agua bendita, le puso una estampita de Santa Bárbara, lo persignó con la Cruz de Caravaca, y luego lo enterró a un ladito del panteón, para que descanse el muertito que se sentaba en él.

El ingeniero buscó a la comadre. Del "ladito" del panteón rescató el forro, ayudado por la pala de Santos.

Santos se quería morir de miedo cuando vio aparecer el "trapo", pero el ingeniero lo levantó y lo sacudió. Era de brocado rojo, estaba muy raído y tenía pintado un escudo dorado.

Al llegar al sitio donde estaban desenterrando el sillón, y tras ponerle encima el trapo, ¡salió el muy terco de una vez!, claro que un tanto desgobernado y con una pata casi zafada.

Otros dicen que, después de dos enérgicos intentos, el sillón salió con las dos patas firmes, enteras y rematadas por una especie de garras.

—Con razón no querías salir, ilustre dragoncillo —rezongó el ingeniero, dándole trato humano al trozo de sillón.

Comentaban que él mismo se vengó del retobo dándole al ingeniero dos patadas, ¿sería verdad? El carpintero que contaba esta versión de la historia no podía asegurarlo pero, según vio al día siguiente, el ingeniero andaba con muletas. Hasta aquí esta versión.

Teresita, una amiga que vive en esa calle, me dijo que había oído algunas más; la mayoría, muy descabelladas.

Otro cuentacuentos, vecino del lugar, afirma que los ingenieros se querían robar el sillón y lo llevaban a escondidas, pero se resbaló de sus manos y al caer explotó porque estaba embrujado.

Pues sí, como pueden ver, el sillón dio mucho de qué hablar y qué imaginar.

Cuánto habrá de cierto en las historias del sillón que no quiso morir, y existirá por siempre con cierto privilegio por ser nombre de calle.

Creo que, después de todo, no aclaré que el sillón al que se refiere la calle y, por supuesto, la leyenda, fue el que perteneció ¡al primer virrey de la Nueva España!

Su nombre completo era don Antonio de Mendoza. Ocupó el cargo con mucho tino, tanto para los nativos como para los peninsulares que llegaban en ese tiempo con sus familias —o con intención de formar una— al territorio conquistado. Gobernó de 1535 a 1550, año en que fue enviado como virrey a Perú.

Se le atribuye la fundación de Morelia —llamada por él Valladolid—. Estableció la escuela para indios nobles de Santa Cruz de Tlaltelolco, e introdujo la primera imprenta en América. Durante los años de su mandato, comenzó a acuñarse moneda propia cortada a máquina (las "macuquinas"). Piensa que algo de todo esto debió haber hecho sentado en el sillón de la leyenda que, por lo tanto, merece recordarse con el nombre de una calle de la ciudad en que gobernó este noble personaje.

La ciudad colonial

Después del angustioso sitio en el que los conquistadores y sus aliados indígenas mantuvieron a los mexicas, Tenochtitlan sucumbió la tarde del 13 de agosto de 1521; tarde triste que destacó entre negras nubes al vencido y al vencedor, a Cuauhtémoc y a Cortés, al que había defendido a la ciudad mexica, hasta su ruina, y al que iba a fundar la capital de la Nueva España.

Así acabó el llamado imperio azteca, antes odiado pero temido por todas las tribus a las que había sojuzgado por muchos años. Como consecuencia del asedio, la ciudad de los lagos quedó inhabitable, y los conquistadores tuvieron que retirarse a la cercana villa de Coyoacán, donde vivieron algunos meses, antes de volver a habitar aquella población arruinada por los estragos de la guerra y de la destrucción, del hambre y de la peste.

La ciudad colonial se levantó sobre las ruinas de la ciudad indígena, removiendo los escombros de los derrumbados palacios y templos, edificando sobre sus cimientos y aprovechando, incluso, los mismos materiales.

La ciudad fundada por los españoles era pequeña aunque amplios sus edificios, los cuales eran sólidos, almenados y defendidos por fuertes torres y bastiones. El ayuntamiento tuvo casas propias y la plaza se vio limitada por ellas; la carnicería, la fundición, los palacios de Hernán Cortés y los portales empezaron a edificarse, y se levantó la primitiva iglesia Mayor, en el atrio de la actual Catedral. Enfrente del palacio se pusieron el garrote y la picota, para que allí sufrieran ejemplar castigo los malhechores.

En aquella ciudad primitiva, aparte de los palacios de Cortés y las casas de Pedro de Alvarado, se hacía notar, a orillas del lago, una construcción, a modo de fortaleza, llamada las Aterazanas, donde se guardaban los 13 bergantines con que se puso cerco a México.

A mediados del siglo XVI, y algunos años después, la ciudad colonial tuvo una vida más activa y mejores edificios, tanto particulares como públicos.

La ciudad por esos tiempos tenía ya imprenta, gracias a los cuidados del virrey Antonio de Mendoza y del obispo fray Juan de Zumárraga. Tuvo en seguida Real y Pontificia Universidad, por cuyos corredores y aulas se veían bulliciosos escolares. Y ya comenzaban a sombrear e invadir las calles y las plazas los extensos muros de los conventos. Tenía también la ciudad casa de comedias, donde, como en los atrios de los templos, se representaban autos sacramentales o piezas de autores populares. Había librerías donde abundaban los textos religiosos, pero también autores griegos, latinos y, sobre todo, los de caballería y novelas.

El Tribunal de la Santa Inquisición se había instalado en México desde 1571, florecía en todo su apogeo y perseguía a toda clase de herejes, sobre todo a luteranos, calvinistas y judaizantes; daba lugar a los autos de fe con todas las ceremonias acostumbradas: pregones, procesión de la Cruz Verde, paseos de los reos por las calles con velas verdes en las manos, paseos que terminaban en la hoguera o quemadero, cercano a la Alameda, donde los condenados ardían vivos.

Para los religiosos vecinos de la ciudad colonial del siglo XVII, los autos de fe lo mismo que las procesiones, eran, a la par que espectáculos edificantes, recreo y pasatiempo.

En los antiguos canales o acequias se conservaban muchos puentes en recuerdo de la antigua ciudad, y sobre las aguas navegaban las canoas que traían las flores y frutas que se vendían en la Plaza Mayor, convertida en ese tiempo en mercado público.

La ciudad del siglo XVII, a pesar de su beatitud y religiosidad, no era muy honesta en su vida privada y costumbres, según cuenta un viajero inglés que entonces la visitó.

Material y moralmente la ciudad progresó en el siglo XVIII. Las casas, los edificios públicos y las iglesias que fueron reconstruidas, eran de mejor gusto.

Los canales del centro de la ciudad se habían secado. Se quitó el quemadero y se prolongó el Paseo de la Alameda. Con el virrey Revillagigedo, las calles se empedraron, se instaló el alumbrado, se abrieron atarjeas, se instalaron los baños públicos, las fuentes de agua de uso común para los vecinos, las placas para los nombres de las calles y los números de las casas, las escuelas gratuitas para niños y niñas; se inauguró el Palacio de Minería, y se prohibió el toque inmoderado de las campanas. La ciudad tuvo instituciones benéficas —como el Monte de Piedad, el Hospicio de Pobres, la Casa de Cuna, el Colegio de las Viscaínas— y educativas —como la Academia de San Carlos, consagrada a las bellas artes.

La vida fue entonces más activa y más culta. La gente vestía mejor, asistía con frecuencia a los saraos y tertulias del Real Palacio, a las representaciones del Coliseo Nuevo, a charlar y a discutir en los primeros cafés y a leer en las bibliotecas públicas, que se habían fundado en la universidad y la catedral.

Así vivió la ciudad colonial en las tres centurias de la dominación hispana, rezando y respetando con igual devoción a los santos y a los reyes; no obstante, tuvo periodos de agitación producidos por sucesos políticos, por calamidades o por fenómenos naturales.

Y contraste extraño... La ciudad colonial que nació en una tarde triste y tempestuosa del 13 de agosto de 1521, murió en la mañana alegre y serena del 27 de septiembre de 1821.

Los toques de las campanas

La vida de la antigua ciudad del México colonial se regía por el toque de las campanas de la Catedral y el de las muchas torres de sus iglesias.

Las campanas anunciaban el perezoso amanecer con el toque melancólico del Avemaría; llamaban, nerviosas, a las primeras misas; después, alegres, a las fiestas de los patronos de las iglesias; lánguidas, para comer, a las doce, hora en que se daba cuerda a los relojes y se sentaban todos a la mesa.

Solemne era el toque de las tres de la tarde, dado por la campana mayor de la Catedral, y que repetían todas las campanas de las torres, altas y erguidas sobre el caserío de la ciudad; el toque recordaba la pasión de Cristo, en memoria de la cual los devotos rezaban tres credos, hincados de rodillas y descubiertas las cabezas: en las calles, si ya habían salido; o en la casa, si iban a disfrutar de la calurosa siesta; al despertar, el espumoso chocolate de la diaria merienda los acompañaba.

En los espacios, entre tan solemnes toques se escuchaban las pequeñas campanas de los monasterios, que regían la vida de las monjas y de los frailes —tanto de día como de noche— lo mismo que la de los estudiantes en la universidad y en todas las escuelas o colegios.

También de rodillas y con la cabeza descubierta, en la vía pública, en las plazas o en el interior de las habitaciones, los cristianos rezaban, al anochecer, el triste saludo del Ángelus, llamado por la mayoría de la gente "las oraciones"; a esa hora ninguna mujer, joven o anciana, debía estar fuera de su casa.

A las ocho de la noche la mayoría de los vecinos, unos encerrados en sus casas, otros recogidos en su lecho, y algunos en la calle todavía, escuchaban durante un cuarto de hora "la plegaria de las ánimas".

Las personas de buenas costumbres se retiraban a sus casas antes del "toque de queda", que en el siglo XVI era de las nueve a las nueve y media de la noche, y hasta las diez en los tiempos que siguieron.

A los que encontraba la ronda después de esta hora les recogían las armas, si las portaban; y si era gente sospechosa, con armas o sin ellas, se les llevaba a la cárcel para que justificaran por qué transitaban a tales horas. También se les prohibía a los mendigos que pidieran limosna después de este toque.

A medianoche, interrumpían el silencio de la vieja ciudad virreinal las campanitas de los conventos, que congregaban a los frailes y a las monjas para rezar los maitines en los coros.

Los toques de las campanas por los muertos eran cuatro: uno, al saberse la muerte de la persona; otro, al salir los acólitos con la cruz y los cirios junto a los clérigos con sus breviarios, para traer el cuerpo del difunto; el tercero, al entrar de regreso a los templos, y el último, al darle sepultura al cadáver en el atrio o en el camposanto.

Las campanas de la Catedral anunciaban también la muerte de los reyes, de los virreyes, de los arzobispos o de los canónigos, con repetidos golpes pausados y sonoros: cien tañidos de la campana mayor de Catedral seguidos por el toque de todas las campanas mayores y menores; secundados por las campanas de las parroquias, los monasterios, las ermitas, los hospitales, así como por los campanarios de los pueblos o aldeas cercanos, que los repetían nueve días consecutivos durante media hora, a las doce del día y para las oraciones de la tarde.

El que avisaba la muerte de los prelados y dignidades eclesiásticas se llamaba "toque de vacante", porque su lugar quedaba vacío. Según la categoría del difunto, era el número de veces que tocaba la campana mayor.

Por la manera de combinar los toques, el aviso se llamaba "de rogativas"; era el modo de implorar y alcanzar remedio para alguna necesidad, como cuando había fuertes granizadas, tremendas tempestades de rayos y centellas, sequías, epidemias, guerras, terremotos o al salir la procesión de la Cruz Verde la víspera de los autos de fe.

Pero aun cuando había toques melancólicos, fúnebres, pausados, solemnes y suplicantes, los había también alegres y entusiastas; ya fueran repiques, si los bronces se tocaban con sólo los badajos, ya a todo vuelo, cuando se alternan armoniosamente el tocar de las campanas con el voltear de las esquilas.

Unos y otros pregonaban festividades o noticias religiosas o civiles: el Año Nuevo, la salud de los monarcas, de los virreyes, sus esposas y sus hijos; las bodas, los bautizos, la llegada del correo, esto es de la nave llamada de Aviso que era la que traía la correspondencia del extranjero, tanto para las autoridades como para los particulares, y el arribo de la famosa Nao de China al puerto de Acapulco, esperada con tanta ansia por los comerciantes como por las señoras y señoritas que sabían que la célebre Nao les traería telas de seda, mantones de Manila, lujosos chales, calados abanicos de marfil, biombos bordados con figuras de aves y plantas fantásticas, valiosos tibores de porcelana, vajillas con los escudos y blasones de sus armas nobiliarias.

Los toques de campanas menos frecuentes fueron los de *arrebato*, que sonaban cuando la ciudad recibía una noticia alarmante o se conmovía por algún acontecimiento inusitado como la toma de los puertos por piratas ingleses, franceses u holandeses que, en ese tiempo, abundaban y eran el azote de Acapulco, Campeche, Veracruz y otros lugares de las costas; cuando había algún levantamiento popular acompañado de saqueo de casas y comercios o para llamar, para que fueran a sofocar un incendio, a las autoridades, los vecinos y las comunidades con sus santos venerados o reliquias milagrosas.

Entre los toques extraordinarios y no comunes hay que recordar las consagraciones de las campanas por obispos y arzobispos, en las cuales además de ponerles nombres de vírgenes, santos o ángeles, eran saludadas por sus compañeras; también que hacía un toque especial al bajar las campanas de las torres para fundirlas de nuevo o colocarlas en otros sitios.

Así, se bajó la campana grande, llamada Doña María, para llevarla de una torre a otra de la Catedral, y ese mismo mes los vecinos la vieron subir con el alegre clamor de las otras campanas para que no le sucediera desgracia alguna a la Doña María.

Los toques de las campanas cesaban por completo el Jueves Santo y el Sábado de Gloria.

Entre los repiques históricos, uno se hizo célebre en el periodo de la guerra de insurrección: el del 8 de abril de 1811, al recibirse, la tarde de ese día, la noticia de la prisión de Hidalgo, Allende y otros caudillos iniciadores de la Independencia.

La hermana de los Ávila

Esta leyenda tiene lugar en el siglo XVI, en la Nueva España, y hace referencia a una de las familias más encumbradas de aquel entonces: la de Gil González Benavides, hermano de Alonso, uno de los conquistadores, quien recibió a cambio de sus servicios al rey y a su patria un repartimiento de tierras y de indios.

Cuentan que Gil González Benavides despojó de sus bienes a su hermano Alonso. Este último, preso de la ira, maldijo a los hijos de su hermano. Tres de ellos, los varones, fueron degollados en la Plaza Mayor, junto a los hijos de don Hernán Cortés, al pretender derrocar al gobierno novohispano.

Al parecer, también la hija de don Gil González Benavides fue víctima de aquella maldición. Su trágica historia, quizá, lo comprueba.

Presten atención a esta historia, la leyenda de los Ávila, que inicia una noche oscura y sin luceros —anuncio de desgracias y sinsabores en una calle solitaria.

Una joven elegantemente vestida, según su alcurnia y posición social, se encontraba resguardada en su casa, situada junto a donde estaba el viejo monasterio de los franciscanos.

De pronto, escuchó los pasos de un mozo embozado, es decir, escondido debajo de una capa para no ser reconocido por los paseantes y vecinos.

Detrás de las rejas —caladas con primor como correspondía a una casa de señores— apareció una bellísima doncella, María de Alvarado, hija de don Gil, bautizada por don Jorge de Alvarado quien, según costumbre, le brindó su apellido.

Padre e hijo guardaban con cuidado a María, a quien planeaban casar honestamente y de acuerdo con su alcurnia, sin que ella sospechara que ellos habían intercambiado palabras sobre su matrimonio.

El joven pretendiente de María, hijo de un conquistador desafortunado y de una pobre india, se sentía desfavorecido por la suerte. Él era mestizo y la joven a quien amaba, criolla, hija de españoles y nacida en nuevas tierras, de ahí la imposibilidad de sus amores.

Esa noche oscura, el joven decidió partir a otras tierras para hacer fortuna con la fuerza de sus brazos. Entonces, dijo: "Me empinaré sobre los orgullosos castellanos y sobre los altivos criollos".

La joven, al escuchar pasos dentro de su alcoba, apuró a su pretendiente para que huyera lo más pronto posible, no lo fueran a encontrar y ocurriera una irreparable desgracia. El mancebo, conocido como Urrutia, aprovechó las sombras de la noche para escapar del lugar, y dejó llorando a su amor imposible.

Urrutia corrió presuroso rumbo a la Iglesia Mayor. Pasó por el atrio y por el cementerio y, bajando por las calles de San Francisco, desapareció.

Esa noche, por desgracia, a pesar de las precauciones tomadas por los enamorados, Alonso, hermano de doña María, descubrió el secreto de sus amores. Indignado, salió en busca de Urrutia, a quien amenazó de muerte si continuaba rondando a su hermana.

Desde aquella fatal ocasión, la doncella no comía ni dormía, tan sólo suspiraba por su amado. Nada lograba entretener sus días. Vivía inquieta, molesta, y cada vez más enamorada. Enferma de cuerpo y alma, empezó a decaer, y con ella sus fuerzas, su salud y su belleza.

Sus cuñadas, María de Sosa y Leonor Bello, esposas de Alonso y de Gil, trataron inútilmente de sacarla de su ensimismamiento. La pobrecilla imaginaba que

Urrutia se había olvidado de ella. O que sus allegados le habían dado muerte. Ni las fiestas ni los saraos lograban desaparecer la melancolía y la tristeza que tenía.

Por otra parte, cuentan que Urrutia, ya hinchadas las velas de la embarcación que lo llevaría a la Madre Patria, no cesó de llorar, de lamentar su suerte. "Suspiró y lloró tan lastimosamente que conmovió a los más duros marinos y a un grumete que se hizo muy su amigo".

Nada, al parecer, lo consolaba; ni el buen tiempo, ni la lectura de la doctrina ni las oraciones. Ni siquiera las imágenes santas y los santos que le daban a besar, ni los libros de caballerías y demás pasatiempos y distracciones.

Como la situación de la joven agravaba día con día, su familia determinó enviarla al convento de las monjas de la Limpia Concepción de Nuestra Señora, donde, tal vez, encontraría paz y sosiego.

Contrariada y contra su voluntad llegó la joven, montada en ancas de mula. Uno de sus hermanos la entregó a las monjas, quienes le dieron el hábito, mismo que se negó a vestir por muchos años, en espera del regreso de su amado.

Sus familiares, con el fin de hacerla cambiar de opinión —para que tomara los hábitos y olvidara finalmente a Urrutia—, le enviaron fingidas cartas desde Castilla para hacerle creer que su pretendiente había muerto.

María se hizo monja, una monja triste y sin aliento: "Lloraba al contemplar las altas paredes del monasterio; le incomodaba la clausura estrecha; huía de las conversaciones de seculares y de religiosas; mostraba tibieza en ayunar y en comer manjares gruesos, y no soportaba vestir hábitos ásperos".

Urrutia, tras largo tiempo fuera de las Indias, decidió retornar a su tierra, permaneciendo unos días en Veracruz.

Ansioso por saber de María, le pidió a un amigo que llevara noticias suyas al convento. María, ya monja profesa, al enterarse de que Urrutia vivía y que preguntaba por ella, enloqueció sin remedio.

Ya en su celda, eso se cuenta, rogó a la Virgen que remediara sus pesares, que le concediera un milagro y pudiera regresar a los brazos del recién llegado, a quien por años había creído muerto.

Ya completamente trastornada: "se fue a la huerta del monasterio, y allí, en una linda noche que alumbraba todo, bebió agua en la fuente de los azulejos."

Después, sacó del hábito un largo cordel y se colgó de una de las ramas de aquellos árboles.

La pobre monja acabó enterrada en el muladar del monasterio. No hubo misericordia para ella; nadie quiso enterrarla en tierra bendita. Sufrió, por haberse quitado la vida, la misma terrible suerte de los suicidas, condenados en esta vida, y condenados a sufrir las llamas del infierno, en la otra.

Nadie en el convento tuvo clemencia para la monja que terminó sus días loca de amor. Para nada sirvió la defensa de sor Francisca de la Anunciación, hija de Fernando de Chávez, conquistador ya difunto, y de Marina de Montes de Oca, ya viuda entonces.

La joven intentó convencer al padre maestro, fray Bartolomé de Ledesma —de la orden de Santo Domingo y que conocía de las cosas tocantes al Santo Oficio de la Inquisición—, de que la joven, antes de entregar su alma al Señor, había tenido tiempo de arrepentirse de sus actos. María, aún con vida, alcanzó a bajar la cabeza tres o cuatro veces, como si consintiera con su amiga, como si la luz hubiera penetrado en su alma y en su entendimiento, salvándola de la condena en el más allá.

No todas las monjas apoyaron las palabras de sor Francisca de la Anunciación. Muchas disentían con ella, con sus alegatos, según los cuales, el Día del Juicio Final aun las almas enterradas en los muladares se levantarían de sus tumbas para gloria del Señor porque, insistía, los juicios del hombre difieren de los juicios del Todopoderoso.

De todas las religiosas, sólo sor Francisca salió en defensa de la desgraciada monja, quien no tuvo una mortaja que envolviera su cuerpo, un cirio blanco que lo alumbrase, ni un rincón bendito en el camposanto. Y mucho menos tuvo una cruz que señalara su tumba entre las tumbas de los hombres.

El puente del fraile

Doña Esperanza llevaba ya varios días tejiendo en su bastidor; estaba tan entretenida que no se dio cuenta del tiempo que había pasado haciendo su labor, hasta que un día su esposo don Filiberto distrajo su atención para decirle que lo acompañara a ver a un amigo que se encontraba moribundo, pues era necesario ir por un sacerdote para aplicarle los santos óleos. Inocentemente, doña

Esperanza le preguntó que quién era el amigo; ella estaba preocupada, con justa razón, pues conocía a todos los amigos de su esposo.

Su marido respondió, secamente, que no era una persona que ella conociera, que había estado en España mucho tiempo pero que ahora había regresado bastante enfermo y que le urgía despedirse de él.

—Vamos, mientras voy por mi manto, diles a los criados que enganchen el carro, para irnos rápido —le respondió doña Esperanza.

Así pues, partieron presurosos, tomando rumbo al convento de Santa Catalina, para ir por un sacerdote que confesara y le diera los santos óleos al amigo. Ya en el camino, don Filiberto le comentó a su mujer cuán preocupado estaba por el estado de salud de su amigo, y cómo deseaba que cuando llegaran lo pudieran encontrar todavía con vida.

Doña Esperanza era una mujer muy alta, muy guapa y muy educada, de larga cabellera rubia que le resbalaba por la espalda; en su rostro se notaba su alta alcurnia.

Don Filiberto era caballero de buen caudal, pelo negro, una barba bien cuidada, educado y había estudiado en la Universidad de Salamanca, en España.

Llegó por fin el carro al convento de Santa Catalina; entraron al patio, y don Filiberto se bajó a tocar la puerta en busca del sacerdote que le impartiría a su amigo los santos óleos.

Tocó, y el sacerdote ya estaba listo para cumplir su misión extramuros. Se acercaron al vehículo, don Filiberto le abrió la puerta y él se introdujo al carruaje, saludando a doña Esperanza y mostrándole sus respetos; ella, que era una mujer llena de bondad y paz, contestó con una sonrisa el saludo del padre.

Se pusieron en camino con rapidez, dirigiéndose al callejón que era conocido en aquel entonces como "del carrizo" y que correspondía a lo que antes era la calle de Allende, actualmente Bolívar. Por fin, detuvo su marcha el vehículo en un estrecho callejón; el lacayo abrió las puertas del carro para que bajaran los tres ocupantes; el padre dio la mano a doña Esperanza para ayudarla a bajar.

Don Filiberto le ordenó a su sirviente, con voz autoritaria, que se alejara y regresara a su casa, diciéndole que ellos continuarían a pie hasta el lugar que tenían por destino. El sacerdote caminó por la calle empedrada junto a doña Esperanza y atrás de ellos, don Filiberto, sumamente callado; algo lo tenía preocupado y le había robado el sueño.

Lo que le pasaba a don Filiberto era que tenía celos de su esposa; el hombre creía que doña Esperanza lo engañaba. Esto lo tenía atolondrado y no podía pensar en otra cosa. Dentro de esta obsesión enfermiza, ideó sacar de casa a su esposa, conseguir a un sacerdote para que la confesara delante de él y así comprobar si su esposa lo engañaba. Además, sabría el nombre del villano para matarlo también.

—¡Quiero saber con quién me engañas, maldita, para matarte a ti y a él también! —gritó enfurecido don Filiberto y arrojó violentamente a la pobre mujer a los pies del sacerdote. Sacó su daga, y amenazando al padre, lo obligó a confesar a su esposa delante de él.

La pobre mujer no podía creer lo que pasaba, pues era un alma buena, incapaz de una acción de esa naturaleza. Sin embargo, por tratar de complacer al esposo, accedió a decirle sus pecados al ministro de Dios. Terminando de vaciar su alma, se acercó su esposo al religioso y, amenazándolo con la daga, le dijo:

—Quiero saber con quién me engaña esta mujer.

El sacerdote le respondió que estaba imposibilitado para decirle los pecados de su esposa, pues ello violaba el secreto de confesión; además, agregó:

—Yo no puedo decirle los pecados que su esposa me ha confesado, tengo un voto que me obliga a no decirlos, proceda en la forma que le convenga y allá usted con Dios y su conciencia.

Hecho una furia, don Filiberto le acercó el cuchillo al sacerdote y lo volvió a amenazar:

—Si usted no me dice en este momento los pecados de mi esposa, la mato a ella y a usted aquí mismo.

El padre, quien desde luego quería salvar su vida y la de doña Esperanza, se serenó y le respondió a don Filiberto:

—Lo que su esposa me ha dicho es secreto y no puedo revelarlo, pues lo que he oído en confesión, sólo en confesión puedo decirlo y, dadas las circunstancias, accedo a confesarme con usted.

El sacerdote se puso de rodillas y sentó al hombre en el barandal del puente; aprovechando que había accedido, en un descuido, le levantó los pies rápidamente para arrojarlo aguas abajo pero, instantáneamente, don Filiberto, en un acto reflejo, clavó su daga en la cabeza del religioso, que de inmediato empezó a manar abundante sangre, lo cual lo privó de la vida en el acto. Cayó el cuerpo de la víctima sobre el pecho del asesino y, con el impulso, Don Filiberto se fue hacia abajo, quedando sepultado en el fango de las sucias aguas que ahí corrían. Doña Esperanza corrió muda de terror por la escena que había vivido.

Por estos desafortunados sucesos, ese sitio fue conocido durante la Colonia como el Puente del Fraile.

El milagro de la higuera

Estamos frente a la casa número 5 de la calle que fue llamada San Felipe de Jesús, ahora 3ª de Regina, por el rumbo de las Vizcaínas.

Famosa fue esa casa, durante algunos años, en el tiempo de la Colonia. Sin duda, era una de las casas señoriales del corazón de la capital de la Nueva España —entre San Camilo y Cocheras—, famosa porque cada año había una nueva bebé en la familia. Famosa por la generosidad de los españoles que vivían en ella. Famosa por las diabluras de su primogénito —único varón de la descendencia—, un tal Felipillo, que se divertía molestando al prójimo con una cerbatana. Ah, también manejaba una vara chueca con la que perseguía alimañas para hacerlas caer sobre las "rastreras" colas de las damiselas gritonas.

Hoy la casa debe su fama a una leyenda: el milagro de la higuera. Es casi segura la ubicación propuesta, aunque como relato legendario se han variado algunos datos. Nos quedamos con la mencionada 3ª calle de Regina, porque en este domicilio "se han consignado datos de importancia que vienen a confirmarlo".

En el patio de adentro había una higuera seca que no daba ni sombra. Era la higuera en que Felipillo colgaba los trofeos de sus competencias callejeras: un "tirito matón", una semilla negra de capulín rojo, una uña de tapir...

—¡Esa higuera ya sobra en esta casa! —dijo en tono de mando el rico mercader Alonso de las Casas, jefe de la familia, al llegar de uno de sus tardados viajes a Manila, con obligado paso por Acapulco.

—No todavía —rogó su tierna esposa, doña Antonia Martínez—, dale a la pobre un tiempo más para que reverdezca.

—¡Vamos, mi ama!, si este palo viejo no va a reverdecer hasta que Felipe sea santo —gimió con voz profética la negra Tomasita, quien era esclava "por derecho", "hija de la familia" por dicho y, en realidad, fue primero la niñera del primogénito y luego ama de llaves o mayora de las casas—. De Dio que estoy *cansá* de este diablillo, ama. Vea, me echó en la espalda esta serie de sabandijas que me vengo sacando.

—Y, ¿cómo es que se le llegó él a la espalda, tonta?, ¿nuestro señorito Felipe? —refunfuñó muy celoso el negro Fabio, cochero de las niñas Esperanza y Mercedes.

—Mira tú el mal *pensao*, ¡negro mal *pensao*! Felipillo me dijo que una cucarachota cayó de mi cabeza por mi blusa, y me la iba a *quitá* por *detrá*.

—¡Quién no lo conociera! —masculló Fabio, mientras ayudaba a las dos chiquitas a subir a la carreta.

—¿Adónde vas tú, Fabio? —preguntó Sara Caballero, otra de las esclavas de servicio, acunando a María, la pequeña de dos años que lloraba a mares.

—A la calle del Arco, donde vive el médico de Salamanca, el español Martínez, hermano de nuestra ama.

—Venga, sube, mi negra; es visita de familia, ¡idos horitas!

Y llevaron al médico a la pequeña lloroncita, a quien su hermano Felipe le había atado las cintas de las botitas, una con otra, y no podía dar paso.

—¿Pero es que no hubo nadie que se diera cuenta? —exclamó incrédulo don Celso, el boticario, en ausencia de su mentor don Pedro de Martínez.

—No, *señó*. Porque como "entavía" no se le quita el faldellín largo, la tapaban las naguas —se disculpó Sara, aliviada.

Claro que, al regresar, le dieron la buena noticia de la salud de la niñita a doña Antonia, el ama, que hizo votos por el milagro y trajo las monedas para pagar un *Te Deum* (acción de gracias) que había prometido a favor de las ánimas.

En seguida se quejó de la travesura del chico con su confesor, que justo salía de merendar con ella:

—Ese niño... ¡Felipe!

Después, medio llorosa, le dijo descontenta y afligida moviendo la cabeza.

—Nombre de rey, ¡de apóstol!, y de hereje. ¡Qué desgracia, Señor!

De inmediato, el confesor, como inspirado, le pidió que llamara al muchacho.

Éste tenía los ojos tan vivos, la mirada tan franca, y el desplante tan seguro, que el viejo jesuita sintió ese no sé qué de los que serán algo.

Lo tomó con firmeza de los hombros, frente a frente, y con palabras de solemnidad le dijo convencido:

—¡Para mejores cosas has nacido, hijo!, para grandes cosas, Felipito.

Pasado el tiempo, el jesuita murió; el mozalbete pasó inquieto los días del novenario, meditando sobre las palabras que aquella vez le había dicho.

Estas reflexiones aclararon su pensamiento y decidieron su destino: ingresó a la Orden Franciscana.

Su acta de bautismo se había perdido durante la inundación de la ciudad en 1580, cuando tenía cinco años, pero estaban seguros de que fue el 1 de mayo, fiesta de San Felipe Apóstol, motivo de su nombre. El año 1575 también era seguro: lo mandó grabar doña Antonia en el relicario que, en recuerdo de su boda en la Catedral, trajo de Sevilla un par de años antes.

Con el nombre de Felipe de Jesús, Felipe se preparó en la Orden de San Francisco. Estudió, maduró su templanza, confirmó su decisión y partió en las Misiones de Oriente.

Fue martirizado y murió en Japón el 5 de febrero de 1597, ¡a los 22 años!, en aras y defensa de su fe.

El suceso conmovió a la Colonia.

¡Reverdeció la higuera!

Su madre vio el prodigio, y ensalzó las palabras de la esclava.

La tradición cuenta que, cuando se hizo el templo de San Felipe, inmediato al convento de Capuchinas, pusieron en el patio interior de la Catedral de México una hija de la higuera que la negra invocaba en la niñez del santo, protomártir mexicano, Felipe de Jesús.

La calle de las Canoas

La Nueva España, contada por Bernardo de Balbuena en *Grandeza Mexicana*, era una ciudad ejemplar, dotada de palacios, templos, acueductos, hospitales y monasterios.

Cada una de sus calles estaban, y están, impregnadas de historia, como la de Tacuba, que presenció la famosa retirada de los conquistadores; la del Puente de Alvarado, en la que tal vez no hubo salto alguno; o la de don Juan Manuel, en la que los ángeles hicieron el papel de verdugos.

En esta ocasión, les traeremos a colación la historia de una de las calles más tradicionales de la Nueva España, la de las Canoas. Pero antes, para mayor comprensión, clasificaremos las calles como en tiempo de los aztecas. En aquellos días, las calles eran de tres tipos: de agua, para poder dar paso a las canoas que transitaban por la laguna; de tierra solamente, o mitad de tierra y mitad de agua.

Los españoles, tras la Conquista, levantaron y trazaron la ciudad a la manera hispana. Muchas de las calles de agua se cegaron, es decir, se secaron; con una excepción, la llamada calle de las Canoas, célebre por su extensión y por los nombres con los cuales fue designada sucesivamente.

La calle de las Canoas corría por un costado de palacio y por mucho tiempo, terminaba en lo que era San Juan de Letrán, hoy Eje Lázaro Cárdenas. "La calle la formaba un largo canal que comenzaba desde el puente de la Leña. Al extender los franciscanos su monasterio —dice el historiador Manuel Orozco y Berra— cegaron parte de la acequia para la calle de la Zuleta y que subsistía en 1872".

La acequia, o zanja para conducir agua, después de recorrer el callejón y la calle de Zuleta, terminaba en la del Hospital Real.

González Obregón nos dice que entonces no existía la calle de Independencia, y que desde la esquina de Gante hasta el Coliseo se llamaba callejón de Dolores; esta última calle se nombró, en otra época, de La Acequia, lo mismo que todas las cabeceras que seguían hasta el puente de la Leña; el cronista dice también que allá en los primeros años de la Conquista el todo era conocido por calle de las Canoas, y que el callejón de Dolores estuvo cerrado hacia el oeste hasta que se derribó el convento de San Francisco.

Con el tiempo, la acequia que atravesaba la calle de las Canoas fue desapareciendo y convirtiéndose en tierra firme.

A lo largo de la calle de las Canoas, para atravesar el canal de sur a norte, hubo una serie de puentes, que dieron nombres a las calles en cuyas extremidades estuvieron situados.

De todas, ya lo mencionamos, tan sólo una tiene un origen tradicional. Se llamaba de las Canoas, pues por ella entraban multitud de canoas repletas de legumbres, frutas y flores que cultivaban los indígenas en las chinampas —pequeñas parcelas de tierra, ganadas al agua— y en los jardines de los alrededores, para venderlas en la plaza y en los portales, cerca de los que pasaba el canal que recorría toda la longitud de la calle.

Durante los primeros años del dominio español, el tráfico de canoas era grande y animado. Sobre todo, los días de la Semana Mayor, y más aún, desde el Viernes de Dolores.

Se cuenta que, muy temprano, infinidad de chalupas o canoas, repletas de flores, surcaban las aguas.

¿Y cómo es que llegó a llamarse calle del Refugio?

El autor de las *Noticias de México* nos cuenta que, en cierta ocasión, el padre Francisco J. Lazcano, de la Compañía de Jesús, regresaba de confesar a un cristiano y, al pasar por allí, se percató de un montón de basura. Fue entonces que pensó mandar colocar en aquel lugar una Virgen del Refugio, advocación de Nuestra Señora.

Comunicó su idea a don Juan de la Roca, presbítero, y a don Francisco Martínez Cabezón, mercader, quienes ofrecieron costear la imagen. Pronto mandaron llamar al ilustre maestro pintor Miguel Cabrera, uno de los más célebres de todos los tiempos.

Ya lista la imagen y colocada en el lugar planeado, se percataron del daño que sufría; de ahí que confeccionaran un retablo de piedra labrada con vidrieras y puertas para su resguardo. Obtenida la licencia para la fabricación del retablo, se retiró la santa imagen, depositándola en la iglesia de las monjas capuchinas. Tras una fastuosa misa y una lucida procesión de mercaderes con velas blancas en mano, la santa imagen tomó su lugar. Corría el año de 1760.

Cuando en 1861 se abrió la calle de Lerdo (luego cuarta de Palma), la imagen del Refugio se trasladó a una casa particular de la calle del puente de la Mariscala.

Lo más curioso es que dicha imagen fue costeada originalmente por un grupo de mercaderes, a quienes les encantaba jugar truco —un juego de azar— en la casa llamada de Maldonado, frente al callejón de Bilbao, a la que concurrían muchos sujetos a jugar el truco y otros juegos de cartas.

La calle de Santa Catalina de Sena

La historia del convento de Santa Catalina es poco conocida. Nos cuenta el padre Franco que, en los últimos 20 años del siglo XVI, muchas personas devotas deseaban que se fundara un convento de monjas dominicas bajo la advocación de Santa Catalina de Sena, quien fue religiosa de la Orden de Santo Domingo.

Entre las más fervientes partidarias de la fundación se contaban algunas piadosas mujeres llamadas las Felipas, quienes ofrecieron su casa para el edificio, sus haciendas para el sustento de las monjas y, para servirlas, se ofrecieron ellas mismas.

Desde el año 1521 se empezó a tratar el asunto, y en 1583, el Sumo Pontífice, Gregorio XIII, dio a conocer la bula por la cual concedía licencia para establecer, en la ciudad de México, un convento de monjas dominicas. Sin embargo, pasaron 10 años sin que, por incidentes diversos, se pudiera realizar la tan ansiada fundación, no concediéndoles la suerte de realizarla a las hermanas Felipas, que tanto habían trabajado para lograrlo.

Le tocó a la provincia de Santiago la ejecución de la bula pontificia, cuando era provincial fray Gabriel de San José; él decidió que del convento de Santa Catalina, en Oaxaca, vinieran a México dos de las más íntegras religiosas: Cristina de la Asunción, gran sierva de Dios, y Mariana de San Bernardo, quien después de la fundación del convento de México regresó a su convento de Antequera, en 1612.

Con gran esfuerzo se logró fundar el convento de Santa Catalina de Sena en esta ciudad de México, consiguiéndose así cumplir los deseos de tantas devotas; aunque, las iniciadoras no pudieron ver consumada su obra, como les sucedió a las Felipas, que tanto entusiasmo habían tenido por ello.

Como era costumbre en estos casos, cuando se fundaba un monasterio, se hizo una solemne y lucida procesión, que salió del convento de Santo Domingo y en la que los frailes llevaban el Sacramento del Altar. Las calles por donde pasó la procesión fueron ricamente adornadas, al igual que las casas donde se había construido el convento, que eran las casas de las Felipas.

En la procesión, iban las dos monjas fundadoras que habían venido de Oaxaca, en compañía de las que iban a profesar; cuando llegaron a la iglesia, se celebró una misa. Al finalizar la misa, las religiosas recibieron sus hábitos de manos de fray Hipólito María.

Así, quedó fundado el convento, en el mismo lugar donde estuvo el hospital de la Misericordia; allí permanecieron las monjas más o menos dos años, con grandes penurias e incomodidades, motivo por el cual los superiores decidieron trasladarlo a una cuadra de distancia, lugar que tampoco fue adecuado. Hasta que compraron las casas de Diego Hurtado de Peñaloza, se acomodaron a manera de que el lugar sirviera de oficinas, claustro, dormitorio, sala de labor, iglesia y lo demás que necesitaran. Allí quedó radicado el convento, donde existió y existe el templo de Santa Catalina.

Juan Márquez de Orozco reedificó la iglesia, para lo cual dio una gran cantidad de dinero, un retablo para el altar mayor, una costosa lámpara de plata y unas ricas andas, también de plata, para la procesión del Santísimo Sacramento.

El 7 de marzo de 1623 se estrenó la iglesia, se celebró otra procesión que salió de Catedral; procesión en la que participaron todas las religiosas, el virrey y el arzobispo.

La vida monástica de aquellas religiosas transcurrió tranquila, sobresaliendo entre ellas alguna por sus virtudes y santidad. Cada año celebraban fiestas muy rumbosas al Santísimo Sacramento, con verbenas populares que animaban aquella calle solitaria; solitaria por no haber tenido desde entonces ni una sola casa que con sus ventanas o balcones, sus damas y caballeros, alegrara la céntrica calle, donde, en el siglo XVI tuvo sus cómodas casas el acaudalado don Diego Hurtado de Peñaloza.

El primer viernes del mes de marzo de cada año, la tristeza y soledad de aquella calle, y aun la de algunas de las contiguas, desaparecía como por encanto. Improvisados puestos de frutas, fritangas, dulces y otras golosinas invadían las banquetas de la calle, que era adornada con cortinas y gallardetes —pendientes de los muros que la limitaban—, con guirnaldas de flores, y cuerdas que de un muro al otro columpiaban mantones de colores, pañuelos de seda o de papel de China.

Contribuía a la animación la multitud que llenaba la calle; los cohetes o toritos que se quemaban desde la víspera; los acordes de la música del templete que en una de las bocacalles se levantaba, y el tepache, la chica o el pulque que se vendían de grandes barriles. Y favorecía más la irrupción bullanguera de una turba regocijada y traviesa de estudiantes, que salían atropellándose del cercano Real Colegio Máximo —antiguo Colegio de San Ildefonso, que después fue la Escuela

Nacional Preparatoria—, y en la actualidad es una extensión de la Universidad Nacional Autónoma de México.

La verbena empezaba la noche anterior al primer viernes del mes de marzo; iluminada la calle por los farolitos de papel o cristal que colgaban de puertas, ventanas, balcones, y por luminarias de ocote que se colocaban en las azoteas o frente a los puestos de los mercaderes.

Al día siguiente, por la mañana, la concurrencia era mayor, todas las clases sociales se juntaban en aquel lugar, interrumpiendo el tráfico y tratando de entrar al templo para postrarse ante la devota y milagrosa imagen —la que, rezándole 33 credos y pidiéndole tres gracias, una al cabo de cada 11 credos, concedía por lo menos una de las gracias.

Por la tarde, la animación continuaba, pero era entonces cuando la invasión de los traviesos estudiantes profanaba la devoción de las sencillas y devotas personas pues, unos gritaban como locos, otros pellizcaban a las timoratas beatas, y todos, galanes y risueños, chuleaban a las hermosas señoritas.

Lo que atraía a aquella muchedumbre era una escultura de Jesús de Nazaret; inclinada bajo el peso de la cruz, doliente y hermosa, desde tiempo inmemorial se veneraba en uno de los altares de la iglesia de Santa Catalina; y es conocida como el Señor del Rebozo, dando origen a esta designación una leyenda que, con variantes diversas, nos ha transmitido la tradición popular.

Según la leyenda, hace muchos años, tantos que no hay una fecha exacta, hubo en el convento de Santa Catalina una monja tan humilde, tan fervorosa, tan entregada a los transportes místicos y tan hermosa, que su semblante habría cautivado a los mundanos si hubiera vivido entre ellos.

Los garfios de los cilicios pintaban su carne de púrpura, y la penitencia pintaba ojeras en sus ojos. Cuando la noche descendía, la monja entraba a la iglesia y caía de hinojos frente al Nazareno ensangrentado. Siempre le llevaba manojos de rosas y encendía en su honor ceras benditas que nunca se extinguían. En la paz del recinto, la monja renovaba su juramento de amor.

Las discretas pláticas entre Jesús y la monja permanecían ignoradas, y durante 30 años, noche a noche, se repitieron las mismas escenas. Un día cayó enferma con una dolencia que le impedía levantarse del lecho.

Desesperada porque no podía ir, como acostumbraba, a la iglesia, clamaba al señor inquieta y febril:

"Señor: si pudiera verte, ¡qué feliz sería! Quiero mirarte un momento, mirarte, ¡y quedarme muerta!".

No acababa de pronunciar estas palabras cuando, de pronto, la celda en la que estaba se inundó de una claridad sobrenatural. Se abrió el muro, y Jesús, el que adornaba el templo, avanzó hasta la pieza. El Hijo de Dios le dijo que la había ido a acompañar en su soledad y su pena, que no pasara congojas, pues de ahí en adelante las flores tendrían una lozanía perenne y las flamas de las ceras lo iluminarían eternamente.

Afuera llovía tenazmente, un chubasco envolvía a la ciudad dormida; Jesús se levantó. La monja vio que la imagen iba a salir de la celda, y como era noche horrible de atronadora tormenta, pregonó:

—Señor, no salgas —le dijo con voz lagrimosa y tierna—. ¿Cómo ha de mojar la lluvia tu sacrosanta cabeza? Nada tengo que ofrecerte, mira cuán pobre es tu sierva, pero toma este rebozo de mi santo amor en prenda, y que te envuelva y te cubra mientras bajas a la iglesia.

La monja experimentó un ligero alivio, saltó ágilmente del lecho y envolvió la cabeza de Jesús con su rebozo.

Cuando las otras religiosas, llamadas por el tintineo del alba, se encaminaron a la misa y penetraron en la celda de la monja, la encontraron muerta. Su cuerpo emanaba efluvios de rosas, y de él se desprendía un resplandor extraño, algo así como el halo de luz que tienen los santos.

Sorprendidas y azoradas, las religiosas quedaron aún más así cuando, por boca del sacristán, supieron que, dentro de su nicho, el Nazareno mostraba sobre sus hombros el rebozo de la hermana muerta. Se llamó al capellán y a varios clérigos de renombre, se extendió la noticia del portento, y todos, en efecto, vieron al Nazareno mostrando sobre su cuerpo el rebozo de la monja.

Un salto a la vida

Calle de la Cadena (2ª de Venustiano Carranza)

Por todos lados se escuchaban los comentarios y las exclamaciones de los espectadores —la mayoría, espectadoras viejas—, que se agolpaban en la calle para mirar de cerca al negro Belarmino, conducido al cadalso por el Santo Oficio.

—Su grosería fue infame.

—¡Merece que lo ahorquen!

—Sus ademanes atentaron contra el pudor de una novicia.

—¡Mira dónde fue el negro ése a manifestarse!

—¡Muera! ¡Muera!

—¡Justicia para la moral!

—¡Muera!

—Sí, ahorcadlo.

Iba el condenado como era propio en esos casos, montado a pelo en una mula parda. Llevaba puesto el "sambenito", ese capotillo indicador de la infamia. Le habían atado las manos por detrás.

Había sido acusado por la priora que presenció el insulto. Fue juzgado someramente, cual merecía un negro sin recato. Y lo habían condenado a morir en la horca.

Bien custodiado, caminaba rodeado de "corchetes" (así se llamaban los ministros menores de la Justicia) de Ejecutores de la Ley. Recibía insultos y proyectiles de toda clase. De pronto, al entrar la comitiva en una de las calles céntricas, de las llamadas "de celada", el reo creyó reconocer una especie de alcázar que se alzaba orgulloso entre jacales miserables y alguna casa menos pobre. Sobre las rejas de hierro que rodeaban la altiva construcción, sobresalía un escudo.

Ufano de su renombre y de los pergaminos de sus dueños, el palacete tenía al frente un escudo. En dicho escudo se veía un castillo. Del castillo colgaba una cadena, atravesándolo de izquierda a derecha.

La cadena era gruesa, de acero, como las de los puentes levadizos de los castillos verdaderos. Este escudo representaba el nombre de los moradores del alcázar: Condes de la Cadena.

Belarmino, en una inspiración desesperada, viendo cerca el final de su vida, rompió las ataduras de sus manos, se apoyó en los flancos de su cabalgadura y, en un impulso titánico, ¡como de gigante legendario!, saltó sobre el tumulto que lo rodeaba y se aferró a la cadena del escudo; allí quedó colgando.

—¡Pido gracia! —gritó con una voz tremenda—. ¡Pido su gracia al rey!

Al estruendo de aquella voz entre las exclamaciones de los espectadores, un caballero altivo detuvo su caballo frente al alcázar de los de la Cadena, y recordó:

Durante unas terribles lluvias, tres o cuatro años atrás, un negro liberó a su carroza, presa en un lodazal, de uno de los caminos a las granjas. Aquel hombre salvó a su familia. Él nunca había visto una espalda tan robusta como la de ese negro. ¡Sí, tenía que ser éste! No podía dar un salto de ese tamaño alguien que no fuera ese negro.

Lo recordaba bien; sin ayuda que no fueran sus brazos, sólo con esa fuerza de su espalda, levantó la carroza, donde sin duda hubieran perecido él y su familia. Entonces, dirigiéndose al hombre que luchaba por sostenerse en la cadena del escudo, exclamó:

—Belarmino, ¿qué has hecho?

—Piedad, señor marqués... ¡Tenga su merced piedad de este pobre negro! —rogó. A lo que el caballero, abriéndose paso entre la gente, llegó con su caballo hasta el reo y, poniendo sus manos sobre un hombro del condenado, respondió solemnemente:

—¡Este hombre me pertenece! La ley y mi nobleza lo escudan.

Nadie podía hacer algo, el tumulto y la diversión se terminaron; Belarmino se dejó caer a los pies de su nuevo y compasivo amo. Su vida estaba a salvo, como si hubiera entrado a un templo.

Ahora que estamos contando leyendas, quiero narrarte brevemente el porqué del nombre y nobleza de los De la Cadena, ya que su origen es también legendario. Don Antonio de la Cadena, noble llegado a México en los primeros años de la Colonia, hacía constar que "su principal ascendente acompañó al rey Alfonso VIII de Castilla en la famosa batalla de las Navas", y que fue quien, al mando de otros caballeros, destruyó las cadenas que rodeaban la tienda del moro Miramamolín, determinando la victoria de los castellanos, y motivando el nombre y escudo de armas de quien hablamos.

La carta misteriosa

Calle de Zuleta (Hoy, 1ª de Venustiano Carranza)

Corría el año 1635. Las calles de Santa Ana estaban intransitables después de una de las grandes inundaciones que en ese tiempo sufría la ciudad de México, capital de la Nueva España.

El nuevo virrey —marqués de Cadereita— venía a tomar posesión de su cargo y, dado el mal tiempo, debió entrar por la calle donde vivía el capitán Cristóbal Zuleta. Pero eso es historia, ¡no hay que ser!

Sí. Y continúa: pero sigue leyendo, no deja de ser interesante.

Los Zuleta eran muy caritativos y devotos de San Francisco. Desde muy al comienzo del convento franciscano, edificaron dentro de él una capilla, para asegurar los rezos por los miembros de la familia que fueran "pasando a mejor vida".

Años después, el patronato —siempre en manos de alguno de los Zuleta de dicha ciudad— pasó, por falta de descendencia directa, a una sobrina que vivía en Madrid, España. Esta dama, doña Ana de Adune y Zuleta, nombró capellán al cura De Silva. El sacerdote no pudo venir a disfrutar de la encomienda por no haber obtenido el permiso requerido.

Sin embargo, el convento siguió funcionando, y también la famosa capilla, escenario de nuestra leyenda.

Para que lo ubiques, el convento franciscano estuvo en una esquina de San Juan de Letrán. Cerca de aquella esquina había una fuente, pero con el tiempo se establecieron comercios y despachos.

Todo cambió, es cierto, hasta la capilla de San Antonio, asombrosa por tener dos pisos; ¡única en México! Sólo quedaron unos trozos de la cúpula esmaltada con azulejos, y las historias de espantos, aparecidos y fantasmas que justifican tu atención a este relato que vamos a contar.

Un fraile franciscano, desaparecido hace tiempo, contaba lo siguiente:

Cierto lego, encargado del aceite de la lámpara que debía arder noche y día en honor del Santísimo, vio cerca de la flama, ya moribunda, un brazo...

—¿Un brazo?

—Sí, un brazo de persona, que salía de la pared sin nadie que se viera. Al final del brazo —como es natural— había una mano que sostenía un sobre y hacía ademán de entregar una carta.

El lego, que era el señor Lino Jiménez, corrió a avisar al Provincial, con gran temor y sobresalto, de la extraña visión.

El Provincial hizo sonar a vuelo las campanas del convento para convocar a reunión extraordinaria a todos los frailes de la congregación, ya que el lego juró por la salvación de su alma que era cierto lo que había contado.

Los religiosos acudieron de inmediato y ordenadamente, aunque llenos de zozobra, de duda; con espanto comprobaron lo que Lino había visto.

¡Allí estaba el brazo extendido, con un sobre en la mano!

¡Todos pudieron verlo!

Todos rascaron en su conciencia para buscar motivos del extraño mensaje.

Pasaron uno a uno —por orden del Provincial— para solicitar a la misteriosa mano la entrega de la carta.

Y a cada uno, en su turno, la mano les negó la carta. Luego se movió hacia arriba, sosteniendo aquel sobre. ¡Sin entregarlo a nadie!

Intrigado, el padre Provincial sacó la lista de los nombres y llamó a todos, uno por uno. Entonces se dio cuenta de que faltaba alguien, a quien mandó traer de inmediato.

El religioso ausente era ciego y debió hacerse acompañar de un lego que era su lazarillo. Una vez que ambos estuvieron frente a aquel brazo del que salía la mano, ésta alargó el sobre para entregarlo al lego y desapareció por la pared, detrás de la lámpara del Santísimo.

Temblando el lego abrió el sobre; temblando sacó la misteriosa carta y la leyó.

El padre Provincial exigía información, mas el requerido, aterrado, se puso de rodillas y, dando gemidos y golpeándose el pecho, rogó guardar ese secreto.

El Provincial le concedió el "beneficio". El lego pidió entonces perdón por sus malas acciones, tanto al Provincial como a los frailes. Se hallaba la comunidad en pleno, y el lego arrepentido recibió el perdón.

Comunicó en seguida que iba a arreglar sus cosas porque debía hacer un viaje muy largo. Solicitó retirarse.

—Y os pido que roguéis en adelante por mi pobre alma —dijo con sentimiento.

El Provincial comenzó a entonar el "Miserere", un canto de perdón, y la comunidad en pleno cayó de rodillas para formar un coro.

Terminado el coro, uno de los religiosos se dio cuenta de que el lego arrepentido se hallaba tendido sobre una de las últimas bancas, cerca de la salida.

Algunos de los frailes llegaron a tocarlo: estaba inmóvil. Otros más se acercaron a palparlo: estaba frío. Y cuando el padre Provincial se acercó para tocar al inesperado difunto, sólo pudo tomar la ropa entre sus manos.

¡El cuerpo del difunto había desaparecido!

La calle de Chavarría

Las crónicas recuerdan un triste desastre acaecido la noche lúgubre del 11 de diciembre de 1676. Se trata del terrible incendio que acabó con la iglesia de San Agustín, suceso que llenó de consternación y espanto a los pobladores de la ciudad, llenando, asimismo, de gloria al capitán Juan de Chavarría, habitante de la calle de Chavarría, luego Donceles, hoy calle de Justo Sierra, sede del Colegio de San Idelfonso y de la librería Porrúa, cerca de la Plaza Mayor.

Era la celebración del aniversario de la aparición de la Virgen de Guadalupe y de la iglesia de San Agustín, situada en el centro de la ciudad de México.

Pronto la fiesta terminaría en caos, con el desastre de uno de los templos más antiguos y más suntuosos. Los pobladores, incapaces de detener el fuego, observaban la destrucción de paredes y techos, mientras "llevaban cartas fingidas de los santos fundadores en las que éstos simulaban desde el Cielo mandar que cesara el incendio".

Mientras el templo se convertía en cenizas, los religiosos de la orden agustina salían en estampida, temerosos de que el fuego devorara las celdas donde oraban y dormían.

Representantes de aquella plural y barroca sociedad se encontraban presentes: los curiosos de siempre y los devotos que habían quedado y que insistían en permanecer en el lugar.

No sólo había agustinos. También asistieron al fatal accidente, como buscando demostrar su presencia, las principales órdenes con Santos Estandartes y cartas para los patronos para que, de una buena vez, cesaran las llamas. Había regidores, oidores y estaba, en persona, el mismísimo virrey, don fray Payo Enríquez de

Rivera, quien tomaría las medidas pertinentes para que las llamas no se dispersaran a las cuadras circunvecinas.

En medio de tal desastre, conformado por llamas colosales, ruptura de cristales y vidrieras de las casas, la multitud presenció una escena imborrable: un hombre de casi 60 años, fuerte y robusto, salió de entre las llamas con la custodia del Divinísimo en la mano: "Subió impasible las gradas del altar mayor, trepó con agilidad sobre la mesa del ara, alzó el brazo derecho y, con mano fuerte, tomó la custodia del Divinísimo, rodeada en esos instantes de un nuevo resplandor —el resplandor espantoso del incendio— y con la misma rapidez que había penetrado al templo y subido al altar, bajó y salió a la calle, sudoroso, casi ahogado, empuñando en su diestra la hermosa custodia, a cuyos pies cayó de rodillas, muda y llena de unción, la multitud atónita".

Al reedificarse una de las casas de la acera que mira al norte, situada entre Montealegre y Plaza de Loreto, los vecinos de la ciudad contemplaron sobre la cornisa de la nueva casa un nicho, con un brazo de piedra en alto relieve, cuya mano empuñaba una custodia también de piedra.

Era la casa de don Juan de Chavarría, de quien ya hablamos, hombre pudiente y piadoso. Nadie sabe quién le autorizó la fabricación de aquel nicho, localizado en la casa número 4 de Chavarría. ¿Acaso fue el rey, el virrey, el arzobispo?

Poco se sabe del valiente capitán don Juan de Chavarría. Nacido en México, fue bautizado en el Sagrario el 4 de junio de 1618. Se casó con doña Luisa de Vivero y Peredo, hija de don Luis de Vivero, segundo conde del Valle de Orizaba, y de doña Graciana Peredo y Acuña, con quien Chavarría tuvo tres hijos.

Hombre de su tiempo y de importancia fue aquel capitán. Patrono de la iglesia de San Lorenzo, ayudó a su reedificación. Por aquel entonces se acostumbraba que gente adinerada y creyente ayudara a la construcción de templos e iglesias. Incluso, en muchas de ellas, se encuentra la efigie o imagen del patrocinador, entre ángeles y santos que proclamaban sus buenas obras.

También se dice que dicho capitán recibió el tan codiciado Hábito de Santiago —uno de los distintivos más importantes de aquella época, que honraba y elevaba sobre el resto de la gente a quien lo portara—, el 26 de diciembre de 1652, en la iglesia reedificada de San Lorenzo, ante una lucida concurrencia y frente al virrey.

Don Juan de Chavarría, inolvidable personaje de la Nueva España, muere en la ya mencionada casa el 29 de noviembre de 1682.

Sobre su sepulcro se instaló una estatua de piedra que lo representaba de rodillas sobre un cojín y en actitud devota.

Desgraciadamente, si pasas por su calle, no la podrás ver. Ya no existe el monumento de cal y canto, de piedra labrada para ser vista y contemplada. Sin embargo, puedes imaginar.

La calle de don Juan Manuel

Don Juan Manuel, antiguo caballero de la Nueva España, tiene dedicada una calle en el centro de la ciudad. Quien pasa por ella quizá recuerde su historia convertida en leyenda.

Más de uno preguntará quién era don Juan Manuel, merecedor del "don" que lo confirma caballero frente a sí mismo, y frente a los demás, y cuyo nombre señala una calle, una historia y una leyenda.

Dicho caballero vino en la comitiva del excelentísimo virrey don Diego Fernández de Córdoba, marqués de Guadalcázar. Llegó, como se dice, para quedarse, para amasar bienes, ser respetado y servir posteriormente a don López Díaz Armendáriz, marqués de Cadereyta, cuando se hizo virrey. Nacido en la señorial ciudad española de Burgos, era conocido como don Juan Manuel de Solórzano, quien en 1636 se casó con doña Mariana de Laguna, hija de un acaudalado minero de Zacatecas. Por aquellos días la explotación de minas era un magnífico negocio.

Cuenta la leyenda que la pareja era desafortunada por carecer de descendencia, de hijos que coronaran su felicidad.

El hombre encontró refugio en la religión, en la plegaria. Incluso pretendió separarse de su esposa y hacerse fraile. Con tal motivo, mandó llamar de España a uno de sus sobrinos, algo común y corriente por aquel entonces.

Y aquí hacen responsable al maligno, al mismísimo Lucifer, quien, al parecer, influyó en don Juan Manuel, por supuesto que para mal. Al poco rato de la llegada del lejano pariente, don Juan Manuel pensó que su esposa y el sobrino se veían en secreto. Enojado, más bien fuera de sí, y aconsejado por el inquieto diablillo, quien susurró al oído del marido celoso que debía apresurarse a tomar venganza de su deshonra, quiso saldar el agravio. Y cuanto antes mejor.

Don Juan Manuel cumplió la voluntad del Diablo convirtiéndose en tremendo criminal. Cada noche salía de su casa y asesinaba al primero que pasaba, luego de preguntarle:

—Perdón, vuestra merced, ¿qué horas son?

—Las 11.

—¡Dichosa vuestra merced que sabe la hora en que muere!

"Brillaba el puñal en las tinieblas, se escuchaba un grito sofocado, el golpe de un cuerpo que caía, y el asesino, mudo, impasible, volvía a abrir el postigo, atravesaba de nuevo el patio de la casa, subía las escaleras y se recogía en sus habitaciones".

La ciudad vivía en continuo temor. Y no se encontraba al culpable de los asesinatos. Un día, don Juan Manuel fue conducido por la ronda a reconocer un cadáver. Era el de su sobrino, a quien identificó de inmediato, a él debía su suerte y buena fortuna en los negocios.

Víctima del remordimiento, el asesino acudió al convento de San Francisco. Entró a la celda de un monje, frente al cual cayó, abrazándose a sus rodillas. Arrepentido de su locura, maldijo al maligno responsable de su conducta, al que había prometido entregar su alma llegado el momento.

El reverendo lo escuchó. Como penitencia, lo envió a rezar un rosario tres noches consecutivas, pero al pie de la horca.

La primera noche, rosario en mano, escuchó una voz como salida del sepulcro que decía:

—¡Un Padre nuestro y un Avemaría por el alma de don Juan Manuel!

Aterrorizado, don Juan Manuel corrió a su casa.

Al día siguiente volvió a la celda del monje, a quien relató lo sucedido.

El confesor le recomendó que volviera esa misma noche al pie de la horca, porque el Señor de los Cielos, que todo lo dispone, pretendía salvar su alma. Le sugirió asimismo hacer la señal de la cruz cuando sintiera miedo.

Don Juan Manuel llegó puntual a la cita al pie de la horca. Aún no había comenzado su rezo, cuando vio un cortejo de fantasmas con cirios encendidos en la mano, conduciendo su propio cadáver en un ataúd.

Preso del horror, don Juan Manuel corrió al lado de su confesor.

—Padre —le dijo—, por Dios, por su santa y bendita madre, antes de morirme concédame la absolución de mis pecados.

El religioso lo absolvió en el lugar, enviándolo de inmediato a rezar el rosario que le faltaba.

¿Qué pasó aquella tercera noche? Nadie sabe a ciencia cierta. Sin embargo, la leyenda se encarga de hablar de lo desconocido: afirma la tradición que, al amanecer, hallaron en la horca pública un cadáver. Era el de don Juan Manuel de Solórzano, privado y servidor del marqués de Cadereyta, alguna vez virrey de la Nueva España.

El pueblo, que crea las leyendas, los episodios no dichos y que exigen una explicación, dijo que a don Juan Manuel lo habían colgado los mismísimos ángeles.

Y lo dicho, dicho está, y se sigue repitiendo siglo tras siglo. ¿También pudo ser algún diablillo desvelado? ¿Algunos ángeles contadores de historias? Lo ignoramos. Sin embargo, los invitamos a visitar, cuando les sea posible, la tan transitada calle.

El Señor de la Misericordia

Herminio era un ladronzuelo singular. Robaba continuamente y con la mayor facilidad del mundo.

Buscaba y rebuscaba entre las ropas de la gente, con tal delicadeza que a veces se daba el lujo de escoger la más conveniente, entre varias joyas y removía las otras sin provocar la menor sospecha, "sin dejar sentir la exquisitez de aquellos dedos casi aéreos que andaban pesquisando por el cuerpo ajeno". En el mercado del Parián, en las corridas de toros, en las apreturas de procesiones, desfiles y paseos, sus habilísimas y bien entrenadas manos entraban por toda clase de bolsas, faltriqueras, bolsillos, carteritas de cuero, bolsos de cintas anudadas.

Nunca lo pudieron aprehender, porque así como era mañoso para hurtar las cosas, lo era también para hacerlas pasar a otras manos cómplices o para huir hasta alguno de sus escondites, de donde luego las sacaba para vender a modo de no causar sospechas. El caso es que, el tal Herminio vivía dándose toda clase de gustos y aún exagerando en los apetitos, que llegan a ser vicios.

Pero no todo en este Herminio, Brizuelas de apellido, era reprobable. Tenía la cualidad de ser sumamente piadoso y devoto, sobre todo de la Preciosa Sangre y del Señor de la Misericordia, a quien le pedía constantemente por su diario sustento.

Era de misa diaria y rosario vespertino, a los cuales asistía con verdadera fe y una devoción por muchos celebrada. Afecto a darse golpes de pecho con gran sinceridad, diciendo de todo corazón y con "conocimiento de causa":

—Señor, yo no soy digno de llegar a ti, ¡ten piedad de mi alma!

Cumplía devociones bastante difíciles como los 13 Viernes, los vía crucis de Semana Santa...

Vivía con una mujerzuela que lo incitaba a robar más, para tener más y vivir sin problemas. Un día, unos compinches convidaron a ambos a una costosa francachela que iban a celebrar por las arboledas de Tacubaya o en el Olivar del Marqués. Le urgía obtener dinero para cooperar con la cuota correspondiente.

Había tenido muy mala mañana en sus negocios, porque "sólo apandó por ahí cosillas de poco más o menos". Al pasar frente a la iglesia del convento de la Encarnación, pensó en sacar de allí lo que necesitaba, así que entró como cualquier devoto.

El templo estaba solo. Únicamente el sacristán se movía llevando y trayendo candeleros, acomodando jarras y floreros, previniendo portaestandartes. Sacudió después los confesionarios y quitó de las bancas la menor pelusa. Colocó sin la menor arruga ni desequilibrio el blanco mantelillo deshilado.

Vio hincado a Brizuelas, pero lo ignoró como a alguien conocido, como a cualquier rezador sin importancia.

En su gran inconciencia, el ladrón pedía obtener el suficiente dinero para cubrir la cuota y participar en el jolgorio.

Sus ojos se fijaron en el Señor de la Misericordia, quien le movía mucho a contemplación mística y otras veces a devoción. Un brillo satánico salió por entre la corona de la cabeza sangrante del venerado Cristo, llamándolo hacia ella. Herminio atendió aquel llamado y calculó el precio de cada una de las gemas.

Esperó a que el sacristán terminara de colocar el frontal de tisú... Al salir, éste dejó escuchar el tintineo de las llaves, indicio de su visita a las monjas para tratar sobre la función del día siguiente, fiesta de guardar.

Herminio no esperó más, decidió subir por el frente del altar y quitarle la corona a la imagen para vender las joyas y fundir el metal. Los ojos tristes de la escultura se fijaron intensa y hondamente en los suyos. Herminio pisó en falso la orilla de un ramilletero y, al sentirse caer, se abrazó de la imagen trayéndosela con él en la caída. El Cristo quedó despedazado y el ladrón, sin sentido.

Al abrir los ojos, encontró los pómulos llagados sobre los suyos. La cabellera lo rodeaba, y los tristes ojos del Señor lo veían a dos palmos de distancia.

—¡Ten piedad de mi alma! —exclamó conmovido.

En seguida escuchó las campanas del Ángelus, que lo hicieron volver a su sentido completo.

Corrió hasta el convento de San Francisco; confesó, arrepentido de su vida, y pensando en los extraños caminos del Señor para atraer a las almas, decidió tomar los hábitos.

El Callejón de la Condesa

Guardiola —Correo— Carlos IV

La leyenda de este lugar se dio con motivo de una rivalidad entre dos caballeros de la época colonial.

Es una leyenda anecdótica que pone de manifiesto la terquedad y el exceso de amor propio de dos jóvenes prominentes de la sociedad novohispana.

Los dos querían pasar y ninguno quería ceder:

Tal vez fueron don Pedro Gabriel y don Bartolomé; tal vez don Amancio y don Ventura, no conocemos sus verdaderos nombres; pero ambos presumían de alcurnia y ambos —criollos engreídos— estaban muy orgullosos de su riqueza y poderío.

Los dos tenían coches idénticos, esos carruajes ostentosos de la época; dos caballos al frente, un cajón —carroza con grandes portezuelas de cristales, muy elegantes, con pescante dorado—, y cochero de traje de paño verde y sombrero con plumas muy discretas, ¡un verdadero lujo!

Cada quien había entrado por uno de los extremos del estrecho callejón, donde apenas podían ir avanzando los carruajes.

Llegó el momento en que se hallaron frente a frente, sin poder dar un paso más. Para que uno de los dos pasara, el otro tenía que quitarse, pero esta solución no estaba en la voluntad de ninguno de los dos personajes.

Se hicieron de palabras. Discutieron, primero por medio de sus cocheros y luego cara a cara, alegando sus blasones y pergaminos, la nobleza de sus antecesores.

La condesita Martina, que vivía en una de las pulcras mansiones del lugar, se asomó a la ventana detrás de las cortinas, atraída por las veces descompuestas. Vio brillar las espadas y ordenó a su lacayo recurrir a las autoridades.

¿Se acabó el pleito? No. Los dos se metieron a sus carruajes y estuvieron tres días sin salir para nada, ni dar señal de prisa. ¡Tal era su soberbia y prepotencia!, ¡tal fue su terquedad!, ¡tal su amor propio!

Pero he aquí que la mencionada condesa deseaba hacer salir su propia carretela, y no tenía por el momento "varón que la valiera". Hizo una petición formal, en una carta redactada y escrita por su confesor, para que se dignaran venir autoridades competentes a resolver el caso que le impedía salir.

Concurrieron los jueces. Pedro Gabriel hizo llamar a su abogado. Bartolomé también hizo venir al suyo.

El caso parecía llegar a mayores, y llegó: fue el virrey mismo quien, después de reírse de la tenacidad y orgullo de los contendientes, ordenó que cada uno de los coches, por señal dada y al mismo tiempo, saliera por donde había entrado al callejón.

Uno salió en reversa, hacia la calle de San Andrés, y el otro hacia la Plazuela de Guardiola, ambos ufanándose de no haber tenido que dejar pasar a su contrincante.

Y el estrechísimo espacio causante del problema recibió desde entonces el nombre de Callejón de la Condesa.

La casa del judío

Allá por el barrio de San Pablo, en la calle conocida como del Cacahuatal, existía por el siglo XVIII una casa deshabitada y en ruinas.

La casa, con cruces, emblemas, letras, grifos y adornos de la fachada casi borrados por el tiempo, parecía más la casa de un obispo o de un solitario religioso que la morada de un judío.

¿Un judío en la Nueva España? Se supone que no los había, que todos sus moradores eran cristianos; entonces no había cabida para gente de otras religiones. La única religión era la católica. Los practicantes de otras creencias eran considerados herejes y, por lo tanto, instruidos para que se corrigieran. O bien, castigados con la muerte por vivir en el error.

El hombre de esta leyenda se llamaba Tomás Treviño y Sobremonte, también llamado Jerónimo de Represa, originario de Medina de Río Seco, Castilla la Vieja, e hijo de don Antonio Treviño de Sobremonte y de doña Leonor Martínez de Villagómez. Se dice que doña Leonor había sido juzgada en "efigie", es decir, que su efigie o imagen había sido avergonzada y quemada públicamente por practicar la tradición de sus ancestros: el judaísmo.

Treviño o Tremiño decidió vivir en la Nueva España. Sin embargo, se sabe que fue preso dos veces por la Inquisición. La primera vez, fue objeto de perdón. La segunda ocasión, fue llevado a la hoguera, donde murió quemado en nombre del Dios de sus antepasados judíos.

Tomás se ganaba el pan como comerciante. Cierto tiempo se estableció en Guadalajara, capital de Nueva Galicia. Se cuentan muchas cosas sobre su persona, que ignoramos si fueron ciertas o no. Una de ellas es que cierta noche estuvo azotando a un Santo Niño de madera, que como conservó las señales de los azotes, fue tenida por milagrosa y muy venerada en la iglesia de Santo Domingo.

Ya de regreso de Nueva Galicia, fue capturado y puesto en manos de las autoridades inquisidoras, de las que se afirma, velaban por las buenas costumbres de los súbditos del rey de España, estuvieran donde estuvieran.

"Fue preso —se dice— con secuestro de bienes por judaizante relapso. Salió tan poco arrepentido después de haber sido reconciliado en el auto particular de la Fe, que se celebró en la iglesia del convento de Santo Domingo de esta ciudad a los 15 días de junio de 1625".

También se dice que, apenas recobró la libertad, se puso en contacto con otros judaizantes, a quienes informó sobre el teje y maneje del Santo Oficio: lo que sucedía en sus cárceles y, sobre todo, cómo debían de comportarse cuando cayeran en sus manos.

Ese mismo documento atestigua que Tomás Treviño, ya libre, se casó con María Gómez, sospechosa, asimismo, de judaizante. El día de la boda invitó a mucha gente de su ley, con quien celebró sus nupcias a la manera de sus antepasados. Se pusieron un paño en la cabeza y sirvieron, al principio, una especie de buñuelos bañados en miel y, la suegra, Leonor Núñez, ayudada por su yerno, sacrificó las gallinas, mientras vueltos al oriente, murmuraban ciertas plegarias que, a los del Santo Oficio, parecieron ridículas. Finalmente, cuentan las mismas fuentes, el hombre se lavó las manos tres veces para purificarse, para no quedar manchado.

A Tomás Treviño de Sobremonte se le acusó de haberse hecho circuncidar, y a su hijo también, de acuerdo con la Ley de Moisés. Se le echó en cara la práctica de continuos ayunos, valiéndose de pretextos, como el de sentir jaqueca y poco apetito para no comer. También se le acusó de no oír misa y de confesarse al modo judaico: puesto de rodillas en un rincón.

"Que cuando acababa de comer o de cenar, caminando en unión de católicos, al darles los buenos días, o las buenas noches, no respondía 'Alabado sea el Santísimo Sacramento', sino 'Beso las manos de vuestras mercedes'. Que su mujer le llamaba 'Santo de su Ley', y que en su prisión se valía de la lengua mexicana o azteca para comunicarse con su cuñado Francisco de Blandón. Que maldecía repetidas veces al Santo Oficio, a sus ministros, a los que le fundaron y a los reyes que le tienen en sus reinos".

Se cuenta que, cuando se le notificó su sentencia, se declaró abiertamente judío. Gritó a los cuatro vientos que deseaba morir como tal.

Se cuenta que el 11 de abril de 1649, la Inquisición celebró uno de los más notables y pomposos autos de fe en la Plazuela de El Volador —donde hoy está la Suprema Corte—, apoyado en la fachada de la iglesia de Porta Coeli. Que Tomás Treviño de Sobremonte salió al cadalso con sambenito, un hábito especial que recuerda el de la orden de los benedictinos, sin cruz en las manos y con mordaza en la boca.

Ya en poder de las autoridades, se le montó en una mula de mucho corcoveo. Entonces se le mudó a otra y luego a otra. El reo en su cabalgadura atravesó la plaza, los portales, las calles de Plateros y San Francisco, hasta llegar al quemadero, situado entre el convento de San Diego y la Alameda.

"Se le amarró al garrote del suplicio. El gentío era inmenso, llenaba todas las avenidas, las azoteas de las casas vecinas, las torres de las iglesias de San Diego y San Hipólito, las ventanas y todas las copas de los árboles de la Alameda. Esa multitud estaba formada de curiosos que iban a presenciar un acto teatral, y de devotos que esperaban ganar miles de indulgencias", es decir, iban a ser perdonados sus pecados por el Señor de los Cielos.

"Los sentimientos humanitarios se escondían allá en el fondo de los corazones. ¡Estaba prohibida, bajo severas censuras, la compasión!".

Escribió González Obregón: "De repente se encendió la llama de la hoguera, chisporrotearon los maderos secos, y el humo se elevó como huyendo de aquel horrible espectáculo".

La víctima jamás emitió una queja, ni un gemido. Tan sólo exclamó: "Echen leña, que mi dinero me cuesta".

¿Por qué la razón de tan extraña frase? Hay que recordar que, tan pronto era aprehendido un sujeto, y mucho antes de que se le juzgara y comprobara o no su inocencia, sus bienes pasaban a formar parte del Santo Oficio. Con ellos se pagaba la estancia del reo, su cama y sus alimentos, los costos del juicio y hasta la leña verde con la que era quemado.

El santo Ecce Homo del Portal

La calle que antiguamente se llamó de las Canoas, porque éstas venían desde la Viga hasta el Coliseo Viejo, después llevó el nombre de Tlapaleros, ya que tiendas que allí había se dedicaban a la venta de pinceles, aceites, colores, barnices y otros objetos que tenían relación con el oficio de pintor. En esta calle que en la actualidad se llama 16 de Septiembre, junto a la banqueta donde se levanta hoy el Hotel del Centro, existió, casi hasta fines del siglo XIX, el Portal de los Agustinos. Queda solamente una antigua inscripción, que con caracteres del siglo XVII, encerrada en un óvalo, dice así:

EL CONVENTO REAL DE SAN AGUSTÍN CUYO ES
ESTE PORTAL TIENE EJECUTORIA DEL SUPERIOR
GOBIERNO DE ESTA NUEVA ESPAÑA PARA QUE
NO SE PUEDA PONER CAJÓN EN ESTA ESQUINA
AÑO DE 1 673

Con ejecutoria y todo, los hermanos Antonio y Cristóbal de la Torre establecieron en la unión de los dos portales, el de los Agustinos y el de Mercaderes, un negocio en el que vendían libros, novenas y canciones populares; negocio que fue por mucho tiempo lugar donde se daban cita platicones y desocupados, que iban a echar allí sabrosos paliques políticos, literarios y escandalosos.

Aquel adefecio del Portal de los Agustinos, en los últimos tiempos, estaba casi hundido bajo el peso de los dos pisos superiores que soportaba. Los arcos se tocaban con las manos, era oscuro y, en las tardes lluviosas, las aguas que anegaban la calle penetraban hasta el interior de los comercios.

Los comercios que había en ese entonces eran: en la esquina, la Librería de Rosa; la cristalería La Jalapeña; la Antigua Librería de Galván; una fotografía con ostentosos muestrarios, en donde se podía leer: "¡Se garantiza el parecido!", y, al fin, en la esquina con la calle de Palma, la tienda de abarrotes El Cuervo.

Casi a la mitad del portal, donde una antigua tradición afirma que nació el autor dramático don Juan Ruiz de Alarcón y Mendoza, había un nicho que se levantaba a poco más de medio metro del nivel del suelo, pero cuya parte superior tocaba el techo del Portal de los Agustinos.

En este nicho se veneraba, desde tiempos muy remotos, una escultura conocida con el nombre del Santo *Ecce Homo* del Portal; estaba alumbrada durante la noche, y aun de día, por la parpadeante luz de una lamparita encerrada en un farol de cristal y armazón de hojalata, a la que cuidaban de poner aceite, para que ardiera de continuo, los muchos devotos de aquella escultura maravillosa por sus milagros.

¡Y vaya que fue milagroso el Santo *Ecce Homo*! Según contaba una tradición que ahora yo les cuento.

En el siglo XVII desembarcó en Veracruz y llegó a México, después de un penoso viaje, un aventurero español, de aquellos ilusos que venían de la madre patria con la idea de encontrar tesoros como los del inca Atahualpa o los del azteca Moctezuma.

Pero cuál sería su pesar, cuando una vez en la capital del reino de la Nueva España vio que pasaban y pasaban días sin que los soñados tesoros fueran descubiertos; y cuando ya cansados de hospedarlo gratis y darle la diaria comida muchos de sus compatriotas, uno de ellos aseguró que en el Portal de los Agustinos había un santo muy milagroso y que a él había que acudir para que lo socorriera en sus necesidades y le cambiara en próspera su, hasta allí, mísera existencia.

El ibero siguió el consejo de aquel paisano y amigo y, en la noche del mismo día en que se lo dijeron, se encaminó después del toque de queda, que daban las campanas de la Catedral, al Portal de los Agustinos, que a esas horas estaba solitario y silencioso, apenas alumbrado por la vacilante luz del farolillo que tenían siempre encendido los devotos del Santo *Ecce Homo*.

Llegó el ibero ante el nicho. Se quitó la gorra con respeto, hincó la rodilla derecha y, apoyando el codo de su brazo izquierdo en la rodilla levantada de la otra pierna, reclinó la frente en la palma de su mano izquierda, mientras que con la otra mano accionaba y hacía ademanes de orador, hablándole así a la milagrosa escultura:

—Señor, divino Señor, que estás aquí tan desnudo de ropas, como estaré yo pronto si no pones remedio a mis penas; lleno de moretones y cardenales de tantos golpes que te dieron los pretorianos, como mi perra suerte; sin más abrigo que tu descolorida capa, parecida a mi desteñido capotillo; ni más calzones que cubran lo que debe cubrir la honestidad, que los que tienes tú semejantes a los míos. Señor, postrado humildemente a tus pies, te pido encarecidamente que me concedas, como a otros paisanos míos, que haga yo pronto una gran fortuna.

El Santo *Ecce Homo*, que aunque mudo e inmóvil parecía mirarlo y compadecerlo, inclinó y alzó dos veces la cabeza, como si dijera:

—Te concedo lo que me pides.

Se maravilló el ibero y, gozoso, de nuevo imploró otra gracia.

—Señor, divinísimo Señor, permite que, como tantos paisanos míos aquí residentes, encuentre yo una joven rica y hermosa entre tantas criollas que hay en esta ciudad, y que me enamore de ella, y que ella me corresponda, y que nos desposemos muy en breve...

Por segunda vez, bajó y levantó la cabeza el Santo *Ecce Homo* en señal de que aquella otra gracia estaba, desde luego, concedida.

El insaciable ibero, poseído más de júbilo que de asombro, pues su dicha le impedía darse cuenta de que se dirigía a una imagen y no a un ser viviente, exclamó con sin igual delirio y fervor:

—Señor, misericordioso Señor, ya que merezco de ti tantos favores, dándome o prometiéndome dar una gran fortuna y una linda esposa, concédeme larga prole que perpetúe mi nombre y herede mis riquezas en este mundo.

Por tercera vez, la milagrosa efigie movió la cabeza, como la había movido en las dos ocasiones anteriores. El ibero estaba contento y, demasiado ambicioso y no satisfecho aún, imploró una última gracia.

—Señor —le dijo—, ya que te has manifestado tan bondadoso y pródigo conmigo, ofréceme que a mi muerte me llevarás al cielo para gozar a tu lado de la gloria eterna.

El santo en esta ocasión no movió la cabeza, coronada de punzantes espinas, en sentido afirmativo; la movió de un lado al otro, como si dijera:

—No, no; y no sólo con la cabeza indicó su negativa rotunda, sino que con la caña que empuñaba en la mano hacía señal en sentido negativo.

Al ibero le pareció, además, que de los labios del Santo *Ecce Homo* salía una voz imponente que le reprochaba aquella desmedida sed de toda clase de bienes y que le ponía en el dilema de elegir los goces de la tierra y las dulzuras del cielo; se figuraba que él repetía:

—No, no —y que uno y otro "no" lo subrayaba con la cabeza empinada y con la caña levantada.

Se desplomó el ibero sobre las lozas de pavimento del portal; pocos momentos después, la ronda, que pasaba por allí, levantó el cuerpo de aquél, sin vida o desmayado.

Conducido en brazos por los alguaciles, pudieron todos observar que el infeliz no estaba muerto, pero convinieron, también todos, en que no había tomado bocado alguno en el curso de muchas horas.

La campana del reloj de Palacio

El aspecto de los edificios de la ciudad de México ha variado mucho por diferentes causas: incendios, temblores o caprichos de la moda. Lo que gusta en una época, disgusta en otra.

Uno de los ejemplos vivos es el Palacio Nacional: donde había una ventana, se ha abierto una puerta; donde existía un corredor, se ha levantado una escalera; y donde se hallaba un entresuelo, pusieron un pasadizo bajo.

En el exterior o fachada ha sufrido menos cambios: uno, en 1562, cuando se tomó posesión del edificio hasta el 8 de junio de 1692, cuando fue incendiado por la plebe; y otro, desde 1693, cuando empezó a reedificarse.

Del siglo XVI al XVII el Palacio Nacional parecía una fortaleza, con torreones en las esquinas, troneras de trecho en trecho y dos puertas grandes. El segundo piso estaba constituido por una serie de balcones, pero más bajos y anchos, sobre dos de los cuales estaban las armas del rey y del conde de Galve sobre dos escudos.

Del siglo XVIII al XIX la fachada cambió de gran manera: las antiguas troneras se transformaron en ventanas, con rejas toscas y feas, y las puertas se fueron concluyendo poco a poco. A mediados del siglo XVIII el edificio ya tenía almenas, y donde estaban los ángeles de bronce existían escudos con las armas reales.

El Palacio Nacional conservó, hasta 1867, encima del cubo del antiguo reloj y pendiente de un arco, una tradicional campana, que era de regulares dimensiones.

En la parte superior, a modo de asa, tenía una corona imperial sostenida por dos leones. En uno de sus lados, en relieve, un águila de dos cabezas soportando con sus garras un escudo, es decir, las armas de la casa de Austria, y, por lo tanto, de España y sus colonias. En el otro lado tenía un calvario de Cristo, la Virgen, San Juan y la Magdalena.

No olvidemos que hasta las Leyes de Reforma, con Benito Juárez, la Iglesia y la religión dejaban su huella en costumbres, tradiciones. Y en edificios...

Cerca de los labios de la campana se podían leer las primeras palabras de la Salve en latín, y una inscripción que decía: "*Maese Rodrigo me fecit*", 1530. Es decir: "El maestro Rodrigo me fabricó".

Cuentan que dicha campana forma parte del campanario de un pueblecillo de España y que una noche, como enloquecida, comenzó a tocar sin parar. El alboroto fue grande; cantaron los gallos, ladraron los perros, balaron las ovejas y mugieron los bueyes; se encendieron luces por todas partes, se abrieron puertas y ventanas, y los tranquilos vecinos comenzaron a levantarse y a preguntar qué era aquello.

Hay quien pensó en un incendio. Hay quien imaginó que del cielo había caído una culebra de agua. Quizá un conspirador creyó que su causa estaba ganada y de ahí el repiqueteo.

La campana continuó en su redoble sin causa alguna, como si la estuvieran agitando una legión de diablillos. Todos, de chicos a grandes, corrieron a la iglesia. Con ellos el alcalde y los alguaciles.

Sólo encontraron un gato, el que, por supuesto, nada tuvo que ver en el repique de la embravecida campana.

Como comprenderán, se pensó en un suceso sobrenatural y, por lo tanto, terrible y temible; las mujeres y los muchachos lloraron a lágrima viva. También, y mucho, las ancianas, que pedían al señor cura, postradas de rodillas, que conjurase a la campana. Que le echara agua bendita para conjurar su posible maleficio.

Esa mañana se descubrió que el campanero no había pasado ahí la noche y que la campana había tocado sola. Gacetas, mercurios y diarios no hablaron de otra cosa en muchos días.

Finalmente, un fiscal se encargó de decidir la suerte de la extraordinaria campana, no sin antes hablar largo y tendido sobre todas las campanas de la historia, menos de las de Turquía, porque, según ciertos autores, no las hay, ni jamás las hubo.

Tras largos y acalorados debates acordaron todos los magistrados, los que dictan las leyes:

1. Que se hiciera como si la escandalosa campana jamás se hubiera salido de sus casillas.
2. Que se le arrancara la lengua, es decir, el badajo, para que no se le ocurriera volver a escandalizar por motu propio. Es decir, sin que nadie la llamara a repicar.
3. Que fuera desterrada a otros dominios de las Indias. No malinterpreten: de las Indias Occidentales, del dominio español.

La campana, ya deslenguada, fue embarcada en un navío de unas de las tantas flotas que partían a la Nueva España.

Llegó a México, donde debía cumplir su condena. Y la cumplió, en un rincón de Palacio Nacional, donde la contemplaban con "admiración y respeto".

En tiempos del virrey Francisco de Güemes y Horcasitas, primer conde de Revillagigedo, se pensó que aquella campana no podía continuar ociosa, pero por nada del mundo se atrevían a volverle a poner el badajo.

Finalmente, se le destinó a ser colocada arriba del reloj, en cuyo sitio muchos la conocieron hasta diciembre de 1867.

Después, se fundió. ¿Y qué salió de ella? ¡Nada que valiera la pena! El metal estaba echado a perder.

Y ahora les contaremos brevemente la historia del reloj.

La mención más antigua la hizo, en 1554, el doctor y maestro Francisco Cervantes de Salazar, en sus famosos *Diálogos*. Entonces, Alfaro, uno de los personajes, al llegar a la esquina de la calle de Tacuba y la Plaza, preguntó y exclamó:

"¿Pero qué significan aquellas pesas colgadas de unas cuerdas? ¡Ah! ¿No había caído en cuenta: son las del reloj".

Y su interlocutor, Zuazo, agregó:

"En efecto y está colocado en esa elevada torre que une ambos lados del edificio, para que cuando de la hora la oigan por todas partes los vecinos."

El edificio al que se referían era la Casa de Estado que perteneció a don Hernán Cortés, el conquistador de Tenochtitlan, luego capital de la Nueva España.

Estaba en la calle del Empedradillo, donde residieron los primeros gobernantes de la Colonia, las dos primeras audiencias y los primeros virreyes, hasta que, comprado el actual Palacio Nacional en 1562 por los reyes hispanos, se trasladaron ahí.

Don Joaquín García Icazbalceta, a su vez, nos dice: "El reloj estaba en la torre y pieza de la esquina de las calles de Tacuba y Empedradillo, donde había sido puesto para que los oidores no llegarán tarde a sus reuniones de trabajo".

Cuando la Audiencia se trasladó al actual Palacio Nacional, el reloj pasó con ellos, dando nombre a seis calles de las que corren hacia el norte en la misma línea del edificio.

Don Nicolás Rangel, quien buscó en las actas de Cabildo de la ciudad de México, nos habla de la calle del Reloj, de San Antonio Abad a Santiago Tlaltelolco —hasta 1565 Ixtapalapa, cuyo dueño era el doctor Pedro López; más tarde, fue Avenida de la República de Argentina—, donde se asentaron, cuenta Cervantes de Salazar, las mejores familias: los Mendozas, Zúñigas, Altamiranos, Estradas, Ávalos, Sosas, Alvarados, Saavedras, Ávilas Benavides, Castillas, Villafañes y muchas más.

Durango

Leyenda de Sahuatoba

Los tepehuanes jamás olvidaron los días del Diluvio. Años antes, densos nubarrones se extendieron sobre el cielo estival, a excepción de un espacio dedicado a la estrella de la mañana.

El dios del Rayo, enamorado de la estrella mañanera, logró atravesar los densos nubarrones y descargar su fuerza sobre el amor de sus ensueños.

De aquel contacto nació un pequeño que el Rayo condujo a la entrada de una cueva. Una cierva recogió al muchachito, lo cuidó y alimentó como si fuera su retoño. Un águila también se hizo cargo del recién nacido.

La estrella de la mañana descendía de vez en vez, transformada en una mujer, le daba regalos, consejos y dones de maravilla.

El niño creció alto, fornido y sabio: entendía el lenguaje de todos los animales. Y con sólo una mirada dominaba a los más feroces.

Cierto día, la estrella de la mañana anunció a su hijo la llegada de un terrible diluvio. El joven, desde su picacho, vislumbró lo que parecía el fin del mundo: de sus hombres, bestias, aves. De árboles y flores. De todo lo vivo y de lo creado por el hombre: casas, edificios, muebles...

La cierva que lo crió, al ver tal desastre, murió de pena. El hijo del dios del Rayo y de la estrella de la mañana quedó solo en el mundo, el cual tardó en volver a ser lo que era.

Cierto día de primavera, Sahuatoba —ése era el nombre del muchacho— encontró a la entrada de su cueva un lirio perlado por gotas de rocío. Al cortar aquella olorosa flor apareció una hermosa mujer. Su nombre era Masada, que en tepehuano significa cielo.

El uno era para el otro. Uno seguía al otro por los cuatro puntos cardinales en busca de un paraje ideal para asentarse. Como no lo hallaron, volvieron a su antiguo picacho en medio de una noche tormentosa.

Al amanecer, Sahuatoba salió, como siempre, a saludar a la estrella de la mañana. Cuál sería su sorpresa al encontrar que la pradera, cercana a su cueva, estaba llena de lirios blancos. Despertó a Masada: valía la pena contemplar el renacimiento de la naturaleza.

Masada, encantada con los lirios, cortó uno ¡y apareció una cierva! Cortó otro y apareció un venado. Día a día cortaba una flor de la cual nacía una pareja de animales de una especie.

El mundo se fue llenando de aves, reptiles, mamíferos, peces... Masada y Sahuatoba tuvieron siete hijos y siete hijas, dando origen a las diversas razas que poblaron al mundo.

La primera pareja educó con fervor a sus hijos dentro del culto de la luna, del sol, del rayo, del viento, de la lluvia, del águila y del venado.

Pasó el tiempo, la tierra de los tepehuanes fue invadida por tribus extranjeras, lo que los impulsó a buscar otras tierras, otros horizontes. Sin embargo, al no lograr adaptarse en zonas áridas, decidieron retornar a su antiguo hogar.

Se dice que los tepehuanes se extendieron hasta San Andrés del Teúl cuando fueron despojados por los zacatecos. También se cuenta que Sahuatoba, el eterno adolescente, continúa vivo. Que cierta vez se les apareció a los tepehuanes en un lugar llamado Ixtlahuacán Nopotlalli, es decir, en "llanos que están en medio de la tierra"; según fray Antonio Tello, en el Valle de Súchil.

Y lo más portentoso: se apareció en forma de niño. En su lengua, encarnando a Pitzili o Tiopitzintli. La historia aún no concluye. Mientras Sahuatoba permanecía entre los indígenas, su esposa y amada Masada fue raptada por el Dios Rayo, enamorado de su belleza. Cuentan que, al no lograr hacerla su esposa, encolerizado lanzó una descarga, convirtiendo a la hermosa mujer en la estrella de la tarde.

Cuando Sahuatoba regresó a su hogar, no encontró a su mujer. Desesperado, interrogó a flores, aves, arroyos y cascadas.

Todos y cada uno de ellos le contestaron lo mismo:

—Espera a que caiga la tarde y verás aparecer a tu adorada Masada.

Desde entonces, el eterno joven saluda a su esposa, convertida en magnífica estrella, diosa para los nahoas, igual que la estrella mañanera.

Los toltecas la llamaban Tlahuizcalpanteutli y le erigieron una pirámide en Tula.

Leyenda del primer hombre

La nación tepehuana creía que el sol, la luna, las estrellas, el aire, el fuego y el agua eran divinidades a las que se debía rendir culto.

También adoraron algunos animales, como el venado, el águila y el conejo. Y entre las flores endiosaron al lirio y al peyotl.

Para ellos, la luna era más vieja que el sol, porque aquella fue envejeciendo, cubriéndose de canas como una mujer mayor, entregada al llanto por la pérdida de su antigua juventud. Las lágrimas no podían ser más que la lluvia que salía de sus llorosos ojos.

Incluso la nación tepehuana pensaba que los primeros hombres eran fruto de la unión entre el sol y la luna, sus más preciadas deidades.

Cuentan que el sol comunicó a la estrella de la mañana sobre el nacimiento de los hombres sobre la Tierra. Sí, pronto habría siete razas diferentes de hombres, todos descendientes del primer hombre.

Cachinipa, un genio del mal, al escuchar la noticia, decidió crear un enorme dragón de siete cabezas que acabaría con el hombre, generador de las siete razas que el sol proyectaba engendrar.

Para ello creó al dragón: terrible y asqueroso reptil de ojos bermejos, formidables garras y enorme aguijón en la cola. Además, poseía dos alas para cruzar los mares.

Aquel dragón, guiado por Cachinipa, recorría el mundo en busca del primer hombre, al que estaba decidido a destruir. Pronto dieron con él en el lugar paradisiaco donde vio la luz primera. Cuando el terrible reptil amenazaba con engullirlo, apareció un águila, que lo prendió con su pico, elevándolo por los aires y poniéndolo a salvo sobre un picacho.

El dragón y el águila lucharon a muerte, cayendo derrotado el primero.

Cachinipa llamó a dos lagartos para que capturaran al hombre, quien sería amarrado en un árbol para que un nuevo dragón, creado por sus manos, le royera las entrañas. Por suerte, apareció un conejo, que con sus dientes deshizo la cuerda que ataba a la víctima al árbol.

El hombrecillo se puso a salvo gracias a un venado, que lo llevó al galope. Y para que no muriera de hambre, el conejo le proporcionó su carne.

De lo anterior se entiende el porqué la nación tepehuana valoraba sobremanera al águila, al venado y al conejo.

El malo de Cachinipa no se quedó con los brazos cruzados. Un día, decidido acabar de una vez por todas con el hombrecillo, reunió —al pie de la montaña donde éste moraba— a un sinnúmero de animalejos, como escorpiones, tarántulas, víboras, caimanes y dragones. Ellos se encargarían de exterminar al hombrecillo.

Una abeja, una avispa y cientos de miles de cuadrúpedos y volátiles seres —quienes, en conjunto, parecían opacar al sol— vinieron en su ayuda.

El enfrentamiento fue terrible y acabó con la aparición de un rayo que fulminó a los animalejos.

Los vencedores no tardaron en llegar a la caverna donde el hombrecillo había encontrado resguardo.

—Tú —dijo el hombrecillo a la abeja—, por tu lealtad tendrás el alimento más dulce. Pero nunca harás la guerra. Si atacas serás mortalmente castigada.

Y, desde aquel entonces, la abeja que clava su aguijón fallece.

En cambio, el tecolote, quien avisó a Cachinipa sobre los planes de defensa, fue duramente castigado: en el futuro no volvería a ver la luz del día. Ciego, tan sólo vería en la oscuridad.

El zopilote, por miedoso, también recibió su merecido. Para simular que guerreaba, lejos, en la retaguardia, picaba a los muertos para embadurnarse el pico con sangre. Su castigo: alimentarse de carroña.

El cuervo —entonces de plumaje blanco—, por traicionar a los suyos, huyendo del combate, vería ennegrecer sus plumas para siempre.

En cambio, la paloma fue alabada por humilde y tierna. Ella representaría la vida, la ternura y el amor entre los hombres.

El hombrecillo creció. Pronto encontraría a su amada en un peñasco que se alzaba en medio de un islote.

De los amores entre el primer hombre y aquella doncella nació la raza humana.

De aquella pareja, relata la leyenda de los tepehuanes, surgió la raza cocoyeme, de pequeña talla y habitantes de lugares inaccesibles, donde buscó, por su debilidad, un resguardo.

Por supuesto que el malo de Cachinipa intentó, una y muchas veces, acabar con la raza cocoyeme. Pero no lo logró, gracias a las argucias de la estrella de la mañana. Ésta aconsejó a los perseguidos que tallaran dos piedras hasta producir un gran fuego. Luego, calentarían al rojo vivo piedras que arrojarían al hocico de las serpientes, enviadas por su enemigo.

Eso hicieron y los reptiles murieron.

Y si desean enterarse del origen de las Pléyades, continúen con la lectura:

A un hombre se confirió el cuidado de unas jóvenes, a las que alimentaba con lo mejor: frutas, raíces, carne de conejo y venado, que casi nunca faltaron, a excepción de algunos días. Cuando el cuidador no encontraba nada que llevarles, se extraía sangre de sus pantorrillas, diciéndoles que era de venado.

Las jóvenes, indignadas, al darse cuenta de la verdad, abandonaron la caverna, yéndose al cielo y convirtiéndose en la constelación de Las Pléyades.

El fantasma del conde

Ésta es una leyenda de aparecidos que da comienzo una noche oscura. Su protagonista era un trabajador de la Hacienda del Mortero quien, de regreso a su pueblo, cabalgaba por el margen derecho del río del Súchil.

Cerca del bajío, por donde afluye al río la corriente del ojo del Mortero, el hombre escuchó el galope de un caballo negro, montado por un jinete vestido a la manera antigua, propia de los caballeros de la época colonial. Su sombrero, su capa y su esclavina eran como los usados por don Antonio de Mendoza o don Luis de Velasco, virreyes de la Nueva España.

El jinete, despavorido, pasó frente al otro, sin siquiera voltear a verlo.

El viajero sintió un tremendo escalofrío, un terrible temor ante lo desconocido.

Por su mente iban y venían pasajes de cuentos y leyendas de descabezados, de fantasmas, de aparecidos, de brujas y demonios propios de aquellas tierras.

Fue entonces que arreció su paso. Llegó a un jacal. El velador, guardián del lugar, rezaba lleno de estupor.

De sus labios tan sólo brotaba una misma y sola frase: "El conde, el conde".

—¿Qué, no me reconoces? —le preguntó el viajero, tratando de hacerlo entrar en razón.

El velador, temeroso, no dejaba de temblar. Había confundido a su conocido con un fantasma. El viajero, contagiado por el miedo, decidió interrumpir su camino y continuarlo ya pasada la noche.

El cuidador y el recién llegado pasaron la noche juntos al calor de una hoguera, mientras uno contaba y el otro escuchaba una historia singular: la del conde del Súchil.

En vida, aquel potentado había sido dueño de ricas tierras y hasta de un suntuoso castillo. Era envidiado por muchos y honrado por otros. Sin embargo, su alma no descansaba en paz, quién sabe por qué pecados cometidos en vida.

El velador contó que aquel desafortunado noble dormía de día y salía de noche a cabalgar por sus propiedades del pasado. Su derrotero siempre era el mismo a partir del Molino Viejo, donde quedaban restos de antiguos lavaderos de metales, como el oro y la plata.

Adivinaron: detrás de esta historia había un tesoro. Todo el mundo lo busca, hasta el día de hoy, por aquellos parajes y sin encontrarlo. Se cuenta que está bien guardado en el palacio del conde del Súchil, donde, de vez en vez, llega el ánima en pena de aquel conde, incapaz de gozar de un descanso eterno.

La carroza del cura

Esta leyenda trata sobre un mal cura que vivió en las postrimerías de la época colonial, poco antes de la Independencia de la Nueva España, ahora México.

¿Qué hizo aquel padre en vida para ser castigado en muerte?

Empecemos por el principio: una noche tenebrosa y oscura, con amenazas de tormenta, unos hombres llegaron al curato de San Juan Bautista de Analco.

El padre de uno de ellos, enfermo, estaba a las puertas de la muerte y había que ayudarlo a bien morir.

El sacerdote se negó a acompañarlos pretextando el mal tiempo. La verdad era que tenía pereza y muchas ganas de continuar bajo las cobijas.

Uno de aquellos indígenas, indignado por la conducta del mal religioso, habló y dijo: "El padrecito, cuando acaben sus días, morirá como mi padre: sin confesión".

Y dicho y hecho: cuando al religioso le tocó partir de este mundo, no hubo quien lo escuchara en confesión antes de morir.

Desde aquella noche, juran los habitantes de la entonces Analco, que el alma del sacerdote viaja en una carroza que parece endemoniada, causando miedo y terror entre la gente.

Y no es para menos: los lugareños, noche con noche, generación tras generación, contemplan la misma terrible escena: dos corceles negros tirar de una carroza también negra, haciendo un ruido infernal entre las piedras, rumbo al Tunal.

Dentro de aquella carroza viaja el mal cura, enjuto, descarnado, casi un cadáver, incapaz de descansar —por los siglos de los siglos— por no haber cumplido con su deber: ayudar a un cristiano a bien morir.

Estado de México

La aparición del hombre

Leyenda mazahua

El espíritu de la tierra mazahua, Xoni Gomui, nació del amor de Jyaru —el Sol— con Male Zana, La Luna.

El Sol movió sus rayos para que hubiera movimiento en el mundo; de este movimiento se formó el aire, que después se convirtió en viento.

El Sol lloró y de su llanto se formaron los ríos, los lagos y los manantiales. Luego brotaron animales y plantas; finalmente, el hombre.

La sonrisa del Sol dio flores y aves; cuando cantó, cantaron las aves.

Los primeros hombres, llamados *mandas*, eran gigantes, pero no tenían fuerzas: si el aire los derribaba, no podían levantarse. Luego hubo unos tan pequeños que no alcanzaban a poner el maíz en las trojes; éstos fueron los *mbeje*.

Más tarde nacieron los "verdaderos hombres", de los cuales descienden los mazahuas, que viven sobre Niñi Mbate, frente a una isla del río Ndareje, el Lerma.

El primer hombre se llamó Nguemore, quien amó la naturaleza del lugar y vivía allí feliz, en el tiempo en que no había montañas.

La felicidad de Nguemore se turbó el día en que se sintió solo y deseó tener una compañera.

Un día Tanseje, la estrella matutina, le anunció una sorpresa cuando Nguemore recolectaba frutas entre cantos de jilguero. De pronto, dirigió su vista hacia el valle y descubrió que venía hacia él una doncella con un manto blanco que flotaba en el aire. Sus ojos eran bellos y brillaron al ver los ojos sorprendidos de Nguemore, a quien se acercó como atraída por una fuerza incontenible.

—¿Quién eres? —dijo él.

—No tengo nombre.

—Yo te diré Toxte.

Ella se acercó más y Nguemore preguntó:

—¿Adónde vas?

—A ninguna parte.

—Quédate entonces, aquí tengo una cueva.

Allí vivieron porque Jyaru los amó y los protegió para que poblaran la Tierra.

Leyenda de las montañas

A los tres días de vivir en la cueva, Nguemore y Toxte invocaron el *gospi* del amor, para lo cual colocaron una piedra hacia el Norte, otra hacia el Oeste y una tercera hacia el Sur, para dejar el Oriente libre al poder del Sol.

Ya unidos dieron nombre al Sol y a la Luna, al agua y al sauce, al venado y al trabajo.

Nacieron sus hijos y después los hijos de sus hijos; así se formó el pueblo Najto. Plantaron el *mama*, un árbol que registraría el origen, tiempo y lugar del pueblo mazahua.

Celebraban ritos de alabanza y gratitud con fuego en el amanecer, en el ocaso y en la medianoche. Ofrecieron el licor de maíz llamado *sende choo*, en honor del Sol. También prendían copal y ofrecían flores.

Vivieron muchas lluvias, un tiempo que nadie pudo contar; Jyaru les conservó la vida indefinidamente. Cuando Toxte se enfermó, Jyaru la transformó en volcán —el Nevado de Toluca—, para que no desapareciera de la Tierra.

Nguemore se quedó solo contemplando a su amada convertida en volcán y poco a poco se convirtió en monte, pues tampoco debía morir. Tal es el Xita o Bingui Mara, conocido también como tata Nguemore —como constancia de la permanencia del primer abuelo—, lugar al que los toltecas denominaron Xocotitlán, por su abundancia en tejocotes y ciruelas.

El señor del perdón

Unos dicen que Medina mató a un hombre durante una riña, otros aseguran que fue para defender el honor de una de sus hijas, el caso es que debió huir y desaparecer de Zacatecas para librarse de la horca. Era el año 1565.

Medina era originario de Peñuelas, Zacatecas, de oficio barretero. Salió de madrugada; huía por los montes tratando de llegar al mineral de Zacualpan, en Sultepec, Estado de México. Llevaba con él a sus dos hijas para evitar, ya sea la venganza sobre ellas o, por lo menos, su hambre y desamparo. Ya oscureciendo llegaron a un monte cerca de la ranchería La Albarrada, y Medina decidió quedarse ahí a pasar la noche. Prendió fuego para calentar los alimentos que habían traído desde su hogar. Soplaba mucho viento y hacía frío, por lo cual reunieron varas y cortezas para hacer crecer la hoguera y mantenerla mientras dormían.

Al amanecer, el fuego se había terminado y entre las cenizas —sobre las piedras que limitaron el fogón— había unas laminillas de metal.

Medina supuso que estaba encima del crestón de una rica veta de oro y plata y se alegró sobremanera.

Encaminó a sus hijas para que se refugiaran en La Albarrada y guardaran el secreto; dejó la barreta de trabajo y el arcabuz en sus manos para que se defendieran en caso de ser descubiertas. Él llevó las señas del mineral a la capital de la Nueva España para mostrarlas al virrey don Antonio de Mendoza.

El virrey le dio audiencia y el hombre pidió el perdón de su delito a cambio de conducirlo hasta el rico descubrimiento.

Alegó sus razones para haber matado y el virrey lo perdonó pues "mataría dos pájaros con el mismo tiro": ganaría la amistad de un corazón agradecido y daría impulso a la minería llevando población y progreso a la región de Sultepec y Temascaltepec.

Bajo la orden de don Antonio se abrió la mina del Rey, atrayendo mucha gente al trabajo y explotación.

Medina encontró a sus hijas en La Albarrada, no sólo tranquilas y custodiadas por gente de bien, sino felices por haber descubierto en su camino ¡otra rica veta de oro y plata! Ésta se abrió también; se llamó la mina de las doncellas.

Medina, lleno de religiosa gratitud, pues ya no tendría que ser un fugitivo después de ser perdonado, mandó traer de España una imagen de Cristo Crucificado que aún se venera en Temascaltepec.

La imagen se conoce como el Cristo del Perdón.

Cómo nació el río Lerma

En un tiempo muy lejano, un águila real volaba majestuosa sobre Temascalcingo. Llevaba en el pico una serpiente que tal vez pensaba devorar. Mas, cansada del alto vuelo, bajó a descansar entre dos montañas. Allí se quedó dormida.

La serpiente aprovechó para dar fin a su cautiverio y salvarse. Silenciosa primero y agitada después, se deslizó por las cañadas, dejando a su paso un rastro que siguió por los valles y, poco a poco, se convirtió en el río Ndareje, posteriormente llamado Lerma.

El águila se quedó dormida. Después de mucho tiempo, se convirtió en una montaña nombrada Ndaxini.

¿No lo crees?

La palabra Ndaxini, significa "la cabeza del águila". Ésa es la mejor prueba del origen de nuestro río.

Guanajuato

La cruz de Culiacán

Cuenta la leyenda que, poco después de la fundación de Salvatierra, un anciano indígena, en compañía de su mujer y de su hija, llegó a la cima del cerro de Culiacán con los pocos muebles de su humilde hogar; y sin que nadie los ayudara, entre los tres construyeron una choza. Vivían aislados de los pueblos que habitaban en los bajos y en las laderas de aquel cerro.

La madre y la hija iban los domingos a misa a la iglesia de San Ángelo, del Convento Carmelita de Salvatierra, pero el indígena tenía fama de hechicero y algunos campesinos contaban que lo habían visto hacer sacrificios con aves, ofrendar flores y quemar copal ante un ídolo labrado en forma de culebra con plumas, que quizá correspondía al dios Quetzalcóatl.

Otros oyeron decirle a su hija:

"Tú, hija mía, eres como cuenta y pluma rica; eres carne de mi carne y sangre de mi sangre; y tienes ya sobrado uso de razón y muchas veces has visto crecer las cañas en las milpas, reverdecer el pasto en los campos, florecer las rosas en los jardines y madurar los frutos en los huertos, es preciso que entiendas que en este mundo no hay verdadero placer ni descanso, sólo trabajos, aflicciones, miseria y pobreza. Pronto serás amada de los hombres, pero huye de los blancos que son malos como el dios Tlacatecólotl. Ellos se apoderaron de nuestras tierras; han esclavizado a los nuestros para que labren las sementeras; para que sepultados en las minas saquen el oro; para que como bestias muevan las piedras de los molinos y los martirizan para que entreguen sus tesoros.

"¡Oh, inocente flor de estas montañas! ¡No pierdas tu lozanía con su liviano amor! Sé cauta y huye de ellos como el cervatillo cuando se acerca el cazador artero. Aborrécelos. Esos hombres no se saciarán con todo el oro de las entrañas de nuestras tierras ni con el que arrastran las aguas de nuestros ríos.

"Por eso te he traído a vivir a la cima del cerro del dios de nuestros antepasados, y primero te daré muerte, quitaré la vida a tu madre y me sacrificaré yo mismo antes que consienta en que seas de alguno de esos hombres blancos que son malos como el dios Tlacatecólotl". Después guardó silencio el anciano. La joven nada respondió, bajó los ojos, se puso en pie y fue a labrar un huerto que cultivaba al lado de la choza.

La joven indígena guardó silencio porque amaba con pasión a un hombre blanco que vivía en las inmediaciones de Salvatierra y que había conocido, ya adulta, cuando un misionero la bautizó y le puso el nombre de María.

La rara y extremada belleza de María había cautivado a Pedro Núñez, un joven de gentil presencia, y ella, a hurtadillas de sus padres, le correspondió.

Cuando el anciano indígena lo supo, le dijo:

—Nada ignoro y, como te tengo advertido, primero te veré muerta que en los brazos de uno de los hombres enemigos de mi raza.

María lloró mucho y arrodillada ante el anciano le pidió perdón por haberlo desobedecido, pero no podía prescindir de aquel amante que la iba a hacer su esposa.

El anciano iracundo no se convenció y la joven tuvo que ser llevada a la casa del alcalde de Salvatierra y un mes después se verificó el matrimonio en la iglesia parroquial, con cantos, música y flores.

María y Pedro Núñez eran felices y se seguían amando; solían ir a pasear en las tardes tranquilas cerca de la margen del río Lerma.

Una de esas tardes, un campesino encontró el cadáver de María y vio cómo un anciano trepaba como loco por los riscos del alto cerro; lo siguió y ya en la cima contempló un vivo fuego que consumía la choza.

El campesino que encontró el cadáver, temeroso de que sobre él recayeran sospechas, no dijo nada a nadie, sólo se contentó con enterrarlo en el mismo lugar en que lo halló.

Desde la noche siguiente, los moradores de aquellos sitios empezaron a escuchar un tristísimo llanto y creyeron ver un fantasma blanco y vaporoso por las cercanías del cerro.

Después de 20 años que el llanto seguía, un día los habitantes pudieron ver a un monje carmelita que con mucha dificultad subía por el alto y riscoso cerro, y una vez que llegó a la cima, dejó caer la pesada cruz que llevaba, para descansar, luego cavó afanosamente la tierra y por último colocó allí la cruz, que desde esa tarde protegería a los campesinos de la región y ante la cual en las noches tranquilas iría a orar el mismo fraile que en el mundo se llamó Pedro Núñez.

Desde entonces cesaron para siempre los tristes gemidos, que habían durado 20 años y al resplandor de la silenciosa luna solía verse junto al fraile la figura vaporosa de María.

El Callejón del Beso

Esta leyenda es sobre el tierno amor que se profesaban dos jóvenes, Carlos y Ana. Ella, hermosa y pura, frisaba en los 20 años; era cariñosa e hija única. Él tenía 25, era apuesto, fornido, de tez morena, carácter arrogante y con las mejores cualidades morales, como la de no adolecer de ningún vicio y dedicarse a cumplir con el trabajo que su tío, el escribano, le proporcionaba, estimulado con la promesa de que a su muerte heredaría el despacho. En estas condiciones conoció a Ana, por casualidad, y ambos quedaron unidos por un lazo indestructible.

Carlos pasaba a menudo por la casa de Ana cuando salía de su trabajo y ella, con el afán de verlo, se situaba en el balcón de su casa, luciendo un mantón de Manila que su padre le obsequió, de modo que cuando el joven pasaba, la muchacha le obsequiaba una dulce sonrisa.

Así pasaron varias semanas hasta que él se atrevió a saludarla y la joven le correspondió con una amable inclinación de cabeza. Al día siguiente se inició la plática cordial y, más tarde, acompañada de dulces frases y promesas de amor.

Pasaron las semanas y los meses deseando realizar sus más dorados sueños ante el altar, al contar con la aprobación de la madre de ella, doña Matilde, que veía con buenos ojos las relaciones de su hija con aquel joven de irreprochable conducta, aunque de escasos recursos económicos. Sin embargo, tenía la oposición del padre, quien tenía planeado casarla con un amigo suyo, potentado, residente en España y a quien Ana no conocía. De acuerdo con los jóvenes, doña

Matilde juzgó pertinente comunicarle al padre aquellas relaciones que no habían pasado de tiernos coloquios al pie de su ventana.

Un día, el padre sorprendió a los jóvenes en amable plática y después de amonestar a Carlos le prohibió que volviera a ver a su hija. En cuanto a ella, la amenazó que de continuar esa relación, la recluiría en un convento. Ninguno de los amantes quedó contento con la actitud del padre y Carlos decidió seguir la relación a sus espaldas.

Ideó alquilar una habitación en una casa situada frente a la de su novia, donde había una especie de postigo a la altura de la ventana, por donde él podía hablar libremente con su novia, sin ser descubierto, y fraguar un plan que pudiera ablandar al padre. Así pasaron varias semanas, viéndose sólo por las noches desde la ventana de la joven y el escondrijo de él cuando el papá dormía.

Sin embargo, el padre al sospechar de aquellas misteriosas entrevistas, se levantó de su lecho, sacó de su mesa de noche una filosa daga y ciego de ira se dirigió a la ventana; se le interpuso en el camino su esposa, tratando de disuadirlo, pero él llegó con la joven, quien al ser sorprendida pretendió dar una explicación, sin que le diera tiempo, pues su papá le clavó en mitad del pecho aquella daga.

Ana quedó moribunda, boca arriba, en el pretil de la ventana e inclinada levemente a un costado, con un brazo caído hacia el callejón. En ese momento, la luna iluminó tan dramático cuadro y se vio cómo el joven amante, movido por el más profundo dolor, tomó la blanca mano de su novia, le imprimió un tierno beso y dos ardientes lágrimas humedecieron aquella azucena marchita. Desde entonces, se le llamó a esta callecita el Callejón del Beso.

El Cristo moreno de Villaseca

El templo del Señor de Cata también se denomina de los mineros. Está dedicado al Señor de Villaseca, representado por una figura de Nuestro Señor Crucificado de piel morena. La leyenda cuenta que la imagen fue traída a la Nueva España por don Alfonso de Villaseca, dueño de la hacienda del mismo nombre, 1545. Él construyó una modesta capilla que servía para que los mineros hicieran sus ejercicios espirituales. Años después, un descendiente de don Alfonso instaló en el mismo lugar el crucifijo y posteriormente se empezó a edificar el templo de Cata.

La leyenda trata de un matrimonio de labriegos que por mucho tiempo habían vivido felices. Por aquel tiempo llegó a trabajar a aquel lugar un joven, de buena presencia, que pasaba todos los días frente a la casa de los campesinos, a la hora en que el esposo atendía las labores del campo, de manera que la joven y hermosa mujer podía salir a ver al trabajador, sin ser vista por ningún testigo. Al percatarse del interés de la muchacha, el empleado correspondió al coqueteo, que pronto culminó en amoroso idilio. La joven campesina, diariamente, a las 12 del día, le llevaba a su amante el almuerzo en una canasta tapada con una blanquísima servilleta. En cuanto llegaba, se dedicaban a disfrutar de las viandas calientes y de sus amoríos, sin pensar en las consecuencias.

Aquel amor que inició oculto, después, debido a las frecuentes entrevistas, se descuidó, pensando que nadie se había dado cuenta de él. Sin embargo, la curiosidad de la gente descubrió sus amores y el escándalo creció como bola de nieve, hasta que en forma anónima la noticia llegó al esposo, quien se resistía a creer en el engaño. Mas ya con la hoguera de los celos y la indignación quiso sorprender a su mujer in fraganti, para lo cual, al día siguiente de saber la noticia, salió de su casa a la hora acostumbrada para ir al trabajo, pero ocultó entre sus ropas una filosa daga y emprendió la marcha.

Cuando observó que el pueblo quedó atrás y que nadie lo veía, se puso al acecho entre los breñales y esperó a que pasara su esposa. No tardó mucho, poco después apareció ella, muy hermosa y lozana, luciendo un vestido de percal. El esposo, al verla, sintió que su mente se nublaba; sin esperar a que se reuniera con el otro, salió de su escondite esgrimiendo la daga, se plantó frente a ella con los ojos desorbitados y la amonestó acremente, ordenándole que le mostrara lo que llevaba en la canasta.

La joven, aterrada, se puso pálida al ver a su esposo; al mismo tiempo, al levantar los ojos, vio el templo del Señor de Cata, que se veía sereno y majestuoso a poca distancia de allí; al instante pasó por su cerebro una idea salvadora: se encomendó mentalmente al Cristo de Cata y desde el fondo de su corazón le pidió sincero perdón por su grave culpa. En seguida, con la mayor humildad, le respondió al esposo:

—Le llevo flores al Señor de Villaseca.

Él, sin esperar más explicaciones, arrebató la servilleta y quedaron pasmados ante lo que había en la canasta, porque en su interior las viandas estaban convertidas en flores de delicioso aroma, iguales a las que tenía en su propio jardín.

A partir de este hecho asombroso, los habitantes del lugar consideraron que el Señor de Villaseca es el amigo y protector de los mineros, quienes lo veneran y le solicitan que los ilumine y los ayude a resolver sus problemas y les proporcione el consuelo que tanto necesitan.

Guerrero

La cueva de los piratas

Cerca de Pie de la Cuesta había una cueva conocida por todos como Cueva de los Cuates: abertura hinchada que, poco a poco, iba estrechándose hasta perderse en los rellenos de guano. Era nido de murciélagos, que gustaban volar en desbandada.

Penetraba en ella un pequeñísimo hilo de luz perdido en las tinieblas. Nadie se atrevía a entrar por temor a los gases que despedía el cerrado ambiente.

Eran tiempos de don Diego Álvarez, cuando dos hermanos gemelos originarios de la Costa Grande se introdujeron en el Camino Real de Acapulco a Coyuca de Benítez, para despojar a los arrieros de sus pertenencias, las cuales escondían en la Cueva de los Piratas, también conocida con el nombre de Los Maleantes; es decir como la Cueva de los Cuates, palabra que proviene del náhuatl y que asigna a los hermanos mellizos. La bahía de El Marqués —por Hernán Cortés, marqués del Valle de Oaxaca—, resultaba un punto estratégico ideal para los corsarios, que amenazaban continuamente la paz de los pobladores.

En esa pequeña bahía desembarcó Jacobo, un pirata, asignado por sus compañeros para explorar el lugar. De su informe dependía la suerte de los bucaneros, infatigables y codiciosos.

El pirata se internó en el monte y atravesando el cerro de La Cumbre llegó a la ciudad, donde de inmediato se entregó a las autoridades locales, a las que no les quedó más que absolverlo por sus pasadas fechorías.

Aquel pirata tomó la cuchara de albañil y buscó mujer: una mujer negra llamada Serapia, que llevaba comida a los peones de la construcción. La gente admiraba al arrepentido, sin imaginar que un día volvería a sus antiguas costumbres. Sin pensarlo mucho, abandonó sus menesteres y partió a Puerto Marqués en busca de sus compañeros, ansiosos de escuchar sus informes.

Abusando de la confianza de su gente, sustrajo del botín tres cofres repletos de oro, los cuales condujo a Acapulco.

Por supuesto que la miserable cabaña que el corsario compartía con Serapia, resultaba poco apropiada para guardar tan tremendo tesoro. A Jacobo se le ocurrió guardarlo en un mejor lugar: en una cueva desconocida.

Ya puestos de acuerdo, llegaron a la dichosa cueva donde guardaron cuidadosamente las arcas; mientras, de seguro, planeaban su maravilloso y rico futuro.

Cuando Jacobo y Serapia se disponían a regresar al puerto, vislumbraron unos pequeños navíos, que creyeron venían en su busca. Los fugitivos, espantados, imaginaron terribles escenas de venganza.

Jacobo, mientras su pareja dormía, enloquecido por la desesperación, le clavó una daga en el corazón. Tras sepultarla, a flor de tierra, debajo de un cofre, el aterrado pirata se quitó la vida cortándose las venas; mientras las naves, ajenas al drama, desaparecían a lo lejos.

Durante la guerra de Independencia, cuenta la leyenda, un grupo de insurgentes penetraron en aquella cueva. Cuál sería su sorpresa al encontrar tan sólo un cofre mohoso y dos osamentas. El resto del tesoro había desaparecido.

Y para quienes gustan de historias de misterio, los lecheros que antiguamente entregaban la leche a caballo, solían contar que frente a la Cueva de los Piratas aparecían dos figuras de ultratumba, empeñadas en mostrar el lugar donde yacen escondidos los otros dos cofres repletos de oro. Se dice que hacían esto para purgar sus penas en el mundo de los mortales.

La panga de plata

Apenas llegó el gobernador castellano al fuerte de San Diego, tanto los mercaderes como los intermediarios, dieron un respiro de felicidad, ya que eso significaba el cese de injusticias y de altos impuestos para la mercancía llegada de Manila al puerto guerrerense.

En señal de gratitud, el sobrino del virrey —con el pretexto de las ferias— y las familias porteñas organizaron tertulias íntimas, a las que acudieron los personajes más destacados.

Todo mundo asistió, salvo una opulenta pareja, enemiga de saraos y tertulias. Por supuesto que tampoco asistió su joven y bella hija, quien no dejó de lamentar su suerte.

La muchacha, que casi nunca salía a la calle, pasaba su tiempo en el jardín de la mansión paterna. Nadie la conocía y ella a nadie conocía. Tan sólo trataba con el negro jardinero, quizá descendiente de esclavos venido de lejos. O tal vez nativo de la costa.

Don José Manuel López Victoria nos advierte que la doncella: "Abatida por las costumbres familiares de sustraerse al contacto con gente extraña, se enamoró perdidamente del criado; el cual, como humano que era, olvidó fácilmente su abyecta condición y, desde luego, su cerebro enfermizo concibió un perverso plan para hacerse dueño de la beldad, pues con su anuencia preparó la fuga de ambos, utilizando en efecto una panga pintada de blanco brilloso, que estaba varada en la playa de El Gato, dañada por las obras del malecón".

Lo que parece la descripción de una novela, fue real y tuvo lugar en el año 1767, a finales del siglo XVII. Su final parecer fue trágico: los amantes de dicha leyenda abordaron la embarcación en medio de una tormenta, lo que impidió que fueran vistos por propios o ajenos. Al torcer la orilla de El Grifo fueron sorprendidos por los vigilantes nocturnos.

Temeroso de ser descubierto y enviado a las autoridades virreinales, el jardinero logró burlar a sus perseguidores. Pero después, al parecer gracias al flujo de la luna, los agentes fiscales lograron reconocer a la pareja de fugitivos. La joven, al sentirse descubierta, tapó su rostro con su pelo enmarañado. Los policías, sospechosos de algo fuera de lo común, redoblaron su velocidad a fin de darles alcance.

Aunque el mar parecía tranquilo a la altura de Caleta, gracias a la protección de La Roqueta, la pequeña embarcación fu presa del tremendo oleaje: precisamente frente a la punta de las gaviotas, donde se forma la Boca Chica, una enorme ola alzó la panga para luego hundirla precipitadamente en la corriente con sus dos pasajeros a bordo.

Los agentes de la Real Hacienda corrieron a informarle a los padres de la doncella, quienes lloraron su muerte.

Como a los ocho días de la funesta tormenta, apareció la panga destrozada en la Playita de Carmelita, escondida en un recodo de la isla. Sin embargo, nunca de los nuncas aparecieron los cuerpos de los amantes.

Se cuenta que, desde entonces, en las noches nubladas y después de llover cuando la luna ilumina el oleaje de Boca Chica, se aparece una panga de plata, en la cual se proyectan las siluetas del esclavo negro y de la blanca doncella.

No todos los marineros pueden ver tal prodigio. Los que logran apreciar tan maravilloso espectáculo son benditos entre los benditos y no hay día que no sean recompensados por una magnífica pesca, por un buen sustento para ellos y sus familiares.

Hidalgo

Leyenda del pulque

Los historiadores serios no admiten la leyenda referente a Xóchitl y su alucinante bebida. Rechazan este relato "demostrando" que el pulque se consumió en la zona tal vez siglos antes de la existencia de dicho personaje. Sin embargo, la leyenda del pulque es una de las más populares entre las tradiciones del pasado prehispánico.

Existen diversas versiones y la más aceptable dice así:

En el año 1049, en los hermosos campos que rodeaban a la floreciente Tollan, vivía un campesino dueño de extensos magueyales. Tenía una hija jovencita a la que amaba mucho.

Desde hacía tiempo, Papantzin, el campesino, conocía el procedimiento —secreto de familia— para extraer del centro de los magueyes un líquido dulzón que bebía con delicia, al cual llamaba *neutle* (vinito dulce), o bien *tlaohique*, porque lo obtenía raspando el interior del maguey. Cuando terminaba su faena y bebía el jugo, guardaba su *acocote* (el guaje largo, especial, que usaba para sacar el líquido) en un lugar muy escondido.

Pero un día, empezó a llover con mucha fuerza; entonces, por correr, dejó su tesorito por ahí...

Una vez le avisaron que Xóchitl estaba bailando fuera de lo común. Papantzin pensó en un embrujo o en un mensaje de las divinidades, pero luego de hablar con la muchachita —después de que ella se calmó por completo—, supo que la alegría la invadió al beber el *neutle* "podrido" que él alguna vez tiró creyéndolo inservible.

Extrañado de que la bebida no le ocasionó a la joven ningún malestar posterior, experimentó sobre este hallazgo.

Pensando sacar provecho de esta casualidad, extrajo el *neutle* y lo dejó *podrirse* (fermentarse) en un recipiente. Al cabo de unos días, bebió y comprobó el efecto de la bebida.

Entonces, el descubridor del pulque —Papantzin— envió con su hija Xóchitl una gran jícara con la nueva bebida a Tecpancaltzin, rey de los toltecas. Deseaba congraciarse con el soberano causándole placer.

Tecpancaltzin quedó encantado con el obsequio y prendado de la mensajera.

Varias veces se repitió el envío. El rey correspondió con honores y mejores tierras para el descubridor del pulque y con la integración de Xóchitl al grupo de sus esposas favoritas.

De esa unión nació Meconetzin —"Niñito del Maguey"—, quien más tarde pretendió heredar el trono de Tollan.

Cuando Tecpancaltzin cumplió 50 años debía elegir sucesor, mas ante el mayor derecho de otros descendientes tuvo que nombrar un triunvirato encabezado por Topiltzin, bajo cuyo mandato ocurrió la destrucción de Tollan y el final del imperio tolteca.

El cerro del Tesoro

Se cuenta que bajo el cerro del Tesoro se halla el antiguo Tepeji —pueblo fundado por una tribu—, que por encantamiento quedó cautivo y que la Gran Serpiente permanece oculta en el lugar.

El encanto cesará cuando aparezca una niña virgen predestinada. Ella deberá cargar sobre sus hombros a la Gran Serpiente dormida, cuyo cuerpo descansa desde el puente de las Higueras y su cabeza en la subida a Tierras Blancas.

La niña caminará llevando la Serpiente hasta el templo de San Francisco, sin voltear para ningún lado. Al llegar repicarán las campanas a todo vuelo y habrá gran alegría. Entonces el pueblo encantado —que perteneció a la civilización tolteca— despertará y volverá a vivir el antiguo Tepeji.

El carruaje

Cuentan que en Tepeji del Río hubo alguna vez una diligencia muy lujosa tirada por los caballos más briosos que pudiera uno imaginarse. Los cuatro eran dosalbos (con dos patitas blancas) y con una crin que parecía de azabache sobre el cuello alazán tostado.

Y hablando de caballos y de patitas blancas, recordé un adagio antiguo que sabía un charro de mis tiempos y que tal vez los actuales conozcan todavía:

"Un albo muy bueno, dosalbo mejor, tresalbo muy malo y cuatro, peor".

El cochero era un hombre de mediana edad, bien parecido, que llevaba dentro del carruaje a media docena de mujeres muy jóvenes, todas "de buen ver".

Atravesaba la ciudad muy entrada la noche, invitando a los hombres a subir... pero aquel que tenía la desventura de subir ¡nunca volvía a ser visto!

Un hombre iba con un amigo; éste subió, encandilado por los envites, pero el que lo contaba se encomendó a las ánimas —para librarse del mal deseo— y tal como lo había oído decir, ¡jamás volvió a ver a su amigo!

Las Lavanderas

Existieron por mucho tiempo unos lavaderos públicos que todavía a finales del siglo pasado se abastecían de agua con la tubería de La Josefina. Las señoras iban a lavar en un depósito conocido como La Alberca.

Había anexos unos baños de regadera usados alternativamente por hombres y mujeres.

Cierta noche, unos obreros que cumplían el segundo turno y salían muy cansados iban de plática tendida, haciendo largo el tiempo para caminar lento, sin gran esfuerzo, después de haberse refrescado en los baños.

Al pasar por los lavaderos vieron a una mujer que salía a tender ropa.

Como el lugar carecía de alumbrado, nadie solía lavar a esas horas, por lo que comentaron —no sin temor— que se trataba, sin duda, de una aparición.

Al día siguiente, cuando comentaron el suceso, los obreros supieron que no eran los primeros, sino que varios de los que los oyeron pasaron por la misma experiencia.

—Ha de ser una fodonga que no cumplía con su quehacer en vida y ahora está pagando —se atrevió a decir Poli, uno de los más antiguos en la fábrica.

Las tres fuentes

Este hecho milagroso sucedió en el siglo XVIII, cuando todavía Pachuca era una de las "perlitas" del interior de la Nueva España.

El año de 1720 fue de gran sequía, pues más de medio año había pasado sin haberse visto la menor llovizna.

La gente del pueblo estaba desesperada porque los depósitos de agua llovediza se habían secado. Se formaban largas caravanas para ir lejos a traer agua.

Los sembradíos se estaban muriendo, pues lo poco que se acarreaba para darles auxilio, como a los moribundos, apenas si mojaba la tierra reseca y sedienta.

Los religiosos organizaban procesiones pidiendo a la Providencia su merced para no perecer de sed.

Lo impresionante es que, sin ponerse de acuerdo, coincidieron en la plaza principal del centro de la ciudad tres órdenes religiosas para encabezar tres procesiones que tomarían rumbos diferentes con la misma intención: suplicar a Dios la aparición de la lluvia. Cada comitiva celebraría en tres lugares distintos —fijados de antemano por las diversas órdenes— la solemne misa en los altares improvisados para el efecto.

Los altares se levantaron: uno donde está la Torre de Independencia, otro en la actual esquina de Morelos y Mina, y el tercero en la plazoleta donde desembocan la calle de Tres Guerras y el callejón del Mosco.

El día 10 de noviembre a las nueve de la mañana se reúnen los nobles y los religiosos para iniciar los recorridos del peregrinaje. Después de plegarias angustiosas, rosarios, magníficas y cánticos, se dividieron los tres contingentes para seguir cada uno el rumbo establecido por los organizadores.

En el momento de la Elevación aparecieron en el cielo los esperados nubarrones milagrosos que se volcaron sobre la ciudad entera.

Todas las almas, sorprendidas, invadidas de la mayor gratitud religiosa, se volcaron en oraciones y cantos de agradecimiento.

Un *Te Deum* colectivo subió desde la ciudad en alabanza a la bondad divina.

En los tres lugares donde se hizo la petición, el pueblo construyó los respectivos depósitos de agua, que siempre los abasteció en adelante.

Las fuentes recibieron los nombres de Fuente de San Miguel, Fuente de los Limones y Fuente de las Tres Coronas.

Jalisco

La apuesta

Ya saben ustedes cómo son los muchachos, les encanta hacer apuestas, aunque en ello, por desgracia, algunas veces se les vaya la vida o la razón.

Remontémonos al siglo XIX, época de duelos y escenas de terror y de locura.

Un grupo de jóvenes aspirantes a médicos del Hospital Civil platicaban sobre mil boberías. Uno de ellos, un avispado y valiente estudiante, apostó a sus compañeros que entraría y saldría del campo santo como "Juan por su casa", y sin sufrir daño. Se internó completamente solo al antiguo Panteón de Belem a las ocho de la noche y clavaría un clavo, como señal de su estancia entre los muertos.

¿Y por qué precisamente a las ocho de la noche? Porque a esa hora se daba el toque de ánimas, cuando los difuntos salen de sus sepulcros.

La campana del Templo de Belem repiqueteó, una y otra vez, hasta cumplir las ocho campanadas. El joven, tan pronto escuchó el primer campanazo, brincó la barda caminando con paso firme. En su mano llevaba un martillo y un clavo. Tan pronto llegó al oscuro corredor cumplió con su promesa. Ya podía regresar, sano y salvo a su casa. Había ganado la apuesta.

Sin embargo, alguien lo detuvo. Sus pies no le respondían. Quiso gritar y carecía de fuerzas. Presa del terror, sufrió un desmayo.

Sus compañeros, impacientes por su atraso, entraron en el sacrosanto recinto. No podían creerlo: su compañero se encontraba tendido en el suelo, pero sujeto a la pared con la capa clavada por el clavo.

Eso se dice, eso se cuenta: el joven despertó completamente loco.

La dama enlutada

Esta leyenda surge a principios del siglo XIX, en la que entonces era la tranquila ciudad de Guadalajara, capital de Jalisco.

Los serenos, que solían rondar y vigilar las calles cuando el resto de la población dormía, y algunos testigos juraron haberla visto caminar por las calles del Señor, entre las 10 y las 11 de la noche, gracias a la luz de algunas farolas.

A esa hora la vieron salir de la Catedral. Cómo no advertir su esbelta figura y sus finos pasos camino al norte de la ciudad. Vestía elegantemente de negro de pies a cabeza. Más de un noctámbulo, extasiado por su figura y su andar, la siguió regalándole piropos y galanteos a los que la mujer hacía caso omiso.

En cuanto llegaba frente al Santuario de Nuestra Señora de Guadalupe, atravesaba la calle y se esfumaba perdiéndose, quién sabe cómo y dónde.

Esa noche, la Enlutada cosechó varias muertes. Aquellos que la siguieron como a una sombra, cayeron víctimas de su fatal influjo. Bastaba encontrar con su faz una calavera de equino, y escucharla lanzar un cimbrante grito, a manera de relincho, para perder la vida, o por lo menos, la razón.

Fiel hasta la muerte

Cerca, de la catedral de Guadalajara, como a cuatro o cinco cuadras, había una enorme casa señorial de hermosa fachada, como las construidas en otros tiempos: con ricos detalles por habitarlas un hombre de alcurnia. El dueño de la finca era un potentado español, quien pasaba largas temporadas en España.

La gente, a la que le gustaba hablar, comentaba que, de seguro, el hombre guardaba sus riquezas en amplios arcones de hierro. Y que dichos arcones eran vigilados, de noche y de día, por un mayordomo que nunca apartaba sus ojos de los tesoros de su patrón. En pocas palabras: el mayordomo vivía enclaustrado, es decir, como religioso que ha dado sus votos a la Iglesia. Nadie entraba y nadie salía. El cuidador se alimentaba de las viandas que una mujer de negro le traía diariamente.

La gente hablaba de su terrible cara, huraña y recelosa, y de su manía de resguardar los bienes ajenos como si fueran propios.

Quién diría que, con el tiempo, aquellos bienes pasaron a manos del fiel servidor de su amo. Al parecer, eso se cuenta, el dueño de la mansión jamás regresó a las tierras de América.

A falta de familia o de amigos a quien heredar, dejó como único y universal heredero de su incalculable fortuna a su fiel mayordomo, quien tan sólo vivió para cumplir con su cometido: servir a su patrón.

Sin embargo, la historia no termina ahí: como en los cuentos de misterio, el mayordomo desapareció dejando abandonada y cerrada aquella casona por la cual se había desvivido y por la cual dejó de vivir.

Michoacán

El Banquete de los dioses

Cada vez que tiembla la tierra, tiembla el corazón de los hombres. Sienten que el mundo se acaba, que su mundo terminará reducido a escombros.

Eso mismo sintieron los tarascos, asentados en tierras de Michámacuan, hoy Michoacán.

Los terremotos acabaron con casas, templos y palacios. También con la paz de sus pobladores, afectados por los agüeros en tiempo del rey Siguangua, a cuya presencia llegaron unos sacerdotes de Cueráperri, servidores del templo de Zinápecuaro.

Y estas palabras que acongojaron el corazón del monarca del lugar: Cutzi-Huápperi, la diosa llamada Hija de la Luna, se le apareció a una de las mujeres de Huichu, regidor de Ucareo, a quien invitó a tomar un brebaje de poderes mágicos que la induciría a soñar el futuro.

La joven soñó con un águila blanca con un penacho en la cabeza. Tan pronto se le acercó a la doncella, erizó las plumas, mirando a la joven con ojos grandes y encendidos, como esferas luminosas.

El águila invitó a la doncella a sentarse sobre sus alas. El ave tomó vuelo sobre las altas montañas. Luego la transportó a las aguas termales de Purúa. Finalmente, el águila y la hermosa viajera arribaron a la cima del Xhanuat-Ucacio.

Ahí, precisamente en aquel lugar, estaban sentados los dioses de las cuatro provincias; sus rostros, pintados de negro, rojo, blanco y amarillo, llamaban la atención.

Al parecer, estaban en medio de un abundante y rico banquete. Había exquisitas viandas y aromáticos licores: frutos y vino tinto y blanco del maguey.

El dios Curitaqueri presidía el festejo. También él fue el encargado de clausurarlo con un solemne discurso. Y esto fue lo que les dijo:

"Sabed que pronto, muy pronto, arribará a nuestro país el hombre blanco. Pronto cesarán las fiestas y las ofrendas. Vivíamos en santa paz, unidos todos los de esta tierra; mas todo cambiará. Id a los dioses de las cuatro partes del mundo y anunciadles que ya no traigan sus ofrendas, como cuando éramos prósperos. Que destruyan los vasos y las odres; que cese la música, que rompan las quiringuas. Que apaguen sus braceros; que destruyan sus templos y palacios. Y sobre todo: corred a esconderos. Pronto vuestra ciudad arderá, se convertirá en cenizas. Michámacuan será un desierto. Y tú mujer, serás el vocero de la tragedia. Que tu monarca, el rey Siguangua, lo sepa".

El festín acabó en tristeza. Hasta los dioses lloraron.

La joven Ucareo despertó al pie de una encina. Recorrió templos, palacios y chozas, contando, a través de tristes melodías, el contenido de la portentosa y al parecer inevitable visión.

El pueblo, al verla, casi la confundían con la terrible diosa *Cueráperri*, sedienta de sangre y sacrificios.

Siguangua, el máximo gobernante, se lamentó de su triste suerte con los sacerdotes. Se quejó del castigo enviado, sin misericordia alguna, por los dioses.

Los sacerdotes le dijeron:

"Si de algo os sirve, no se trata de un castigo dirigido exclusivamente hacia vuestra real persona. El agüero alcanzará, asimismo, a todos los hombres de estas tierras. Ya lo predijo nuestro padre Tariácuri: los hombres sucederán a los hombres, y los dioses a otros dioses. Todo cambia, esa es la ley".

Siguangua se entristeció. Nada podía hacer para evitar el cataclismo que caería sobre todo el continente: mientras viviera, jamás perdería su cetro ni su corona. Ese triste destino sería para sus hijos, para sus descendientes.

Atzimba y el español Villadiego

Tzimtzicha, monarca de Michoacán, tenía una hermosa hermana de apenas 20 años. La joven, quizá como muchas de las doncellas de aquellos tiempos, vivía afligida por la llegada del conquistador blanco.

Los sabios hablaban de un hechizo. Sí, la joven estaba hechizada y tan sólo las aguas termales de Zinapécuaro, consagradas a la diosa Cueráperri, lograrían sanarla en cuerpo y alma. Fue entonces que se decidió consagrarla al culto del sol, del cual la joven princesa sería esposa.

Hernán Cortés, enterado de la existencia del reino de Michoacán, envió a uno de sus hombres, al capitán Villadiego. Él exploraría aquellas tierras y le daría razón de ellas.

Llegados a Taximaloyan, el cacique del lugar los hizo prisioneros. Pronto los enviaría, sin que nadie se enterara, a su rey.

Sucedió que la princesa Atzimba, mientras recorría los bosques de palacio, vio a un gallardo joven sobre un caballo blanco, acompañado de un grupo de jinetes.

Atzimba y Villadiego se vieron, cruzaron miradas. Uno se había enamorado del otro. Sin embargo, fueron separados.

Los hispanos, cautivos, fueron conducidos a prisión. La joven, sensible por naturaleza y más por los sucesos recientes, cayó como muerta. El cadáver de Atzimba fue llevado a una pirámide, denominada Yácata. Ésa sería su tumba. Miles de braseros ardían en memoria de la joven.

Pasaron los días, Villadiego no tenía dudas de su próximo fin. Pronto sería sacrificado al llegar a Tzintzuntzán, la capital del reino.

El capitán, ansioso de escapar, aprovechando una cuarteadura, pudo introducir la mano, desprender una piedra y pasar por la abertura. Ya en el bosque, escuchó un lamento que provenía de la Yácata. Sin pensarlo mucho, penetró en el lugar. Cuál sería su sorpresa al encontrar a la joven princesa.

El español se acercó a la mujer de ojos semiabiertos. Atzimba abrió los ojos. Contempló la faz del guerrero. La princesa renace para acercar sus labios.

Retoma la alegría: Atzimba no había muerto. Al ver esto, el cacique del pueblo envió un mensajero a Tzintzuntzán. Todo el mundo tenía que enterarse del milagro. Cuatro días tardó el Rey en venir.

La doncella, liberada de un estado de catalepsia, despertó para reencontrarse con el capitán español. La nueva ley, la traída de nuevas tierras, la liberaría de convertirse en la esposa del Sol. Eso le dijo el capitán Villadiego al entrar a la gruta.

Tzimtzicha, temeroso del castigo de los cielos, pensó en castigar a la sacrílega princesa, la que había olvidado su fe, su tradición, su juramento. El castigo sería terrible: la princesa y el español pagarían su culpa.

Atzimba y Villadiego fueron forzados a subir a una canoa con destino a Tzintzuntzán. Los viajeros desembarcaron en la playa de Carichero, sitio veraniego de los reyes.

Los prisioneros pasaron la noche en una elegante cámara. De pronto, pensaron que el monarca se había compadecido de ellos. Mas no fue así.

La comitiva arribó a las ruinas de un palacio en Surúmucapio. Luego, dirigieron sus pasos a las sementeras escondidas de Píndero. Árboles de un bosque impenetrable, el ruido majestuoso de una catarata.

Ya llegada la noche, se acercaron a la orilla de la barranca de Curíncuaro de insospechada profundidad.

La joven doncella tembló ante la fatalidad de su destino.

De pronto, los guerreros se dividieron en dos. Uno tomó a la princesa; el otro, atrapó al joven blanco. Sin darles tiempo de pronunciar alguna palabra de despedida, los descolgaron con larguísimas cuerdas. Su destino: una gruta solitaria. Los amantes entraron a la fuerza, con ellos provisiones para algunos días y unas tinajas de agua.

Han pasado los siglos. La leyenda cuenta que, el viajero que atraviesa la barranca de Jicalan Viejo, contempla admirado las tinajas aposentadas a la entrada de la gruta, a la mitad de las paredes de aquel acantilado. Y no pueden explicarse cómo pudieron ser colocadas ahí.

La leyenda también cuenta sobre dos esqueletos humanos abrazados en el fondo inaccesible de aquel lugar.

El convento del Carmen

Después de una noche en vela, el religioso José de Santa Teresa oraba sin poder evitar el llanto de sus ojos. Lloraba a pesar de sí mismo en aquella capilla del Santo Escapulario, de la orden de los Carmelitas.

Don José de Santa Teresa clavaba su mirada en la imagen de Santa Teresa de Jesús, patrona de su orden. A ella suplicaba la sanación de su alma.

Las campanas del Convento de las Monjas Catarinas sonaron primero. Luego, la de los Mercedarios, finalmente las de Santa Rosa de Lima. Fray José de Santa Teresa se levantó del reclinatorio y fue a la sacristía a vestirse para asistir a la primera misa del día.

Tan pronto apareció, con el vaso sagrado en sus manos, la gente, arrodillada, empezó a cuchichear, a levantar rumores. La voz del sacerdote interrumpió el intenso susurrar. Rezaba al Creador del Cielo y de la Tierra, a quien pedía lo liberara de todo peligro, de sus enemigos y de sí mismo.

Arrodillada, en aquella iglesia estaba una joven mujer. Era María la que le robaba el sueño al hermano José de Santa Teresa. En ella pensaba noche y día a pesar de sus hábitos, a pesar de haberse entregado al Señor.

El religioso terminó de oficiar la misa. Llegó la hora de repartir la hostia entre sus feligreses. De dársela, asimismo, a María. El rubor subió a su semblante. Luego palideció.

El pueblo —a quien a veces le da por hablar— cuenta sobre los encuentros entre el sacerdote y aquella mujer poco respetable.

Quizá nadie se hubiera percatado de su equivocada conducta, a no ser porque el fraile carmelita empezó a cambiar de conducta. Atormentado, tenía que soportar tremendas visiones: la de una mano negra que lo llamaba insistentemente desde el fondo de los retablos.

Fray José lloraba a los pies de su confesor, quien le ordenó enfrentar al alma en pena. Ésa sería su salvación.

Al efecto, cuenta la leyenda, se preparó una solemne procesión por los claustros. Como siempre, apareció "el espanto". El reverendo padre prior tomó en sus manos al Santísimo Sacramento. Fray José y los hermanos carmelitas entonaron cantos y ruegos. Quizá los Salmos de David darían su fruto. Recorrieron los claustros, cruzaron el refectorio, llegaron a la huerta, hasta una tapia donde había una puerta clausurada. Contra ella tocó fray José, casi sonámbulo, quien chocó con el muro. Tras un fuerte estampido, emergió la mano negra atrapando al religioso. La comunidad gritaba por un necesario exorcismo.

A la mañana siguiente, los religiosos echaron abajo la misteriosa puerta: tan sólo hallaron el hábito, el rosario y el escapulario de fray José, reliquias que el demonio no se atrevió a tocar.

Del fraile carmelita nadie supo nada en aquellas tierras de la antigua ciudad de Valladolid.

Nayarit

La primera mina

Esta leyenda hace referencia a las buenas acciones que siempre dan fruto. Sus personajes se mueven en un escenario real: en una mina donde la pobreza y la riqueza son polos opuestos, donde el buen actuar puede convertirse en una mina de oro.

Muerto el capitán Pedro Ruíz de Haro, perteneciente a las mejores familias de España y, por lo tanto, de la Nueva España, su viuda Leonor de Arias se quedó a cargo de sus tres hijas. Y lo más terrible: quedaron pobres y sin herencia. No les restó más que refugiarse en una labor llamada Miravalles, cerca de Compostela.

Un buen día tocaron a la puerta de aquella familia constituida por cuatro mujeres, entregadas por necesidad a trabajar con sus manos. Se trataba de un indígena que pedía algo de comer.

La dueña de la casa le pidió que se sentara, mientras mandaba a una de sus niñas a moler maíz para hacer tortillas. Después le dio jitomate y chile. El pedigüeño comió hasta el hartazgo. Por supuesto que, antes de despedirse, bendijo a sus benefactoras, agradecido de haber hallado a tan buenas personas.

Sucedió que aquel hombre encontró una mina de oro, la primera del reino, cerca de Compostela, no la de España, sino la de la Nueva España.

Sucedió que la mina era tan rica en oro y plata que pronto la madre pudo casar, con dote y todo —como se acostumbraba—, a cada una de sus hijas. Es decir, las jóvenes se volvieron ricas y se casaron con hombres de buena posición y de las mejores familias del reino. Una se casó con Manuel Fernández de Híjar, sobrino del señor de Riglos y fundador de la Villa de la Purificación. Otra se casó con don Álvaro de Tovar. Y la tercera se unió en matrimonio a Álvaro de Bracamonte.

La suerte también bendijo a Compostela, donde se fijó la primera caja del Reino, cuyos primeros oficiales fueron: Pedro Gómez de Contreras, tesorero; y Diego Díaz Navarrete, contador. También ahí, en Compostela, se erigió un obispado, que le dio nombre y gloria. Y finalmente una Audiencia: con oidores —jueces o autoridades— que daban audiencia a los quejosos.

Doña Leonor de Arias y sus hijas abandonaron su triste choza para siempre. En cambio, habitaron un palacio, conocido hasta el día de hoy como el palacio de los condes de Miravalles.

Oaxaca

Gandolfa la Bruja

Había una bruja llamada Gandolfa, hija del pirata Gandolfo, abandonada por su padre en Pochutla, cuando éste tuvo que escapar de los habitantes del lugar.

A la pobre bruja, flaca, vestida de negro, con suecos de madera, sombrero de cucurucho y nariz larga y aguileña, además de tuerta, desdentada y con enorme boca; no le quedó más que vagar por la selva de la sierra durante más de 300 años tras su muerte. Es decir, en calidad de fantasma.

Gandolfa, cuenta ella, nació en 1585 en el barrio más pobre de Copenhague, capital del Reino de Dinamarca. A la bruja le encantaba cantar en danés, lengua que aprendió desde temprana edad.

La pobrecilla no conoció a su madre cuando la pequeña contaba con tres meses y medio, la autora de sus días escapaba con otro hombre, abandonándola a su suerte. Bueno, a su mala suerte, ya que pronto su padre se hizo a la mar en el bar del capitán Henry Morgan, dejándola en manos de su tía Margaret, a la que le encantaba empinar el codo, es decir, beber más de la cuenta, y quien por una copa de aguardiente se iba con cualquiera.

Cinco años estuvo Gandolfa bajo el cuidado de su tía, quien le enseñó un poco de magia negra y otro poco de cómo robar al prójimo. A los cinco años, Gandolfo separó a Galdolfa de su tía. Y por una simple razón: a la brujita le empezaba a gustar el trago.

El padre, dueño de una embarcación, iba y venía por el océano Pacífico haciéndose cada vez más rico. Su hija Gandolfa duró viva más de cien años. Y como nadie quería sepultarla por bruja y por mala, su alma continuó penando durante casi trescientos años por selvas y bosques, por la sierra y, sobre todo, por la costa de Oaxaca haciendo mal sin mirar a quién.

Finalmente, se cuenta que la bruja Gandolfa encontró refugio en un castillo bastante diferente a los de su lugar de origen. No tenía fosos ni puente levadizo. Tampoco altas murallas rematadas con almenas, ni torreones, ni buhardillas ni atalayas. Su constructor, llamado Luis, al parecer jamás había visto de cerca ni de lejos un castillo de verdad, lo que no impidió que Gandolfa, aunque algo molesta, lo habitara para siempre jamás.

Dicen que la bruja Gandolfa, quién sabe por qué, empezó a dedicarse a la magia blanca, y a repetir el ya famoso ensalmo del Abracadabra, ideal para curar las calenturas y algunas que otras dolencias.

Y aunque muchos la confundieron con un fantasma, ella se declara tan sólo una bruja; casi, casi un hada: una bruja blanca.

La bruja Didjazá

Todos la conocían simplemente como la Didjazá. De porte soberbio y orgulloso, como de reina, acostumbraba vestir con trajes maravillosos; era envidiada por las mujeres de su tierra.

Se llamaba Juana Cata, pero la llamaban Didjazá, mejor conocida como el gran amor de don Porfirio Díaz, presidente de la República Mexicana por más de tres décadas.

Eso sí, la Didjazá no permanecía desapercibida: unos la admiraban y muchos le temían, teniéndola por bruja. Ella fomentaba esas historias y presumía sus poderes, según ella, regalo de los naguales, animal guardián o protector de una persona durante toda su vida.

Didjazá conocía el arte de la medicina tradicional de su pueblo y sabía diferenciar entre las buenas y las malas yerbas con las que preparaba pócimas y brebajes —eso se decía—, para embrujos y maleficios.

Los indígenas del lugar, la respetaban como a una verdadera reina. Los guardias, no importaba la hora del día o de la noche, la dejaban pasar.

Mujer bella, de facciones y talla casi perfectas, atraía a los caballeros, quienes jamás se negaban a comprarle un cigarro de los que ella fabricaba, pretexto para contemplar sus negros y hechiceros ojos.

La Didjazá conoció a Porfirio Díaz —entonces presidente municipal de Tehuantepec— cuando ella le regaló un manojo de cigarros, en uno de los cuales le proporcionaba datos de importancia militar, que lo ayudó a vencer a sus enemigos.

Cuentan que Juana Cata prestó gran ayuda a don Porfirio, quien en el año de 1869 ascendió a capitán. Gracias a esa misteriosa mujer, Díaz salvó la vida en diferentes ocasiones.

A fines de 1869, tras la Batalla de las Jícaras, Porfirio Díaz fue ascendido a mayor del Ejército, un escalón más hacia la presidencia.

La cruz de sal

Desde tiempos antiguos, desde la época de la Colonia, se consideraba La Ventosa como puerto de entrada al Istmo de Tehuantepec. Las ruinas de un antiguo faro construido por los hispanos, lo demuestra.

Se cuenta que entre la Playa de Ventosa y las Salinas del Marqués —estas últimas llamadas así por don Hernán Cortés, también conocido como marqués del Valle de Oaxaca— aparecía dibujada sobre la arena una gran cruz de sal, la cual desaparecía a los pocos días para reaparecer tiempo después.

La gente que pasaba por ahí repetía una frase, a manera de estribillo, que decía: "Cruz, cruz, que se vaya el diablo y que aparezca Jesús".

Como todo, los pobladores del lugar dejaron de darle importancia a la aparición y desaparición constante de la cruz. Algunos, incluso, pasaban muy cerca de la cruz, y hasta llegaban a caminar sobre ella sin darse cuenta, a pesar de que medía más de tres metros de largo y tenía por lo menos dos en sus brazos.

Cuando se construyó el nuevo puerto, exactamente en el lugar de las misteriosas apariciones, recibió el nombre de Puerto Salina Cruz.

La escondida

Corría el siglo XVI. Piratas ingleses recorrían los mares al servicio de la Reina Virgen, Elizabeth de Inglaterra. John, Andrew y Francis, de la familia Drague, destacaron por su ferocidad, su odio hacia España, y por su valentía, aunque para muchos era sólo crueldad y codicia.

Se cuenta que John Drague, en ausencia de su hermano mayor, Francis, se encontraba fondeando su velero en una pequeña bahía totalmente deshabitada, próxima a la desembocadura del río Colotepec.

El pirata estaba ansioso por tomar un corto descanso, de tres o cuatro días, aunque sin dejar de observar las aguas. No fuera a aparecer un bajel español al que podría asaltar, atacar y esquilmar para finalmente agregarlo a su flota tras asesinar a la totalidad de su tripulación.

Unas semanas antes habían secuestrado a una joven mixteca en el pueblo de Santa María Huatulco. Pero a pesar de la estricta vigilancia, la joven logró zambullirse en el mar y escapar de las manos de su captor. Magnífica nadadora, alcanzó rápidamente la playa donde corrió a esconderse en los bosques selváticos, lejos de las miradas acechantes de los piratas.

Los piratas, cada vez que se lamentaban de la huida de Josefa —nombre de la muchacha—, la llamaban "La Escondida"; de ahí que John Drague, siempre que pasaba por la barra del río Colotepec, ordenaba que la buscaran. Y sin éxito.

Aquel lugar se llamó Bahía La Escondida. Hoy se llama Puerto Escondido, en recuerdo de "Josefina, La Escondida". En inglés, lengua de aquellos famosos piratas: *The Hidden*.

Puebla

La fundación de la ciudad de Puebla

La Colonia crecía, progresaba y se poblaba cada día más. Eran muchas las familias españolas que venían a asentarse en la Nueva España; buena parte de los inmigrantes hacían alianzas matrimoniales con personas nativas y la población mestiza se integraba, poco a poco, a los descendientes de los conquistadores.

El comercio era activo y los viajes de la capital al puerto de Veracruz eran constantes; se imponía la necesidad de un lugar más o menos equidistante para descansar unos días.

Había en aquel tiempo un sitio donde se depositaban, quemaban o destruían los despojos de los sacrificios dedicados a Huitzilopochtli y también los dioses tutelares de Tlaxcala y Chalco, además de los que perdían la vida en las Guerras Floridas.

Dicho lugar era un tanto macabro, a pesar de su oficio sagrado; los aztecas le decían Cuetlaxtoapa. Sólo vivían en la zona los encargados del depósito de materia humana, pero podría ser un espacio estratégico en la Colonia. Estratégico por su situación intermedia y otro tanto por la utilidad que tendría para ocultar el pasado religioso adverso a la nueva religión.

Una vez abandonado y destruido ese depósito siniestro, pensaron en la posibilidad de una fundación nueva para el establecimiento de algunas familias españolas recién llegadas, así como indígenas de las vecinas Cholula y Tlaxcala, que podrían iniciar una vida diferente y agradable.

Puebla sería el descanso, la escala obligada entre la capital del virreinato y la importante salida por Veracruz al Golfo de México para la travesía atlántica.

Fray Julián de Garcés, una noche, víspera del 29 de septiembre, fiesta de San Miguel, soñó con un gran campo en que había un río y varios manantiales a su alrededor. Tuvo, además, la visión de unos ángeles trazando —con unos cordeles restirados y unos grandes compases— una nueva ciudad orientada por cuadrantes, cuyas calles iban de norte a sur y de oriente a poniente.

Al despertar, pensó que ese sueño era un mensaje divino y después de misa se entrevistó con los franciscanos que vivían como él en Tlaxcala, entre los cuales se encontraba Motolinía.

Acordaron ir, con personas de confianza, al lugar previsto por las autoridades, a cinco leguas al sur de Tlaxcala, y pudo ver, en un valle, por el antiguo depósito cegado, un paraje semejante al de sus sueños.

Emocionado, el fraile señaló —con el crucifijo que llevaba colgado del cuello—, diciendo: "Ése es el lugar que me mostró el Señor".

Así empezó, con autorización de la reina de España, el trazo por cuadrantes de Puebla de los Ángeles.

Puebla, fundada en la provincia novohispana de Tlaxcala, fue desde el principio capital de la Intendencia de Puebla; en el México independiente, capital del estado del mismo nombre.

Se le llamó la Ciudad de los Ángeles tal vez por el sueño de fray Julián de Garcés, en el cual los propios ángeles la trazaron. Por si el sueño no bastara, puede recordarse que fue para amanecer el día de San Miguel y que este arcángel es el "jefe" de las milicias celestiales integradas por ángeles.

Las campanas

En 1541, el obispo Garcés —antes fray Julián—, de acuerdo con el virrey Mendoza, trasladó la sede y el Cabildo Eclesiástico a la Ciudad de los Ángeles, Puebla. En 1543 el rey confirmó el cambio y se propuso la erección de una Catedral.

Más de un siglo requirió su construcción. La inspiración de los artistas estuvo subordinada al genio del arzobispo Palafox y Mendoza. Arquitectos, escultores, marmoleros, orfebres, decoradores y demás especialistas trabajaron en la obra.

Las torres, cuadradas, "se adosan paralelas a la portada de la Catedral y son de proporción dupla para las campanas". Su altura es de poco más de 66 metros y figuran entre las más notables del mundo.

En la torre del campanario del lado norte se encuentra un grupo de campanas; éstas son las de San Ignacio, Jesús, San Joaquín, Santa Bárbara, Santa Ana, Ánima Grande, Ánima Chica, El Niño, Santo Óleo y en medio la famosa María.

Hay siete esquilas también con sendos nombres, y el esquilón del Misterio o de la Trinidad fundido después.

La fama de la campana María se debe a la leyenda en torno de ella.

La fundió en 1729 el maestro campanero Francisco Márquez. Su peso es de ocho toneladas y media y su badajo pesa 420 kilogramos. Al fundirla le pusieron la salutación de los ángeles: "AVE MARÍA GRATIA PLENA".

Y dice la leyenda que el hecho fue tan grato a dichos ángeles que no hubo necesidad de traer una grúa especial como se requería para subirla, sino que unos "ángeles que no proyectaron sus sombras" se encargaron de colocarla en la torre.

A este suceso milagroso han seguido algunas otras maravillas:

Que su sonido se oye tranquilo en todo el valle poblano cuando hay quietud.

Que tocó a arrebato cuando el mariscal Forey sitiaba la ciudad; la guardia de Porfirio Díaz se levantó sobresaltada.

Que si el campanero en turno trata de obtener todo su sonido sin necesidad, se ensordece y se oye como si tocara de lejos.

Y, otra verdad: ¡el 5 de mayo de 1862 a las tres de la tarde dejó oír su voz con gran clamor por todo el valle!, en tanto que en los fuertes de Guadalupe y Loreto, Zaragoza y sus zacapoaxtlas gritaban: "¡VIVA MÉXICO!"

Dicho de los decires

1. El que mató al animal

Cuando hay alguien temerario, algún atrevido que se propone resolver cosas muy difíciles, una persona que sin poner límites asume una empresa imposible o peligrosa, se dice un dicho.

—Ya, tú, ni que fueras "el que mató al animal" —ese dicho viene de un decir viejo y tradicional, que surgió de una leyenda poblana:

Allá por el siglo XVI vivía en Puebla de los Ángeles un hidalgo viudo de menguada fortuna. Su nombre era Pedro Carvajal.

Don Pedro tenía una hija joven y un niñito de seis años. Ella se enamoró de un soldado —destacado en la ciudad—, quien "por derechas" habló con Carvajal para pedirle a su hija en matrimonio. El oficio de armas no era del agrado del padre, por lo que rechazó la petición de aquel soldado.

En esos días "dio en aparecer" una grande y terrible serpiente por diferentes rumbos de la naciente ciudad. Se dice que el largo del animal era como de una completa y que tenía una horrible cabeza descomunal.

El pánico se regó a tal grado que la gente no salía de sus casas; los trabajos y el comercio se resintieron de modo que el Ayuntamiento y el virrey ofrecieron recompensas a quien pudiera matar a la terrible bestia.

Como la casa de Carvajal era de adobe y muy descuidada en su mantenimiento, la víbora asomó la cabeza por una barducha tlanquecha (chimuela) y alcanzó al niñito que se hallaba dentro, arrancándole la cabeza de un bocado.

Carvajal vendió lo poco que tenía y mandó a su hija —sin dote— a servir a un convento. Su afán era la recompensa ofrecida al que lograra destruir al monstruo.

Por entonces, el gran ofidio cambiaba de guarida; tan pronto asomaba por el sur como aparecía por el noreste... muchos trataban de perseguirlo, mas el animal desaparecía cuando lo buscaban por donde alguno aseguraba haberlo visto.

Un buen día amaneció en una de las esquinas de la plaza mayor un letrero muy grande y visible que decía: "Con ayuda de la Virgen, yo mataré al animal".

¿Quién era el valiente que colocó el letrero?

De pronto se presentó un jinete aguerrido con el rostro oculto por la visera del casco. Se dejó ver por el último lugar donde estuvo la víbora y salió en su persecución. En ese momento, la sierpe apareció por el lado opuesto. El jinete —avisado y aclamado por la gente— atravesó a todo galope la plaza y le dio alcance. La lucha fue tremenda, mas, por fin, un tajo certero de la espada arrancó la cabeza del reptil y éste se convulsionó para morir.

"El que mató al animal" fue generosamente recompensado con una talega de doblones, una casa de cal y canto ¡de las buenas! y un título de nobleza.

Con todos esos "méritos", sumados a su arrojo y valentía, el caballero vengador del hijito de Carvajal, que no era otro que el soldado rechazado en sus pretensiones matrimoniales, tuvo acceso inmediato a la mano de su amada, con quien se casó en la capilla del convento en que ella había sido depositada.

2. El Rosario de Amozoc

Cuando algo termina en gran desorden; los problemas se multiplican y un caso grave acaba en una batalla más indeseable que el conflicto que la ocasionó, se dice el dicho:

—Esto se está volviendo "El rosario de amozoc". El caso fue el siguiente:

A unos 12 kilómetros al oriente de Puebla, sobre tova volcánica —deslaves de la cercana montaña Malintzi—, se sitúa el poblado de Amozoc.

Amozoc fue hasta hace un tiempo famoso por su especialidad en el modelado de figuras de arcilla y por la forja del hierro. Sus espadas y dagas competían con las mejores de Toledo.

El gremio de forjadores —muy numeroso— tuvo algunas diferencias entre sus miembros y como resultado se formaron dos bandos rivales.

Ambos grupos se disputaban la celebración anual de su patrona, la Virgen del Rosario. Las festividades eran famosas por su esplendidez en juegos pirotécnicos, en derrame de perfumes preciosos, en abundancia de flores, premios, juegos de feria, actos litúrgicos y, sobre todo, la concurrencia y agasajo de los miembros de uno y otro bando, en constante competencia.

Esta enemistad creció año tras año, de modo que llegó el día en que debieron intervenir las autoridades religiosas como mediadoras.

En esa forma se resolvió que uno de los bandos celebrara en los años con cifra par y el otro en los de cifra impar.

Parecía que todo se había resuelto —aunque la rivalidad persistía—, hasta un año en que una revuelta política impidió la celebración.

Al año siguiente quiso celebrar el grupo que se vio discontinuado, pero el otro protestó. Se aumentó la enemistad de tal manera, que a la hora de la letanía, después del rosario de misterios, uno de los participantes del bando en receso —ya pasado de copas— entendió:

—"Maten a la culata" —en lugar de:

—"Mater inmaculata" —y, presumiendo que se referían a su líder, una mujer apodada la *Culata*, promovió un zafarrancho en el que salieron a relucir las mejores espadas y los más diestros espadachines.

Hubo muchos muertos e infinidad de heridos, por eso cuando hay una trifulca grande, con una solución peor que el conflicto mismo, se la compara con el final de aquel "Rosario de Amozoc".

La china poblana

Ja, ja... —rio Úrsulo, el más odioso y sanguinario de los cuatro piratas patrones de *Me río de la muerte*, la vieja nave en que llevaban a la princesa oriental.

—Esta muchachita será muy princesa pero ya me tiene harto con su llanto —dijo uno de ellos pateando cables del barco.

—Se parece a la mirra: siempre escurriendo lágrimas —agregó otro.

—¡Mirra es un nombre sonoro y vibrante! —exclamó Jonás, el más entusiasta.

—Sí, Mirra: le queda bien ese nombre a la chinita —dijo Celio, el más alegre.

—Desde luego, porque eso de I-lan, como le decían unos, o de Ti-tai, como gritaba aquel escandaloso que no nos permitía llegar al palanquín donde la llevaba "custodiada", no nos va a funcionar —se burló Dimas, el más cruel.

Levaron anclas en A-moi, en M-coi o en Kan-ton; no se supo nunca dónde fue exactamente, sólo que salieron al Mar de la China. Sorteando vientos y esquivando persecutores y habiéndose enfrentado a otros piratas de los muchos que pululaban por el rumbo, lograron llegar al puerto de Manila.

Allí obtendrían oro vendiendo a las tres personitas capturadas: la delicada princesita Mirra, el esbelto joven javanés y el contrahecho y fuerte negrito, a quien encontraron ya sin una oreja en Siam.

También mostraban en el gran mercado del puerto filipino unas cajas con perlas, dos kimonos bordados y un gran saco con paquetes de té. Además, se apoderaron de un cargamento de cabezuelas del sueño (adormidera) que valdría una fortuna.

Ya estaba disminuido el cargamento porque cambiaron un paquetito por un pequeño sable con funda de metal grabado... además porque sacaron unas cabezuelas para hacer "la infusión del ocio" que tomaron después de una batalla agotadora... partieron unas cabezuelas para mezclarlas a la comida que daban a sus prisioneros... pero aún valía una fortuna.

El negrito —por cierto no muy negro, como todos los de las islas— fue vendido a un mercader que buscaba objetos singulares para su amo, un viejo potentado holandés que vivía en Lima.

El esbelto muchacho javanés se embarcó en una nao española que, después de su escala en Acapulco, seguiría rumbo a Chile, pues el puerto de Santiago era su destino final.

Y vendieron a Mirra —la delicada, triste y silenciosa I-lan o Ti-tai— a un comerciante muy astuto que sabía regatear, menospreciando los productos de oferta. Este sujeto liberó a la chinita de sus horribles zapatos a presión que la hacían caminar como tullida y le compró —también después de regatear un rato— unas chinelitas azules con una flor bordada. Así llegó a Acapulco, y así fue subastada en la venta de esclavos.

La abuela Isabel nos cuenta que allá en los años treinta, sí, antes de la mitad del siglo pasado, ella participó en una cantata de su escuela, cuyo tema era precisamente esta leyenda.

Apoyados en documentos actuales, como el artículo de Guadalupe Appendini, de septiembre de 2001, comprobamos que los datos que la memoria de la abuela conserva de aquella versión escolar coinciden. Por eso te presentamos esta historia fantástica que tiene mucho de verdad.

Desde Acapulco, algún personaje importante: caballero, hidalgo o comerciante, la trajo a la ciudad de Puebla. Con fines de una segunda adopción como hija, o como futura nuera, la princesita Mirra, la delicada muchachita oriental, fue depositada en el convento donde se le adoctrinaría.

Había nacido en 1609 y vivió hasta 1688. Su vida en el convento fue agradable para ella y para las religiosas que tuvieron la fortuna de tenerla en su seno. Pero he aquí que si muchos fueron los enamorados de Mirra, ella tuvo a bien enamorarse de la "vida sosegada" de aquel retiro religioso.

Abrazó la fe de Cristo y profesó con el nombre de Catalina de San Juan, tal vez por una devoción especial al Bautista que abrió el camino a la predicación del Evangelio.

Antes de vestir hábito, Catalina usaba una ropa confeccionada con sus manos, misma que agradó a las mujeres de ese tiempo.

El traje primitivo constaba de una falda de varias franjas de colores y una blusa de manga larga bordada de punto de cruz. Con el tiempo el atuendo varió: la falda se amplió por influencia de las modas españolas y la blusa perdió sus mangas, aunque no los bordados.

Después, Catalina, ya monjita, hacía ropa para las visitantes que la encargaban en el convento. Bordaba aquellas faldas con lentejuelas y chaquira; le ponía galones dorados recordando su origen oriental y su procedencia principesca. Luego de su muerte, este traje siguió siendo popular convirtiéndose en los siglos XV y XVI en atuendo de gran gala: el "castor", falda generalmente roja, bordada en lentejuela con motivos patrios. La blusa blanca y escotada se decoró con bordados típicos. A este conjunto se agregó el rebozo, prenda popular nacional, de bolita, o de Santa María.

Al traje se le da el nombre de La China Poblana por haber sido Mirra de origen asiático y haberse presentado, aceptado y popularizado en su patria chica adoptiva: la ciudad de Puebla.

Nuestro traje nacional contiene el lujo oriental, la galanura de España y el colorido cálido de la cultura mexicana.

Querétaro

La pintura de las ánimas del purgatorio

Esta leyenda, la del indio Jerónimo, tuvo lugar en uno de los barrios del entonces San Juan, el antiguo Barrio de Indios, llamado así por albergar a una importante población indígena.

Era gente humilde, dedicada a labrar sus tierras. También eran peones en las haciendas, pues muchos conservaban costumbres y tradiciones de sus ancestros paganos, aunque también había gente apegada a la nueva religión: la cristiana.

Al parecer, en ocasiones peleaban por cuestiones de credo, disputas que muchas veces terminaban en asesinatos en angostas y oscuras calles del barrio.

Entre los fieles cristianos había un indio pintor, quien aprendió el oficio de un abuelo suyo, uno de los mejores pintores de retablos de todo el estado.

Con frecuencia se le veía pintando los muros de las calles del barrio con motivos religiosos de santos y vírgenes, con el enojo de sus vecinos, los infieles. Sin embargo, el indio pintor no lograba sofocar su pasión por la pintura.

Cierta noche, Jerónimo tuvo un mal sueño: se veía en medio de tremendas lengüetas de fuego que atormentaban cada una de las partes de su cuerpo.

Le quemaban la piel, la lengua, los ojos y hasta el alma. Sufría lo indecible y, con él, había cientos de torturados por la misma lumbre. Y lo más increíble: entre los torturados se encontraba gente de religión.

Pensó entonces: "No puedo estar en el infierno pues esta gente buena no debe hallarse en un lugar tan terrible como el mismísimo infierno".

Por fortuna, todo había sido una pesadilla.

Pasaron los días. Jerónimo casi no se acordaba de aquel extraño sueño.

Cierta ocasión, el indio pintor tuvo que ir a la iglesia del Sagrado Corazón, hoy en día al costado de la parroquia del mismo nombre, a cumplir con un encargo de su padre. Lo recibió un tal don Catrino y lo hizo pasar a una sala anterior a la sacristía. Después de contemplar algunas imágenes religiosas, sus ojos se detuvieron en un inmenso cuadro que representaba a la Virgen del Carmen.

Cuál no sería su sorpresa al encontrar, en la parte baja del cuadro, la escena de su pesadilla, con cada uno de los personajes que la poblaron.

Sacó de su morral papel y tiza y reprodujo, en unos cuantos segundos, la terrible escena, que terminó justamente antes del retorno de don Catrino.

Jerónimo guardó el dibujo, sin explicarse su cabal significado.

Pasó el tiempo. San Juan fue azotado por una epidemia de cólera.

Muchos murieron, entre ellos el indio Jerónimo, quien fue enterrado en la fosa común del panteón de Santa Veracruz, justamente en el barrio donde vivió.

Cuentan los que saben que, pasados seis meses del entierro, la pared de aquella solitaria fosa común empezó a llenarse de manchas que, poco a poco, conformaron una gran pintura mural poblada por retorcidas y atormentadas ánimas del purgatorio. Y lo más sorprendente: una de ellas representaba al indio Jerónimo en evidente gesto de misericordia.

Su padre, único conocedor del secreto de su hijo, al ver la escena la interpretó como cosa de milagro: la pintura del panteón era idéntica a la que su hijo dibujó, un poco antes de morir, en un trozo de papel en blanco.

Era la misma, aunque con una diferencia: ahora Jerónimo ocupaba un lugar dentro de las atormentadas víctimas del purgatorio.

El escudo de armas de la ciudad

La conquista de la ciudad de Querétaro por los españoles, acaecida el martes 25 de julio de 1531, no fue nada fácil. Los chichimecas lucharon a brazo partido contra los invasores en la Loma de San Gremal, donde por poco los vencen.

Como que los hispanos necesitaban de la fuerza divina para vencer a los heroicos defensores. De ahí surge la leyenda sobre Santiago Apóstol, quien auxilió a los españoles en su encomienda: conquistar aquellas tierras para los Reyes Católicos y nuevos fieles para la cristiandad.

Santiago Apóstol, quien ayudó a los españoles contra las tropas musulmanas en suelo español, al parecer repitió su hazaña al entrar en acción en las tierras que llevarían su nombre: Santiago de Querétaro.

De no ser por su oportuna ayuda, los conquistadores habrían sido vencidos.

¿Y por qué precisamente pidieron auxilio al señor Santiago?

Por una sola y sencilla razón: el día del encuentro entre chichimecas y españoles era el día de Santiago Apóstol.

El reverendo padre fray Isidro Félix de Espinoza, cronista respetable, cuenta lo que sería interpretado como milagro: apenas salidas las estrellas, apareció en medio del cielo una cruz, como de cuatro varas de tamaño, y a su lado el apóstol Santiago montado en su corcel, señal de que cuidaba de sus fieles.

Se dice también que los fieros chichimecas, al contemplar dicha escena, perdieron todo ánimo, rindiéndose frente a la Corona Española y frente a la nueva religión traída de ultramar.

No por casualidad el escudo de armas de Santiago de Querétaro lleva la efigie ecuestre de su santo patrono, Santiago, con el sol poniéndose y con el cielo cubierto de estrellas.

Los duendes

Hay quien afirma, desde tiempos antiguos, que en su casa hay duendes: pequeños seres chocarreros a quienes les encanta hacer travesuras.

Hay casas donde encienden y apagan la luz, causando miedo entre sus habitantes. En otras casas voltean la tinaja del agua. O bien, sacan de la cuna al niño o jalan la rueca. En realidad, son unos tremendos pingos. A veces, los moradores cambiaban de domicilio para deshacerse de los duendes. Aunque no siempre tenían suerte. Encontraban otros, o los propios los seguían como a su sombra.

Y ahora conozcamos esta leyenda: en un rancho llamado La Ceja, perteneciente a la hacienda de Bravo, distrito del Pueblecito, se dieron casos de duendes.

Por espacio de muchos días, los inquietos seres se ocuparon de quebrar la loza, de voltear las cazuelas de la comida, de esconder alguna pieza de ropa. De realizar mil y una travesuras, como de chicos.

Los nuevos moradores terminaron por familiarizarse con los duendes que habían heredado con su casa. Incluso, muchísimos curiosos se detenían a presenciar los estropicios de los infatigables duendecillos.

Cuentan que el padre Ordóñez, vicario de Huimilpan, acudió a conjurar a dichos seres, sin éxito alguno. Incluso, se dice, atravesaban las paredes a plena luz del día y frente a un gran número de curiosos.

Después de un tiempo, los duendes desaparecieron del lugar, apareciendo, por supuesto, en otras casas del mismo vecindario.

El callejón de don Bartolo

A mitad del siglo XVI vivía en una de las calles céntricas de la ciudad de Querétaro un individuo poseedor de grandes riquezas, a quien llamaban el Segoviano. Su nombre: Bartolo Sardanetta, quizá un florentino, tomado por segoviano.

Hombre solo, vivía en compañía de su hermana, convertida en ama de casa.

Nunca recibía invitados, a excepción del día de su onomástico.

Sólo entonces recibía a varios reverendos, hombres de iglesia, que lo acompañaban a comer. Terminada la comida, el hombre acostumbraba acudir al templo, quizá a dar gracias a Dios por un año más.

Cuenta la tradición que, año tras año, don Bartolo Sardanetta repetía siempre las mismas palabras, a manera de brindis. Decía: "Brindo por mi hermana, por mi alma y por el 20 de mayo de 1701", fecha demasiado lejana, para él llena de significado, que nadie descubrió, dada su costumbre a hablar poco.

Eso acontecía por el año de 1651.

Pasaron los años. Por fin llegó la fecha anunciada por el llamado Segoviano.

La noche de aquel día se escuchó un horrible estruendo. Después, un momentáneo fulgor rojo. Finalmente, el silencio.

Cada quien interpretó el suceso a su manera, sin ponerse de acuerdo.

Al día siguiente, ya bastante tarde, los vecinos, al notar que nadie entraba ni salía de casa del Segoviano, decidieron llamar a la policía.

Tras forzar la cerradura de la alcoba del dueño de la casa, se presentó una horrorosa escena: al pie de una elegante cama yacía el cadáver estrangulado de la hermana.

Al parecer, Segoviano había dado muerte a su hermana. Pegado al techo, estaba como carbonizado el cadáver del dueño de la casa.

De inmediato se envió por un sacerdote, apellidado Marmolejo, quien aseveró que la casona del desastre estaba hechizada. Había que exorcizarla, realizar una ceremonia para romper un posible hechizo.

Se cuenta que el sacerdote hizo lo suyo. Y el demonio también: tan pronto dio comienzo la ceremonia de limpieza espiritual, Satanás soltó a su presa, dejándolo caer, sin vida, al pavimento.

Al caer encontraron un rótulo que decía: "Castigado así por hipócrita, asesino y ladrón".

Y algo más: dentro del guardarropa del muerto hallaron un extraño documento: una hoja negra con caracteres blancos, en realidad un contrato de compraventa, mediante el cual don Bartolo Sardanetta vendía su alma al mismísimo Lucifer. Por supuesto que a cambio de riquezas, honores y placeres sin fin.

El contrato expiraría, precisamente, el 20 de mayo de 1701.

La gente de mal vivir fue la única que aceptó avecindarse en aquella calle de triste memoria. Hasta que el gobernador Cosío, por el año de 1890, los mandó desalojar de la calle, ahora conocida como Don Bartolo.

La casa del faldón

Hubo tiempos en los que ser noble —marqués, conde, duque— o poseer un puesto oficial era como para tenerse en cuenta. Para todo existía un ceremonial que debía seguirse al pie de la letra, no fuera uno a ofender al de mayor categoría y, entre otras cosillas, quedar en ridículo.

Nadie que estuviera en su sano juicio se atrevía a saltarse a un superior, quien por su rango merecía ser el primero en todo: pasar en primer lugar, recibir el mejor lugar en la mesa, llevar la batuta en la plática o recibir el mejor postre por parte del ama de casa.

De vez en cuando, si alguien olvidaba las reglas de etiqueta, se desataba una pelea, una trifulca o camorra. Casi una revolución.

De ahí la necesidad de un maestro de ceremonias que ponía orden en las fiestas o jolgorios. No fuera a desatarse una trifulca entre los comensales por asuntos de dignidad, de honra o de amor propio.

Ahora les relataremos la leyenda de la casa del faldón, una noble casa entre casuchas de segunda, frente al templo de San Sebastián —cuyas ruinas hablan hoy día de sus antiguas glorias.

A esa casa asistió gente de lo mejor: miembros del Ayuntamiento, nobles y personas distinguidas de la ciudad. También un regidor español y un alcalde indio, ambos vestidos con casacas bordadas en oro, de acuerdo con su calidad y rango.

El alcalde, ansioso de pasar antes que el regidor, y pensando que éste quería cerrarle el paso, le dio tan fuerte tirón que se quedó con el faldón de su casaca en la mano.

Por supuesto que el avergonzado regidor se sintió incómodo. Desde luego que el alcalde le pidió disculpas. Y claro que hubo camorra y hasta un litigio, que duró algunos meses. Finalmente, el regidor fue sentenciado a mudarse a los suburbios de la ciudad y a pagar el traje hecho trizas y los gastos del juicio. En verdad que le salieron caras las ganas de ser el primero.

O la idea errónea de que lo querían dejar de segundón.

El Báculo de fray Margil

San Juan del Río es una ciudad hospitalaria, sencilla y pintoresca, cercada de vergeles, salpicada de torres y llena de parques y quintas para el buen vivir.

Su fundador fue don Fernando de Tapia, uno de tantos españoles que participó en la conquista de la Nueva España.

San Juan del Río es una ciudad de nombre compuesto: San Juan, por haber sido tomada el día de San Juan. Y del Río, al contar con un río que fertiliza su suelo.

Precisamente en dicha ciudad vivía un religioso llamado Antonio Margil de Jesús, quien acostumbraba viajar a la ciudad de México —a su convento de la Santa Cruz— o al norte, a Zacatecas —donde fundó un convento—, o bien, al sureste, a Guatemala.

Se trataba, pues, de un religioso misionero, fundador de misiones y conventos.

Y lo más sorprendente: el fraile iba y venía a pie y descalzo, ayudado tan sólo de un simple báculo o bastón que, a insistencia de las religiosas del beaterío —o convento de beatas, situado en la calle Real—, cambió por uno mejor hecho y más fuerte.

Cuenta la leyenda que el padre, al no poder atravesar el patio que estaba sin embaldosar y húmedo por la lluvia de la noche anterior, tan sólo alcanzó a clavar su viejo bastón en el suelo. Luego se despidió, como siempre, con una bendición.

Las beatas decidieron no levantar el báculo del lugar donde el fraile lo había dejado. Y cuenta la leyenda que, a los pocos días, aquel viejo y burdo bastón empezó a retoñar. Por su follaje vieron que se trataba de un limonero, el cual creció frondoso, fuerte y con magníficos frutos.

Hasta hoy se encuentra en aquel patio el árbol del padre Margil.

Quintana Roo

El cocay

En uno de los pequeños y acogedores pueblos de Quintana Roo, no recuerdo si fue en Kantunilkín, en la isla de Holbox o en Solferino, lo cierto es que me pareció interesante la historia que escuché aquella tarde.

Había una vez... ¡un mago! Un señor mago capaz de curar todas las enfermedades. Enfermos y miserables llegaban de todos lados para consultarlo y sanar; para encontrar remedio y consuelo.

Cuando algún doliente se le acercaba, el mago sacaba una pequeña piedra verde que guardaba con esmero —una y otra vez— dentro de una bolsita especial. Frotaba la piedrita entre sus manos meditando y pidiendo ayuda a la divinidad; entonces sus manos adquirían poder para curar. Pero... un día estaba descansando en la selva bajo una gran ceiba. Los pájaros cantaban a su alrededor, las abejas zumbaban y las mariposas recorrían el espacio con sus silenciosos vuelos de colores. Pasaban los conejos y venados; el viento no quería perturbar aquella tranquilidad. El mago se quedó profundamente dormido.

Fue el agua la que se cansó de tanta calma y empezó a caer sobre el lugar. Huyeron los conejos y los venados. Las mariposas y las abejas buscaron refugio. Los pájaros dejaron de cantar y regresaron a sus nidos. El señor mago despertó sobresaltado, se levantó y corrió en medio de la abundante lluvia.

Al levantarse debe habérsele caído la piedrita verde que lo dotaba de poder divino. Él no se dio cuenta hasta que una mujer llegó a pedirle ayuda porque tenía un niño enfermo. Quiso sacar la piedra y encontró, con tristeza, la bolsita vacía.

—Mi piedrita mágica se ha perdido —clamó desconsolado—, debo buscarla de inmediato, ella es la que me da el poder de sanar.

Y regresó al lugar, donde estuvo dormido. Buscó con mucho cuidado y la piedra no estaba. Anduvo varias horas recogiendo hojas y varas caídas y levantando matas donde pudo haber perdido su tesoro, pero tampoco lo encontró. Llamó entonces a los animales —más astutos y hábiles que el hombre; con buen olfato y mejor vista— y les pidió auxilio.

—He perdido mi piedra verde: sin ella no es posible que yo pueda curar. Tú, venado que conoces los caminos, ayúdame a buscarla. Tú, zopilote, que ves desde lo alto, ten piedad de mi pena. Tú, liebre amiga, que entras por las cuevas y escondites de la selva... Tú, cocay, luciérnaga pequeña, necesito que busques también mi piedra verde, te ruego que lo hagas; piensa que sin ella muchos enfermos y afligidos no tendrán remedio. ¡Premiaré a quien la encuentre!

El zopilote voló para ver desde arriba. El venado corrió y olfateó por todos lados pensando que se ganaría el premio. La liebre se puso tan nerviosa que entraba y salía de las cuevas y túneles del monte sin detenerse, sin fijarse, sin hacer lo que es propiamente buscar.

—Todos dirán: ¡la liebre la encontró! ¡La liebre la encontró, vamos a felicitarla! ¡Qué lista fue la liebre! —se repetía constantemente.

Cocay volaba bajo y despacito buscando con empeño; cuando se cansaba, se detenía y reflexionaba:

—Tengo que encontrar esa piedra: sin ella el señor mago no podrá curar —reanudaba el vuelo y proseguía la búsqueda.

—¡No necesito el premio! —exclamó el venado al encontrar la piedra—. No la devolveré; voy a esconderla donde nadie la encuentre —y se la tragó. Los enfermos tendrían que consultarlo; él pediría un pago por cada curación y se haría rico. Tal era su intención, mas sucedió algo inesperado: le dio un dolor tan fuerte que vomitó y huyó asustado.

Los demás animales seguían buscando sin provecho; el venado no aparecía por ahí porque no quería saber nada de la piedra. Por fin, todos se cansaron y dejaron de buscar. El señor mago seguía afligido, asomándose por aquí y por allá.

El cocay se conmovió y volvió a buscar. De repente tuvo una idea: se sintió seguro de encontrar la piedra y voló inspirado. Llegó directamente al lugar en que el venado la arrojó por la boca.

Estaba muy oscuro, pero su deseo de ver los caminos era tan intenso que una luz brotó de su cabeza para llegar al lugar y rescatar la piedra.

—Señor mago —dijo emocionado—, una luz mágica me llevó hasta su piedra, ¡aquí la tiene!

—Esa luz será tu recompensa —dijo el mago agradecido haciendo un conjuro sobre cocay con su recién recuperado talismán—. La luz saldrá de tu cuerpo en la oscuridad y te acompañará toda la vida.

—¿Ah sí? —repeló envidiosa la liebre sin que nadie la oyera. Desde ese día siguió a la luciérnaga hasta alcanzarla:

—Enséñame tu farol, cocay.

La luciérnaga detuvo su vuelo. La liebre saltó para quitarle la luz y convertirla en un brillante para su collar, pero ¡zas! El manotazo apagó la luz y casi mató a la pobre cocay. La liebre se asustó y corrió. El insecto anduvo en silencio mucho tiempo, sin prender su farol hasta que estuvo frente a la liebre; ésta pensó al ver la luz que le caería un rayo y se aventó al cenote. Cocay se rio mucho de la tontería. Desde entonces, hasta los animales más grandes respetan a cocay pensando que tiene un prodigio en su farol.

Fórmula para ver a los difuntos

El 31 de octubre comienzan a llegar las ánimas para visitar las casas de sus familiares, luego de que éstos barrieron los caminos, arreglaron la casa, prepararon el altar con un mantel nuevo y alistaron las jícaras con su "chuyu bo ab" —asiento especial hecho de bejuco— y los trastos de barro, así como las velas de colores para los niños y las de cera para los mayores.

Los difuntos vendrán sin falta por los caminos del Sur, del Norte, del Oriente y del Poniente hasta llegar a la que fue su casa. Allí les esperan golosinas y tabaco, aguardiente y recuerdos que el amor familiar ha puesto en el altar junto a los tamales y el mucbi-pollo.

Pero si quieres ver a los visitantes invisibles, fíjate bien:

Los perros aúllan cuando ven a los muertos; tienen ese privilegio y ese poder.

Si tienes un perro, espera que aúlle, toma un algodoncito o un pañuelo peque-ño y limpia la secreción de sus ojos, ¡ésa es la que tiene el poder! Úntala rápido en tus ojos —antes de que se oree— y prepárate, te voy a relatar la aventura del *tatich* —el abuelo— Francisco.

Su perro se llamaba Bosh Ní y era viejo en la familia. Conoció a varios difuntos y quería mucho a Francisco, a quien seguía a todas partes en el día y a cuyos pies dormía en las noches, siempre atento a los ruidos cercanos a la choza, su fresco hogar.

Esa noche era de las más oscuras que te puedas imaginar. El silencio también era impresionante, ya que ni las ruidosas cigarras ni el mensajero tecolote se de-jaban oír.

De pronto Bosh Ní lanzó un aullido lastimero y eterno: largo, triste.

—Éste es el momento —se dijo el *tatich*.

—Sí, así es —confirmó cuando el segundo aullido salió, seguido de otros. Aú... aauú... auuú...

—Ven, querido Bosh Ní, déjame secarte esas lágrimas —musitó acariciándolo.

—Auuú... —repitió el perro una honda queja.

—¿Estás viendo a las ánimas? Ven —dijo mientras tomaba con la punta de su paliacate el líquido que escurría de los ojos de Bosh Ní. En seguida se untó los ojos con la sustancia prodigiosa que le permitiría contemplar lo invisible. De in-mediato corrió hasta el fondo de la choza para asomarse por entre las maderas que dejan un huequito de luz; tenía miedo de estar a la intemperie, donde podía ser castigado o alcanzado por algún fantasma.

Estaba muy nervioso. La espera le daba escalofrío, pero se asomaba hacia la oscura bóveda del cielo.

De pronto, unas lucecitas, como velas ardiendo, aparecieron entre la negrura de la noche. Era una especie de procesión que llegaba a la Tierra; luego se sepa-raba en ramas como un río, como un árbol, como los dedos de una mano, para dirigirse, dividiéndose, a los muchos caminos del poblado, en el monte.

—Vayan a sus casas —dijo la voz del más allá, visiten a sus familiares. Sólo re-cuerden que deben regresar mañana.

Entonces, el movimiento de lucecitas, que se había suspendido, continuó su camino.

El temblor del escalofrío le aumentó al *tatich* Francisco cuando distinguió una figura blanquecina, luminosa, con un cirio en la mano, que avanzaba hacia él.

—Voy a lavar mi ropa —dijo una voz casi imperceptible que provenía del fantasma, al tiempo que éste se quitaba la túnica para echarla en la batea del lavado.

Francisco tenía miedo, no sabía si separarse de la rendija, por la que se estaba asomando, si taparse los ojos con las manos o salir corriendo pegando de gritos.

—Yo quería ver a los muertos —aceptó—, ahora tengo que verlos... ¿quién será?

La figura tomó de nuevo el cirio, caminó hasta la casa, abrió la puerta, llegó al altarcito de las ofrendas.

—Esposo, tú querías ver a las ánimas: aquí estoy yo, Clara, tomando el chocolate de la jícara... —el cirio se apagó de modo que la oscuridad se hizo total. De pronto, apareció en un círculo la cabeza de su esposa. Le horrorizó ver en una mitad de la cara facciones de carne y en la otra solamente la calavera. El anciano cayó desmayado. Cuando volvió en sí, la misma voz que daba órdenes a la procesión, le habló severamente:

—Tienes que pagar este pecado de importunar a los muertos en su visita, te espero en el purgatorio.

Francisco se quedó sin habla. A señas explicó su horrible experiencia. Sus familiares comprobaron la veracidad de su relato cuando vieron que en la puerta, quedó pintada en rojo la mano de Clara cuando empujó para entrar. Francisco tuvo fiebre hasta la semana siguiente en que murió. Bosh Ní aulló los siete días y luego desapareció del lugar. Sólo regresa cada 31 de octubre para aullar cuando ve las sombras de sus amos.

¿Qué soñamos?

Esto sucedió cuando los abuelos de hoy eran niños y tenían sus propios abuelos. Los nietos de Lin eran muchos entonces y "los de cierta edad" acudían por las tardes a conversar con él.

—¿Qué soñaron anoche? —les preguntaba ya entrado en plática.

—Yo —decía Julián Pot— soñé que cuidaba ovejas, pavos y gallinas en una hermosa huerta.

—A mí no me gusta soñar —afirmaba Nacho Com—. Cada vez que sueño, voy corriendo por lugares muy bellos; de repente, vuelo alto, muy alto, y cuando estoy desprevenido, me caigo, me asusto, y despierto con el corazón como tamborcito.

—Yo sueño siempre con mariposas. Luego éstas se vuelven abejas si las cojo, y zumban tanto, que me dejan sordo —se quejó Goyo Pot.

Gonzalo Pee colgaba corazones en las enredaderas. Gloria Noh se asustaba de un ángel sin rostro que se le aparecía en una casa llena de espejos.

Miguel Cocom nunca decía nada.

Un día, casi para disolverse el grupo de primos y hermanos que departían con el abuelo común, Miguel se hizo el tardado mirando unas varas que el anciano Lin escogía para "varear pochote" y se dirigió a él con timidez:

—Abuelo Lin, ¿por qué yo nunca sueño?

Como el abuelo es sabio y buen explicador, contestó de inmediato:

—En el mundo todo son sueños, querido Miguel; en las noches todos soñamos, pero sólo los limpios recuerdan lo que sueñan... Al nacer —prosiguió— todos venimos a este mundo a soñar porque somos trozos de sol, pero debemos trabajar el espíritu para estar vivos y dispuestos en la vida.

Miguel no entendió mucho, por lo que estuvo varios días pensativo. El abuelo lo sorprendió sentado en la cerca —con la vista lejana y los puños en las mejillas—, cuando él amarraba la leña que recogió de entre las ceibas. El abuelo lo vio sentado bajo un roble haciendo líneas curvas sobre la tierra mientras él recolectaba huevos de codorniz. El abuelo lo encontró junto a los demás cuando desgranaban el maíz, sólo que Miguel parecía no estar presente, ni formar parte de la tropa.

—Miguel —le dijo al día siguiente—, te siento preocupado desde el día en que me comentaste lo de los sueños; más bien, cuando me preguntaste por qué tú no soñabas. Bien —continuó solemne—, ayer quedaron bajo tu persona unos granos de maíz; cuando todos salieron, yo los recogí después de estudiar la figura que formaban.

—¿Sí? —preguntó el muchachito intranquilo.

—Sí, ellos me indicaron que debo trabajar contigo para que recuperes el poder de recordar los sueños y aprovechar el poder que ellos tienen... Y vamos a pedir ayuda tú y yo, para que la luz entre en ti y el sol te reconozca.

Se fijó el día para efectuar la ceremonia. El abuelo Lin le advirtió a Miguel que debía ayunar el día anterior.

—Cuando te gane el hambre, tomarás sólo agua y miel. Deberás poner la mente en blanco, guardar silencio y tratar de escuchar la voz del viento; éste va a decir tu nombre, tu verdadero nombre, el que sólo por siempre sabrás tú y usarás cuando pidas ayuda, así: "yo, Balam... Yo, Tukur... Yo, Cocay... Yo..." no sé... ¡Lo que el viento te diga! Ése será tu nombre mágico, el nombre que te dará poder. Después debes quitar de ti todo mal pensamiento, o mal deseo, para que puedas convertirte en Cazador de Sueños, hijo del Cazador de Auroras.

Antes de emprender el camino al lugar de la ceremonia, tomaron chocolate hecho para el momento por la hija de Lin y madre de Miguel. El papá del chico los acompañó hasta el sitio y allí se despidió; el muchacho se fue al monte con el abuelo, seguidos por dos perros.

Grillos y chachalacas, ladridos y persecuciones de los perros, sobresaltos constantes, hacían estremecer a Miguel, quien estuvo a punto de correr ya oscura la noche, en sentido contrario aunque nunca pudiera iniciarse en los sueños ni convertirse en hijo del Cazador de Auroras. Temblaba con escalofrío, y a un instante de huir, el abuelo lo detuvo apoyándose en su hombro izquierdo para darle valor.

Adelante, una víbora inquietó a los perros y el abuelo le habló con sosiego para que ella se retirara y los perros dejaran de ladrar.

Al fin, tendido sobre un redondel de hierbas aromáticas, Miguel quedó bajo el conjuro del anciano Lin, quien no dejaba de rezar pidiendo su maduración, mientras repetía sortilegios y palabras de fuerza:

—Antes de que el sol asome, los sueños de los antepasados se cumplirán y estarán con nosotros... los sueños son una rendija de luz para el ejercicio del poder del espíritu... Realizando tus sueños, no serás esclavo de nadie. Los sueños se convierten en realidad.

"La lluvia es el sueño del agua". "El humo es el sueño del fuego". "El azul del cielo es el sueño del aire..."

Pero tú, que estás hecho de maíz, ¡despierta, abre los ojos y dispón el espíritu!

Y Miguel abrió los ojos y contempló la aurora. ¿Habría soñado?... Una gran paz inundó completamente su alma.

El sol de luces verdes

Zaac Ceeh era un muchacho extraño, distinto a sus demás compañeros. Aunque jugaba y se divertía como los demás, llegaba un momento en que no quería compartir más y se retiraba del grupo.

No quería cazar pájaros ni poner trampas con los otros jóvenes para atrapar a las criaturas del bosque. Los animales huían de los demás chicos, pero a Zaac Ceeh lo seguían, se acercaban a él porque su instinto les indicaba que de aquel jovencito diferente no tenían nada que temer.

Al verse solo, mientras contemplaba el agua de un cenote callado, pensaba que su diferencia se debía a que él no era bueno, y sentía tristeza.

Pero he aquí que en una de sus contemplaciones solitarias, cerca del agua silenciosa, se quedó dormido y tuvo un sueño.

Algunos pensaron, cuando les contaba aquel sueño, que se trataba de una revelación. Él no estaba seguro, mas tenía la certeza de la realidad de su visión; ésta no se alejaba de su mente ni de día ni de noche.

Zaac Ceeh se encontraba, de pronto —sin saber cómo había llegado ahí—, en un paraje esplendoroso donde no había estado antes; tampoco entendía de qué manera llegó a ese lugar extraordinario.

Una vegetación baja y aromática cubría grandes llanos que subían hasta unas montañas tan altas que alcanzaban el cielo. El agua no era quieta y callada como la del cenote, sino que corría de un lado a otro reproduciendo un alegre ruido: ¡moviéndose y cantando como si estuviera con vida! Pronto sintió que respiraba un aire fresco y suave. Caminó por una vereda limpia y agradable para subir a la más alta de las cumbres. Al llegar a la cima se detuvo maravillado. Se hallaba en un jardín florido en medio del cual se alzaba un palacio de cristal. El sol, desde la altura, lanzaba extraños rayos verdes iluminando todo el paisaje.

Una bella joven se distinguía entre otras chicas que cantaban alegremente en una ronda. Llevaba una vaporosa túnica blanca adornada con trocitos de jade, turquesas y cristal de roca reluciente como el diamante. Su cabello era oscuro, largo, suave y le daba un perfecto marco a sus finas facciones.

Zaac Ceeh se sorprendió más cuando la bella se separó del grupo y se acercó a saludarlo. Él hizo un enorme esfuerzo para despegarse del suelo y abrazarla, pero en ese momento el encanto cesó y él volvió a su solitaria realidad sobre una piedra en la orilla del cenote.

Llegó pensativo a su casa y entregó a su madre los trozos de leña que traía y la corteza de balché para hacer el licor ceremonial. No contó nada y se retiró a dormir. Pero esa noche y las siguientes, Yaax Tubén Kin le tendía los brazos desde el palacio de cristal iluminado por las sorprendentes luces verdes de aquel sol.

Su madre lo notó ausente y le preguntó el motivo de sus continuas distracciones. Él se atrevió —apoyado en la suposición de ella— a decirle que se trataba de un enamoramiento; su mente insistía en presentarle la visión de la joven de la túnica blanca resplandeciente bajo las luces verdes de ese sol magnífico.

La madre del chico se asustó pensando en un embrujo o maleficio cuando él le aseguró que iría a buscar a la joven del sueño: recorrería el país y pasaría fronteras, caminaría hasta encontrar el palacio de cristal. El sacerdote del culto solar, el sabio Ah Kin, la tranquilizó advirtiéndole de paso que sería inútil detenerlo y finalizó su plática diciéndole:

—El que cree, hace, y el que hace, crea...

A los tres días, la madre volvió a la choza ceremonial; con hojas de palma limpió los braseros y quemó el copal ante el altar del dios Hunab Ku, único y verdadero que rige el Universo. Dejó unos tamales recién hechos y un tarrito de miel; luego, cerró los ojos para orar.

—Oh, Señor —suplicó—, es mi hijo quien sale a los caminos: líbralo del tigre y de la serpiente; que no se corte o se desangre; que no se rinda.

A la mañana siguiente, Zaac Ceeh prometió a su madre regresar cuando fuera rey de la región del Sol de Rayos Verdes...

Siempre en dirección al Oriente, preguntó y preguntó por el lugar que nadie conocería; muchos se burlaron de él y de su sueño... Una paloma, una abeja y un venado, cada uno a su paso, le aseguraron que si había visto el lugar y creía en él, sin duda llegaría. Zaac Ceeh siguió al Oriente, llegó al mar y cambió de rumbo al descubrir una luz verde a su derecha.

Más adelante encontró una ciudad donde había muchos jóvenes que, como él, habían salido en busca de su sueño. Alguno se cansó sin llegar; otro regresaría al día siguiente a su tierra, decepcionado de seguir una fantasía; los más le confesaron que habían estado frente al mismo palacio sin que la joven por quien viajaron desde tan lejos, apareciera.

—Deja tus sueños —dijo un joven muy seguro—, quédate con nosotros y aprende a divertirte.

—Los sueños son sólo eso: sueños —reflexionó otro, tratando de desanimarlo.

A pesar de todo, siguió adelante: pasó breñales, cruzó llanos y emprendió la subida a la montaña. Sintió por fin la brisa fresca del lugar que buscaba y redobló los bríos. Le sudaban las manos y los pies, el sudor se transformaba en sangre que caía a la tierra de donde nacían frutas que lo alimentaban y le daban fuerzas para seguir.

Al encontrarse por fin frente al palacio de cristal, todo estaba vacío y silencioso; en ese momento Zaac Ceeh quería morirse. Estaba tan agotado que apenas podía sostenerse de pie; esperó unas horas, unos días; mas su ánima le dijo estas palabras al oído:

—No te vayas sin ver...

Por eso subió la escalinata del palacio, ¡arriba estaba ella, Yaax Tubén Kin, esperándolo!

Ambos se fundieron en un abrazo.

—El que cree, hace; el que hace, crea: tú me has creado, tu creíste en mí. Éste es tu premio —dijo ella, y él creyó en sus palabras.

San Luis Potosí

Los sanjuaneros

Los españoles llegaban a San Luis ávidos de riquezas ante la noticia que se había extendido por toda la Nueva España acerca de la calidad y abundancia de los metales en la mina del cerro de San Pedro. Todos se enriquecían al cabo de cuatro o seis años y regresaban a España llenos de riquezas, de tal forma que en pocos años el mineral se agotó. Así que se vio el cerro sin habitantes y San Luis con su comercio y vida muy mermados.

Por ese tiempo había una familia de cirqueros trashumantes a los que Nuestra Señora de San Juan les hizo el primer milagro.

El jefe de la familia no era un hombre muy instruido pero sí buen conversador, adivinador de la suerte, magnífico tañedor de viola, de vihuela y de laúd, con los que se acompañaba para entonar canciones y romances de guerra y moros, y muy lleno de habilidades para ejecutar riesgosas y ágiles piruetas sobre el suelo entre dagas, en sillas, sin tocar las armas. Con gran maña en los dedos para desaparecer una moneda y después aparecerla en el traje de alguno de los presentes, o desbaratar en un momento una sarta de lazos y pañoletas fuertemente anudados; de esta forma, mientras los otros mineros no tenían que comer, él se ayudaba con sus habilidades a ganar el pan para su familia.

Cuando estaba la mina en lo mejor, dicho caballero se casó con una criolla y cuando vino lo peor la esposa tuvo dos hijas. Al encontrarse sin mina y con dos hija pensó en sacarle provecho, para beneficio propio y regocijo del prójimo, a sus cualidades de juglar. Con la mujer y las criaturas en una mula frisona y sus escasas pertenencias en una mula burrera, se echó leguas y leguas recorriendo las villas y los pueblos de los alrededores. Primero sólo él, con sus piruetas y malabarismos, llenaba el programa; después, cuando las niñas —que heredaron las habilidades del padre— crecieron ambientadas en estas artes, el espectáculo se enriqueció y aumentó en atractivos, en especial cuando una cabra que había sido nodriza de las niñas ingresó al acto y empezó a hacer monerías por su cuenta. Así, el espectáculo constaba de cuatro acróbatas: el padre, las hijas y la cabra. De las hijas una contaba con ocho años y la otra con seis.

Con este refuerzo, el hombre consideró que debía agrandar su campo, visitando no sólo villas y pueblos, sino algunas ciudades más grandes como Guadalajara de Indias y hacia allá se dirigió. Fueron días y días de trayecto, deteniéndose sólo en lugares importantes para lucir sus habilidades.

De este modo llegaron a un sitio conocido como San Juan Mezquititlán, fundado en 1550 por aborígenes nochistlecos. Un misionero les había comprado una Virgen de bulto y ellos le fabricaron una ermita de vajareque. Pasados los años, la escultura estaba tan deteriorada que la quitaron del altar.

En 1623 nuestro volantinero acertó a pasar por este pueblo, con su esposa, sus hijas y su cabra amaestrada. A voz en cuello anunciaba las habilidades de los artistas, así como la hora y el lugar de la función; ellas cabalgaban en las mulas y la cabra hacía monerías por las calles polvorientas de San Juan Bautista.

Lo insólito del espectáculo y la tierna edad de las cirqueras, más la participación de la cabra, cosa nunca antes vista, congregó mucha gente en el corral del mesón transformado en circo y empezó la función.

El cirquero hizo gala de todas sus habilidades: los giros en el aire entre puñales, sacando todas sus mañas en la suerte de los naipes, cantando y tocando su vihuela embobó a los presentes; la cabra realizó las delicias con su andar en dos patas; las niñas, cabalgando sobre las mulas a medio trote, brincando de una a otra, bajando y subiendo a la carrera, arrancaron estruendosos aplausos. Así llegó el número cumbre: un difícil lance de acrobacia, que consistía en correr, saltar, dar una voltereta en el aire sobre una tabla cruzada de puñales y caer fuera de ella, superando el riesgo. El solo anuncio del peligroso acto imprimió turbación en los presentes y al tender sobre la arena la tabla llena de puñales todos quedaron asombrados.

Fue la cabra la primera en brincar sobre la tabla, seguida por la niña mayor con gran agilidad, y por último, la menor. Esta última se tomó su tiempo, calculó con ímpetu y pericia, sin considerar el daño que podría provocarse, tomó el vuelo necesario y enfiló veloz a consumar la suerte, pero al dar la voltereta perdió pisada y cayó sobre uno de los agudos puñales, el que la atravesó quitándole la vida.

De pronto el regocijo se trocó en espeso duelo. Si la niña, al atravesarla el acero, no alcanzó a exhalar un solo quejido, todos los asistentes quedaron paralizados de miedo y el susto y el llanto les turbaron los ojos. Algunos les dieron la mano a los volantineros alcanzados por aquella tragedia. Unos les abrieron las puertas de sus hogares; otros, con generosa diligencia, se aprestaron a amortajar a la inocente con las ropas y la corona que correspondían a su corta edad; otros recaudaron dinero entre la gente para ayudar a los afligidos padres; otros organizaron el velorio con toda pompa y esplendor.

El cuerpo de la niña fue llevado a la capilla del pueblo para enterrarlo mientras el párroco rezaba las preces funerarias. La desolada familia, que no aceptaba la pérdida, rompía los corazones con gemidos y lamentos dolorosísimos.

Cuando los enterradores estaban listos para arrojar la tierra, Ana Lucía, la esposa del sacristán, decía unas palabras de consuelo a la afligida madre. De repente dijo unas palabras de inspiración ultraterrena: que la Cihuapilli, noble señora y reina, retornaría a la niña a la vida recostándola sobre su pecho, en la misma dirección de la abertura que causó la daga.

Al escuchar esto, todos callaron expectantes, considerando las palabras de la mujer como un desatino y pensaron que también a ella se le había nublado el entendimiento por la tristeza. Reposaron la imagen sobre la niña y de inmediato volvió a la vida. El encanto apacible de su infantil belleza relució en su cara, tomó aliento, se le desentumecieron las piernas, con sus bracitos estrechó la escultura y con ella en el regazo se sentó y todos pudieron ver que estaba viva.

El afortunado suceso alegró a los presentes que dieron por milagrosa la resurrección de la niña. Los padres, locos de alegría, sacaron a su hija de la fosa y gritaban loas a la Virgen por el favor recibido.

Por varios días los habitantes no hablaron más que de aquel milagro y de lo descuidada que tenían a la Virgen.

Les pareció poca cosa devolverla al altar y rendirle fervoroso culto, y como el milagro se conoció en todos Los Altos y más allá, hasta El Bajío, pronto grandes

multitudes de romeros vinieron a conocer a la Virgen milagrosa y para los sanjua-
nenses era un desconsuelo verla tan descuidada y con sus colores tan apagados,
por lo que decidieron contratar al más hábil artista que pudiera restaurarle sus
atributos perdidos.

Los volantineros, por su parte, se sentían también responsables y anhelaban
que se retocara la escultura: como era tiempo de reanudar su viaje interrumpido
a Guadalajara de Indias, se ofrecieron a conducir la escultura y ponerla en manos
del mejor artífice.

Al llegar a la susodicha ciudad, en el mismo mesón donde pararon y cuando
apenas acomodaban sus cosas y le daban pienso a la cabra y a las mulas, se presentaron dos jóvenes buscando imágenes para retocar. Se pusieron de acuerdo
con el volantinero y se llevaron la escultura para repararla.

Al día siguiente, cuando el volantinero se aprestaba a anunciar su función de
la tarde, llegaron los jóvenes con la escultura restaurada con gran habilidad y prodigiosamente recuperado su antiguo aspecto.

No se sabía qué admirar más, si la rapidez de los diligentes artesanos o la
maestría de la ejecución. Mientras los volantineros daban rienda suelta a su gozo
ante la Virgen, los jóvenes se alejaron; cuando los buscaron para pagarles su trabajo, ya no pudieron encontrarlos, deduciendo que el retoque era obra de espíritus
celestiales. El color del rostro de la Virgen era difícil de determinar, pues, al mismo
tiempo, para unos parecía pálido y para otros encendido y rozagante, además con
unas luces que provocan que no se distingan los ojos ni facción alguna.

Con toda prisa regresaron el cirquero y su familia a San Juan, con su preciosa
carga: la escultura sacada del abandono y deterioro y, desde entonces, empezó a
recibir muestras de culto y veneración en la ermita del hospital.

La dama enlutada

Una noche fría de noviembre de hace algunos años, un taxista llevaba cinco
horas de haber empezado su trabajo y había conducido a muchos habitantes
a distintos sitios de la ciudad.

Eran las dos de la mañana cuando regresaba de dejar un pasajero por la orilla de la ciudad, donde se encuentra el templo del Señor del Saucito, imagen venerada por fieles de la población de San Luis Potosí y por muchos otros de todas las partes del país. Pasaba el taxista muy cerca del templo y también del panteón del Saucito cuando una dama vestida de negro le hizo la señal de parar. El hombre se detuvo y abrió la portezuela posterior para que subiera la dama enlutada que le pidió:

—Me va usted a llevar a varios templos de la ciudad.

—Sí, señora —respondió el conductor—, pero a esta hora no hay ninguno abierto.

—Sí, ya lo sé, no pretendo entrar, sólo quiero rezar frente a la puerta.

Al chofer le pareció raro que una señora quisiera ir a las dos de la mañana a rezar a las puertas de los templos, pero pensó que tal vez se trataba de una manda o alguna penitencia.

—¿Adónde vamos primero?

—Por favor, al templo de San Francisco.

—¡Ah sí!, el que está situado frente a un hermoso jardín.

—El mismo.

Allí bajó la dama, se hincó frente a la puerta cerrada del templo; después de unos minutos volvió a subir al carro y pidió que la llevara al santuario de Nuestra Señora de Guadalupe. Aquí también la dama bajo, rezó y volvió al carro.

—Ahora, lléveme al templo de San Sebastián.

—San Sebastián, ¿el que está rodeado de un jardín con un kiosko donde los domingos toca la banda de música?

La dama no contestó, se limitó a bajar del coche, se comportó de la misma manera que en las ocasiones anteriores y cuando volvió a subir dijo:

—A la iglesia del Montecillo.

—Ahí es donde está el jardín López Velarde, uno de los más bellos de la ciudad.

La dama rezó, se santiguó frente al templo cerrado, volvió al coche y exclamó:

—Al templo del Apóstol Santiago.

Igual comportamiento de la dama: bajar, rezar, volver al coche.

—Ahora ya sólo me falta el templo del Señor del Saucito, para que después me deje donde me subí la primera vez.

El chofer obedeció tomando el rumbo del lugar referido.

Cuando llegaron, la dama bajó e hizo lo mismo que en los otros templos, pero se tardó un poco más. Al regresar le comentó:

—Ahora lléveme a los portales del panteón del Saucito, pero, como no tengo dinero, en este papel está escrito un recado para mi hermano el licenciado Mario Palomares, quien le pagará el recorrido que acabamos de hacer. Y entréguele por favor esta medalla que lleva mi nombre: Socorro.

Tal vez porque el taxista estaba fatigado de tanto manejar y lo que quería era irse a su casa a descansar, tomó el papel y la medalla de oro de mala gana y los guardó en la bolsa de su pantalón. Al llegar al último lugar se detuvo para que la dama bajara, pero como no oyó el ruido de la portezuela, miró al asiento trasero y vio que la dama ya no estaba. Como se sentía muy cansado pensó que había bajado sin que él se diera cuenta.

Al día siguiente, como a las 11 de la mañana se dirigió al despacho del licenciado Palomares. Le contó lo acontecido la noche anterior, le entregó el recado y la medalla. Con gran sorpresa, el licenciado leyó el recado y luego reflexionó:

—Efectivamente, la letra es de mi hermana Socorro y con gusto voy a pagarle lo que se le debe; además, le ruego que acepte esta propina —dijo entregándole una cantidad considerable de dinero—, pero mi obligación es comunicarle que mi hermana falleció hace dos meses.

El taxista palideció y tembloroso rechazó el dinero que el licenciado le daba.

Muy asustado regresó a su casa, de donde no volvió a salir, pues dos meses después murió de una rara enfermedad.

Sinaloa

Amor de dos sangres

Dicha historia tiene lugar apenas al comienzo de la Conquista en Batacudea, sobre el río Ixtlaje. Se trata de una historia triste sobre un amor imposible entre una bella mujer de buena cuna y un extranjero recién llegado a aquellas tierras.

La joven, prometida a uno de los mancebos de su tribu, tuvo que suspender sus esponsales por la inesperada llegada del conquistador español.

La batalla entre los indígenas y los hispanos fue terrible, resultando triunfadores los segundos, quizá no por su número, sino por la superioridad técnica que los asistía: cañones y caballos que los naturales desconocían.

Pronto el destino le jugaría una muy mala pasada al enamorado de la bella mujer, a quien se encomendó el cuidado de uno de los caballeros, ahora preso.

La joven se dedicó en cuerpo y alma a cuidar al rehén, de quien pronto se enamoró. Su amor, en secreto, creció a espaldas del capitán indígena. Incluso, se cuenta, la doncella ayudó a huir al prisionero.

Pasó el tiempo, la joven se veía triste y acongojada. Ya no era la de antes. Su prometido pronto se enteró de la dolorosa verdad. Indignado, mandó llamar al caballero español, con quien pelearía por el amor de la joven.

Para la doncella, consciente de la diferencia de sangres, de que jamás podría unirse al caballero español de quien estaba enamorada y con quien ansiaba unirse para siempre, la única salida era la locura, la huida de la realidad.

Por supuesto que los indígenas de Coloacán perdieron la batalla frente a los ejércitos del hispano. De la joven enamorada, vencida por el español, nada se sabe.

Hay quien jura haberla visto rondar por las orillas del río como si buscara algo. Como si fuera en busca de alguien, de un hombre de piel clara, venido de lejos. De diferente sangre.

Sonora

El reino de Quivira

La fantasía del hombre no tiene límites, de ahí que imagine ciudades encantadas donde el oro, la plata y las piedras preciosas se encuentran al alcance de la mano. El Nuevo Mundo, recién conquistado, no fue la excepción.

Los exploradores creían que pronto, muy pronto, se toparían con una ciudad embrujada. O tal vez con varias ciudades donde vivirían como grandes señores.

Cuentan que los marinos de aquella época soñaban con ciudades fantásticas como las de Cíbola y Quivira. Uno de ellos era Hernán Cortés, conquistador de México, quien envió a Francisco de Ulloa en busca de tan magníficas ciudades.

La expedición de Ulloa no cumplió con su cometido. Al parecer, sus navíos, que zarparon de Acapulco con rumbo a las costas de Sinaloa, se perdieron en el mar.

Sin embargo, el anhelo de llegar a fantásticos reinos, de grandes riquezas, impulsó nuevas travesías, nuevas expediciones. Rodríguez Cabrillo y Bartolomé Ferreto se hicieron a la mar sin arribar al lugar de sus sueños.

Se dice que fue Vázquez de Coronado, el descubridor de las siete ciudades maravillosas de Cíbola y Quivira.

Según parece, Álvaro Núñez Cabeza de Vaca fue el primero en llevar noticias del reino de Quivira al primer virrey de la Nueva España, don Antonio de Mendoza.

Al parecer, las historias relatadas por fray Marcos de Niza aumentaron la fama de dichas ciudades de gran encanto, aunque, oficialmente, tan sólo Vázquez de Coronado podría buscarla y cargar con sus tesoros que pasarían al Tesoro Real.

El enviado llegó al fin a un poblado indígena llamado Cicuye, donde encontraron a un aborigen al que por su fisonomía llamaron el Turco. Él se convertiría en su guía y en el contador de historias magníficas sobre ciudades de esplendor con ríos donde brotaban cristales maravillosos, dignos de adornar cetros y coronas.

Contó sobre bosques que daban frutos de aroma y sabor exquisitos, dignos del más delicado paladar. También contó sobre aves de plumaje encantador, sobre flores exóticas jamás vistas. Y lo mejor de todo: en aquellas ciudades reinaba la felicidad y la armonía por todos anheladas.

El Turco describió a los dichosos moradores de aquellos parajes: hombres diestros en labrar metales, en tejer fibras delicadas de ricos colores; arquitectos de casas y palacios, amplios, bellos, cómodos. Asimismo, alabó a sus mujeres dotadas de belleza y de poderes singulares, como la magia.

El Turco relató, entre otras visiones, una danza de mujeres alrededor del fuego y a las orillas del río. A los pocos minutos, el Turco perdió el sentido. Al despertar nada quedaba de aquel agradable momento. Como si todo hubiera sido un sueño.

Intrigado, preguntó sobre el significado de aquella tremenda visión. Pronto sabría su significado: se trataba de una ceremonia por medio de la cual las solteras del grupo rendían homenaje a su dios, quien pronto les enviaría un marido. A dicha ceremonia jamás asistían hombres por riesgo de morir.

Al parecer, el Turco había salido de aquellas tierras porque, fuera de ellas, se encontraban su mujer y sus hijos. El Turco, empujado por la codicia de aquellos hombres, continuó por los caminos que lo conducirían a Cíbola y Quivira.

Mas no todo salió como se pensaba: cuando llegaron, el paraje desierto les saltó a la vista. Todo era silencio y soledad. Todo estaba en ruinas.

Tan sólo les quedaban las minas de oro, las piedras preciosas que, según el guía, se encontraban en los exteriores de la ciudad.

Sin embargo, nada encontraron, nada hallaron. Los expedicionarios, quienes se creyeron víctimas de una burla, acabaron con la vida de su guía.

Vázquez de Coronado, el comisionado para descubrir riquezas, para fama personal y de la Corona de España, regresó con las manos vacías.

Sin embargo, las mentes fantasiosas aún sueñan con aquella lejana y misteriosa civilización adonde todo mundo quisiera arribar, aunque fuera en sueños.

Tabasco

El amor del chontal

Chersjalm era un chontal gigante y bárbaro, entre los más bárbaros y gigantes chontales de las agrias sierras.

Rey y caudillo de salvajes hordas dispersas, amaba la sociedad de las altísimas rocas vestidas de niebla, donde dormía la siesta augusta de un soberano indiscutible y fuerte. Devoraba con predilección las entrañas de niños y los sesos de hombres; y prefería la sangre caliente, sorbida en las venas abiertas de la víctima, al fresco licor de los cocos tiernos.

Cegaban los relámpagos de sus pupilas negras; su chata nariz, fina como la del lobo, olfateaba desde las alturas a las presas vivas del fondo de los valles; sus brazos, recios y brutales, levantaban rocas para aplastar ejércitos y desgajaban árboles para cerrar las cavernas en que guardaba su botín; sus piernas eran largas, macizas y ágiles, tan ágiles que parecían alas, y tan elásticas que le hacían saltar de roca en roca, de la barranca a la cumbre, del fondo del abismo negro a la cúspide de la montaña.

Era todo un soberano. Arriba, le amaban las águilas, a las que agradecía con las piernas y brazos y toda la carne demasiado dura que le sobraba de sus presas; abajo, le huían las fieras y espantaba a los hombres. En los anchos ríos, luchaba nadando con los lagartos de temible cola. Con sus pieles se cubría el pecho para librarse de las flechas de los hombres civilizados: mixtecas, zapotecas y mexicas.

Su voz retumbaba como un trueno, agrandada en ronco caracol por las concavidades de los montes, para llamar a sus súbditos, los bárbaros chontales y los salvajes chochos, quienes acudían llegando del caluroso Sur; del Norte, donde el azteca imperaba; del Oriente, de abruptas montañas y de las regiones donde los grandes ríos derraman sus aguas en el inmenso mar.

¡Ay, de las caravanas de comerciantes y viajeros a quienes sorprendía el colosal gigante! Todos, hasta el bravo mixteca de indomable vigor para la guerra; el mije huraño y el astuto zapoteca temían al formidable Chersjalm.

Ahora, no deja de sorprender que Chersjalm, el gran gigante, el soberano fuerte y ágil, espanto de valientes mixtecas y de feroces mijes; sea un esclavo, tímido, tembloroso, con los ojos terriblemente velados de negras pupilas, con la cabezota de cabellera bárbara, doblada, conduciendo, ligado a sus lomos, el trono de oro y perlas en que se sienta la dulce y bella Coyolicaltzin. La vio, la amó y quiso ser esclavo de la gran reina de Teozapotlán para ser feliz mirándola.

Veamos cómo ocurrió semejante cambio: Chersjalm dormía una tarde cuando, de pronto, se levantó de un salto y lanzó un grito de dolor y rabia: una enorme serpiente se le había enroscado en el cuerpo, mordiéndole el pecho. Violentamente se la quitó de encima, la despedazó con furia; como sabía que el veneno del reptil era mortal y que en las márgenes de un río del valle crecía una planta que era el único antídoto, corrió por entre las malezas; y saltando, volando casi, devoró distancias enormes, haciendo huir a hombres y fieras a su paso; lo sorprendió la noche, pero él siguió su carrera feroz y rugiente por el dolor. En las tinieblas, por entre bosques espesos, trepando, arrastrándose, sintiendo ya las primeras quemaduras de la fiebre, siguió hacia el río. El nuevo día lo encontró en plena carrera; pero sus pupilas, antes tan poderosas, se nublaron; por primera vez en su vida sintió el cansancio, el desaliento y la tristeza.

Comprende que va a morir, que ya nunca más gozará de la alegría de ser fuerte, de luchar y de vencer; en ese mismo instante ve la planta salvadora a sus pies; se inclina, la arranca y desesperadamente la lleva a su herida que mana sangre en abundancia; pero ya no tiene fuerzas y su enorme cuerpo se desploma.

Coyolicaltzin, esposa de Cosijoesa, rey de los zapotecas, paseaba aquella mañana por los jardines de uno de sus palacios de campo, donde, en honor de los embajadores aztecas que su padre Ahuizótl enviaba a aquel reino, se preparaban grandes fiestas, banquetes y cacerías.

La hermosa reina lanzó un grito de sorpresa al ver el enorme cuerpo del gigante que se retorcía por atroces dolores.

Como era tan buena como curiosa, la joven Coyolicaltzin se acercó, y vio sobre la herida las hojas de la planta. Entonces comprendió que ésa era la medicina, y ella misma le frotó el pecho. Chersjalm abrió los ojos y febrilmente contempló con instintivo agradecimiento a su buena protectora, quien ordenó que se le trasladara a la cámara de las sabias curanderas para que se le atendiera.

¡Cuál sería el espanto del rey zapoteca, de sus generales, de sus ministros y de los ancianos embajadores del emperador mexicano, que tanto se desesperaban de no poder dar caza con verdaderos ejércitos a Chersjalm, cuando lo vieron retorcerse en la estera en que le atendía una vieja sabia curandera!

El terrible chontal yacía, presa de una terrible fiebre; sentía dolores tremendos como si le rompieran los huesos, y eran tan espantosos sus aullidos, que los ecos de los valles los repetían, llevándolos a las lejanas montañas de las sierras. Todos contemplaban con asombro al temido gigante, a quien Cosijoesa pensaba someter a un horrible suplicio, como castigo ejemplar de sus bárbaras rapiñas.

Entonces se interpuso Coyolicaltzin, diciendo noblemente:

—No debe ser así, no ha sido tomado en franca lucha; que combata como en mi patria se acostumbra, con cinco de los más bravos y pujantes guerreros. Si los vence le daremos libertad y si no, será entonces sacrificado.

Cosijoesa adoraba a Coyolicaltzin, así que ordenó que se respetara al chontal.

La ciencia de las curanderas de la corte zapoteca le salvó la vida. Pero era grande el asombro del bárbaro al contemplar aquellas suntuosidades del palacio, las finísimas esteras, los tapices de algodón bordados de plumas de colibrí, las hermosas pinturas y, sobre todo, la gentileza de la reina que lo visitaba. Había quedado débil y extenuado, sentía algo extraño y dulce al ver tan cerca de sí el cuerpo de la deslumbrante Coyolicaltzin.

Cuando ella se acercaba, él sentía violentos impulsos de arrojarse sobre ella y llevársela como la mejor pieza a lo alto de sus montañas; pero más que los guardias que lo custodiaban, lo detenía el fulgor tranquilo de su mirada, que lo clavaba sobre la estera en que yacía.

Al fin le dijeron, por conducto de un anciano esclavo chontal, que tendría que batirse con dos fuertes campeones mixtecas, dos mijes y un zapoteca armados con escudos, macanas y gruesas mazas.

Él, sólo debía llevar su coraza de pieles y una macana pequeña.

Nobles, guerreros, sacerdotes, embajadores, una multitud de soldados y gente del pueblo acudieron en torno de la gran piedra, sobre la cual se libraría el combate.

La reina y Cosijoesa, rodeados de los embajadores aztecas, estaban bajo un toldo de algodón bordado de perlas, conchas, lentejuelas de oro y plumas maravillosas.

Después de la pelea habría un gran banquete. Fue tan rápido que nadie se dio cuenta cómo sucedió: rodaron derribados, con los cráneos abiertos, los cinco adversarios de Chersjalm. Únicamente se vio que extendió los brazos y giró sobre sí mismo en el instante en que aquéllos se abalanzaron sobre él. Un espanto glacial conmovió a la muchedumbre.

Y Chersjalm sonreía.

—Cumple tu promesa, señor —murmuró Coyolicaltzin, al oído del rey.

—Chontal, dile que puede irse a sus montañas, pero que nunca baje de ellas porque no lo perdonaremos ya —dijo Cosijoesa al intérprete, quien se acercó al vencedor transmitiéndole aquellas palabras.

—Quiero ser esclavo del rey —dijo el coloso—; soy más fuerte y más ágil que cien, llevaré sobre mi espalda a la reina con la velocidad del águila, y si no, que me maten...

Mas el zapoteca, temiendo algo terrible de aquel hombre, lo puso preso en su palacio, pensando domesticarlo, poco a poco.

Un estupor inmenso hay en Teozapotlán. ¡La reina ha desaparecido! Su desaparición coincidía con la partida del capitán mexicano Tiloilitzin y 25 guerreros que acompañaban a los embajadores, quienes habían llegado a pedir permiso a Cosijoesa para que por el valle en que se asentaba su reino, pasaran las tropas de Ahuizótl; padre de Coyolicaltzin, pero no era más que un pretexto para robar a la reina Coyolicaltzin.

Así lo comprendió el rey zapoteca pero... ¿cómo perseguirlos si ya estarían unidos con tropas auxiliares mexicanas, que esperaban en las gargantas de las Mixtecas? ¿Qué hombres águilas encontrar para recobrar a su esposa?

Entonces se acordó de Chersjalm. ¿Pero si este tremendo gigante se la robaba?

—¡Al menos no logrará sus planes Ahuizótl, no podrá arrancarle a mi esposa el secreto de mis ejércitos ni del veneno de mis flechas! —exclamó Cosijoesa y liberó al coloso.

Disparado, partió Chersjalm, quien conociendo el secreto de los caminos de las montañas fue recto tras los guerreros mexicanos, esquivando a sus exploradores con audaces rodeos. Al fin olfateó con delicia, ¡el perfume del cuerpo de la reina! Guiado por él, una noche sorprendió a la guardia en la falda de un monte, y derribando obstáculos con un recio tronco de árbol que llevaba, llegó hasta el lecho de la hija de Ahuizótl. La tomó en brazos y con ella partió feliz, soberbio, esperando que después le permitieran conducirla en su trono de oro y perlas.

Ella se creyó perdida, y desmayada, nunca supo cómo Chersjalm pudo salvarla a través de las agrias sierras.

Cosijoesa, loco de alegría, sabiendo que Coyolicaltzin lo amaba más que a su alevoso padre, el emperador Ahuizótl, a quien nunca revelaría el secreto de los ejércitos del reino zapoteca, otorgó al chontal el placer divino de cargar como tímido esclavo a la reina generosa que le apartara de la barbarie con la dulce fragancia de su ternura.

Por eso, el tremendo devorador de entrañas humanas, el rey bárbaro, temido por los lagartos y amigo de las águilas, marcha orgulloso y feliz cargando ligado a su espalda, el trono de los reyes zapotecas, conduciéndoles ágilmente, lo mismo a los placeres de sus jardines que al estruendo de las batallas que de nuevo engendraron los rencores de Ahuizótl.

Tepozton

Los dioses que viven sobre las nubes tienen muchas cosas que hacer. Se ocupan de mandar lluvia a la tierra cuando conviene, para que crezcan las cosechas; administran los vientos; y cuando hacen algún descubrimiento, se lo enseñan a los hombres. Los dioses han enseñado al pueblo mexicano a tejer sus trajes, a hacer carreteras y muchas otras cosas más. Cuando no tienen nada que hacer, los dioses juegan a la pelota sobre las nubes, o se recuestan para fumar su pipa.

Hace muchos años, un dios de los más jóvenes se aburrió de hacer lo de costumbre. Andaba triste y meditabundo.

Al preguntarle otro de los dioses por qué estaba tan aburrido, contestó que era porque deseaba tener un hijo.

Un buen día bajó a la Tierra y empezó a vagar por ella. Nadie sabía que era un dios, porque su aspecto era el de un hombre común y corriente.

En sus correrías llegó a un arroyo, y allí conoció a una muchacha muy bella que iba a llenar su cántaro de agua. Pronto se enamoraron uno del otro y tuvieron un hijo. El dios se sintió muy feliz con su pequeño y su querida esposa; pero tuvo que abandonarlos porque tenía mucho que hacer en el cielo: debía ayudar a regular las lluvias y vientos, pues si no, se hubieran secado las cosechas y su familia hubiera muerto de hambre.

Se despidió cariñosamente de ellos y desapareció.

La joven vio que en el lugar donde se habían despedido, sobre el suelo, había una hermosa piedra verde. La cogió, la agujereó y se la colgó al niño del cuello. Entonces, al hallarse sola, decidió volver a casa de sus padres. Éstos la recibieron muy mal.

Querían matar al niño, pues decían que un niño sin padre debe morir.

Entonces, la muchacha huyó de su casa; vagó por el campo, y al anochecer decidió dejar al niño sobre una frondosa planta y volvió a su casa llorando. Sus padres pensaron que lo había matado.

Al día siguiente, corrió a ver a su pequeño y lo encontró rodeado de carnosas hojas que la planta había curvado sobre él para que no le molestara el sol. Dormía profundamente y goteaba sobre su boquita un líquido lechoso, dulce y caliente, que manaba de las hojas. La madre pasó el día con él, muy feliz; pero al anochecer tuvo que dejarlo de nuevo en el campo, ya que no podía volver con él a casa de sus padres.

Aquella noche lo dejó sobre un hormiguero.

A la mañana siguiente, lo encontró cubierto de pétalos de rosa, sonriente y tranquilo. Unas hormigas le llevaban los pétalos, mientras otras traían miel, que depositaban cuidadosamente en los labios del niño. La doncella tenía mucho miedo de que sus padres descubrieran el paradero del niño, y por esto decidió meterlo en una caja y echarlo al río.

Así lo hizo, y pronto desapareció la caja, empujada por la corriente.

Junto a la orilla del río vivían unos pescadores que deseaban tener un hijo. Cuando el pescador encontró la caja en el río y vio que tenía dentro un precioso niño, se lo llevó a su mujer. Ésta, loca de alegría, le hizo trajes y zapatos para abrigarlo.

—¿Cómo le llamaremos? —preguntó la mujer.

—Tiene una piedra verde en su cuello; como esta piedra sólo se encuentra en las montañas, le llamaremos Tepozton (el Niño de la Montaña) —dijo el pescador.

El niño creció y fue muy feliz con sus padres adoptivos. Cuando tuvo siete años, el pescador le hizo un arco y unas flechas para que se entretuviera cazando.

Todos los días llegaba a casa cargado de animales. Unos días eran codornices; otros, ardillas. Pero siempre traía algo para la cena.

—¿Qué haces todos los días por el bosque? —le preguntó la mujer del pescador.

—Tengo muchas cosas que hacer —le contestaba el muchacho.

Pero ella sospechaba que el chico debía tener algún poder mágico y que no era un niño común y corriente. Tenía una puntería tan certera, que no le fallaba ninguna flecha que disparaba, y esto era extraño en los niños de su edad.

Cuando se le habló del gigante devorador, nunca demostró miedo. En México, existía un monstruo que todas las primaveras exigía devorar una vida humana. Cada año escogía una ciudad y en ella se echaba a suerte a quién le tocaba ser sacrificio. El pueblo había hecho un trato con el gigante: si se le daba todos los años una vida humana, él no mataría a nadie en mil leguas a la redonda.

Cuando Tepozton tenía nueve años, le tocó al pescador alimentar al gigante, y decidió ser él mismo la víctima. Se despidió de su mujer e hijo, y se entregó a los soldados para que le llevasen al palacio del dragón.

Tepozton suplicó al pescador que le dejara ir en su lugar. A él no le ocurriría nada y quizá conseguiría dar muerte al monstruo. Al fin, el pescador consintió.

Tepozton hizo fuego en un rincón del patio y dijo a los pescadores:

—Vigilad el fuego. Si el humo es blanco, estaré sin peligro; si se vuelve gris, estaré a punto de morir; y si se vuelve negro, habré muerto. Besó a sus padres adoptivos y se fue con los soldados.

Mientras caminaban, Tepozton iba cogiendo piedrecillas de cristal y las iba poniendo en sus bolsillos. Estas piedras salían del volcán; eran negruzcas y tenían un brillo extraño. La gente solía hacer con ellas collares y pulseras.

Tepozton llenó de estas piedras todos sus bolsillos. Luego de que llegaron al palacio del gigante, presentaron al niño. El monstruo se encolerizó, porque le pareció un insignificante bocado. Como tenía mucha hambre, preparó una olla con agua hirviendo para guisarlo en seguida, y cogiendo a Tepozton por un brazo, lo metió en ella para que se cociera. Mientras tanto, se dispuso a poner la mesa.

Cuando preparó todo, levantó la tapa de la olla para ver cómo iba su cena, y cuál sería su asombro al ver que había, en vez de un niño, un gran tigre. El tigre abrió la boca y dio tal rugido, que el gigante, horrorizado, se apresuró a poner la tapadera de nuevo. Decidió esperar un poco más. Como estaba muy hambriento, cuidadosamente volvió a levantar la tapadera de la olla; pero en seguida la volvió a cerrar, porque esta vez encontró, en vez del tigre, una horrible serpiente.

Como el hambre le atormentaba, decidió comerse la serpiente; pero al levantar la tapadera se encontró con que ésta había desaparecido y en su lugar estaba el muchacho, completamente a salvo y riéndose de él.

Curioso, lo cogió por los pantalones y se lo metió en la boca. Entonces, el humo del fuego de la casa de los pescadores se volvió gris oscuro.

Éstos, aterrorizados, se echaron a llorar, pero Tepozton se escurrió hacia la garganta del dragón antes de ser masticado. Una vez en ella, se dejó caer a su enorme estómago.

Cuando llegó a aquella gran caverna, sacó las piedras cristalinas de su bolsillo y comenzó a perforarla, tratando de abrir un gran agujero en el estómago del gigante.

Mientras tanto, éste, destrozado por aquel extraordinario dolor, mandó llamar a un médico.

—¡Este muchacho me ha envenenado! —gritaba, martirizado por los dolores.

Tepozton cortaba y cortaba, y el agujero era tan profundo, que ya empezaba a filtrarse la luz del exterior. Logró hacer tal cavidad, que el ogro murió. Entonces, él saltó alegremente fuera por el agujero que había hecho.

El humo del fuego de la casa de los pescadores se volvió completamente blanco y el pescador y su esposa lloraron de alegría.

Después de esto, el pueblo, agradecido a Tepozton por la muerte del gigante, lo nombró rey. Vivió en el palacio del coloso y enseñó a su pueblo muchas cosas útiles. Cuando tenía tiempo, jugaba a la pelota con su padre, el más joven de los dioses, sobre las nubes. Otras veces marchaba por su reino, como un hombre cualquiera, para ayudar a la gente.

Algunos dicen que ahora vive con su padre en el cielo; sin embargo, otros aseguran que sigue en la tierra ayudando a los hombres, pero que no se le reconoce, porque parece un hombre común y corriente.

El jinete fantasma

Cuenta la leyenda que muchos campesinos habían visto un alazán, otros un retinto o alguna otra cabalgadura con un jinete a carrera tendida, con el sombrero echado a la espalda sin que troncos ni malezas estorbaran su paso.

Algunos decían haberlo visto en noches de lluvia y ventarrones; otros en noches serenas y de calma, en las veredas o en la pradera.

Los vecinos de las estancias contaban persignándose que por la noche se oía la voz del jinete imitando el grito peculiar de los vaqueros cuando conducen el ganado: "j o-j o-joooo"; lúgubre y plañideramente, despertaba los ecos del bosque como si respondieran desde muy lejos voces de ultratumba.

El ganado desaparecía noche a noche de corrales y majadas sin que nadie volviera a verlo.

Se organizaban batidas que recorrían los lugares más apartados, y los vecinos buscaban sin hallar las huellas ni del ganado desaparecido ni del abigeo fantasma, que se desvanecía ante sus perseguidores, burlándolos con una habilidad asombrosa; incluso se dio el caso de que algunos de estos vecinos recibieran, sin saber de dónde venía, un lazo en el cuello que los estrangulaba; luego su cadáver era arrastrado largo tramo y abandonado en el sendero completamente destrozado.

No hubo hacienda o estancia de ganado en Tabasco en donde los habitantes no oyeran alguna vez el grito del vaquero a altas horas de la noche, o lo vieran pasar arreando largas partidas de toros negros a la tenue luz de las estrellas, notando al día siguiente la falta de algún toro o vaca en sus corrales. Esta leyenda tan extendida en Tabasco, ha tenido la particularidad de tomar diversas formas que le dan carácter especial en cada comarca y región del estado. Hay también otras leyendas parecidas en diversos países de Centro y Sudamérica, donde la cría de ganado constituye su principal industria.

El origen de esta leyenda en Tabasco es del mismo siglo que la Conquista, probablemente, pues las correrías nocturnas del vaquero fantasma se le atribuyen al alma atormentada de un famoso abigeo que existió a fines de aquel siglo.

Era un andaluz desalmado y cruel, venido a la provincia como capataz en un barco que conducía un gran cargamento de esclavos para las estancias de cierto encomendero a cuyo servicio no bastaban los indios y que, confiando en la práctica que el andaluz había adquirido en el manejo de cuadrillas de esclavos en Cuba y en la isla la Española, lo nombró caporal de sus estancias, dándole poderes para manejar su hacienda.

Lo hizo tan bien el caporal que, en pocos años, llegó a ser dueño de miles de cabezas de ganado obtenidas robando a su patrón, al principio, concluyendo, al fin, por suplantarlo y adueñarse de sus hatos, con todo descaro.

Un hijo del arruinado estanciero, cuando éste era ya viejo e inválido, mató de una lazada, un día de rodeo, al ladrón del ganado de su padre; y según la leyenda, desde la noche siguiente comenzó a recorrer la sabana y los caminos solitarios el alma del muerto, tomando la apariencia de un jinete misterioso al que nunca pudo darse alcance cuando pasaba arreando las partidas de reses que se llevaba de las estancias tabasqueñas, reses que luego se esparcían en la selva convirtiéndose después en ganado montaraz.

Los santos aparecidos

Poco tiempo después de la Conquista, el territorio de Tabasco se pobló de los llamados santos aparecidos, probablemente porque estas regiones parecían haber vivido entregadas al demonio; el cielo, merced a las proezas de don Hernán Cortés y Francisco de Montejo, tomaba la revancha y prodigaba sus dones sobre la tierra recién conquistada.

Así fue como apareció en Teapa, en 1621, el señor Santiago, caballero montado en un blanco corcel, lanza en ristre y con un niño a los pies, sin que se sepa cuál fue el camino que lo trajo ni de dónde vino. Asimismo el Señor de la Salud, de Macuspana, que fue hallado en la confluencia del arroyo y el río del mismo nombre, metido en una caja de cedro, el 15 de marzo de 1665.

De todas las apariciones que relata la tradición, la mayor y más estupenda es, sin duda, la de la Virgen de la Asunción de Tacotalpa.

La voz popular cuenta que hace mucho tiempo encargaron a Guatemala, los pueblos de Tacotalpa y Cunduacán, dos santas imágenes: el primero, la de la Virgen de la Natividad; y el segundo, la de la Asunción, que eran sus respectivas patronas.

Las dos imágenes venían en sendas cajas, conducidas en el lomo de dos mulas robustas y bien aparejadas para el caso, y entraron en la Villa de Tacotalpa el día 15 de agosto por la mañana.

Hormigueaba la gente en la plaza del lugar y los vecinos más devotos corrían al encuentro de las acémilas como al impulso de un santo fervor, anhelando ver cuanto antes destapada a la Virgen de la Natividad, patrona del pueblo; pero ocurrió que la mula que conducía a dicha Virgen no se dejó desaparejar y levantando la pata trasera, a pesar del peso que llevaba, dio coces a diestra y siniestra que no hubo nadie que se le acercara.

Mientras esto ocurría entre la mula y los devotos de Tacotalpa, la otra, la que llevaba sobre su lomo la imagen de la Virgen de la Asunción, se había echado sobre la verde hierba con el belfo caído y los anchos y firmes dientes al aire, como si sonriera.

Fatigados y sudorosos los que habían luchado con la conductora de la patrona del pueblo, formaron un círculo alrededor de la rebelde y durante esta tregua alguien se fijó en la actitud de la mula echada, la cual hacía contraste con su compañera. Los arrieros que debían conducirla hasta Cunduacán se apresuraron a continuar el viaje temiendo que se enervara con el descanso, la pacífica conductora de la Virgen de la Asunción; pero ni a palos ni a pinchazos lograron que la acémila se levantara del sitio en que se había echado, y lo que más indignaba a los arrieros era que seguía con los dientes al aire como riéndose de su desesperación y sus afanes.

Todo el día duró la lucha de todos los del pueblo para desaparejar a una de las mulas y de los arrieros para poner en pie a la otra, la cual no sólo no se movía de su sitio, sino que ni siquiera dejaba desatar los nudos que sujetaban la caja que traía sobre de ella.

Fue tan extraño el suceso, que los vecinos llamaron al señor alcalde, que por estar enfermo se hallaba en casa, y lo condujeron al sitio, casi moribundo, sentado en una gran butaca con respaldo de cuero de tigre, para que les explicara lo que pasaba, y arrojara a los demonios que se habían apoderado de aquellos animales, si es que era asunto del demonio, como a todas luces parecía.

Fue llevado el alcalde al centro de la plaza, que era donde ocurría el extraño suceso, y viendo el azoramiento de todos y la resistencia de las bestias a obedecer a los hombres, juzgó que aquello era un medio escogido por la Divinidad para revelar sus designios, y que el empeño de la mula que conducía a la Natividad en no soltar su carga preciosa, estaba indicando claramente que aquella Virgen prefería ser patrona de Cunduacán; y que el empeño de la mula que cargaba con la Asunción, revelaba que esta última deseaba amparar bajo su manto protector a los vecinos de Tacotalpa; y, al final de todo, dedujo que se hallaban en presencia de un hecho milagroso que no tenía vuelta de hoja.

Convencidos quedaron los oyentes, y la Asunción ocupó el altar de la iglesia de Tacotalpa y la Natividad el de Cunduacán, pueblo al cual dio más tarde su nombre y al que, según los creyentes, ha protegido abiertamente y por todos los medios divinos.

Un agente de Bonaparte

Cuenta la tradición que hubo en Tabasco un tipo tracalero y embaucador a más no poder, pero de clarísimo ingenio, aunque desprovisto de toda cultura literaria.

De su nombre no hay informes pues parece que todos lo ignoraban.

Era el comienzo del siglo XIX, cuando la Nueva España se debatía en la sangre que se derramó durante la guerra de Independencia, y España luchaba a brazo partido contra la invasión de las águilas francesas, cuando el héroe de nuestra historia, por no se sabe qué actos cometidos en Villahermosa, y en desagravio de ciertas damas víctimas de sus bajos instintos, fue expulsado y puesto en la frente de Chiapas por el sucesor de los antiguos alcaldes mayores de Tabasco.

Nuestro amigo aceptó su mala fortuna y, quiérase o no, emprendió penosísima peregrinación por la tierra del durazno y la manzanilla, hasta dar con su fatigada, piojosa y hambrienta humanidad en la capital de la provincia de Chiapas.

No se sabe con exactitud el tiempo que pasó allí haciendo malas pasadas a los coletos (habitantes de San Cristóbal de las Casas), lo cierto es que aburrido, según unos, o cansado de comer manzanas agrias, decidió repatriarse y empezó a trabajar empeñosamente para conseguirlo. De parte de las autoridades tabasqueñas no había ningún peligro, pues meses atrás se había cumplido el plazo del ostracismo; pero lo que lo afligía era encontrarse enfermo de los pies y además no tener ni una peseta con que pagar alguno de los muchos acémilas humanos que conducían carga a lomo de Chiapas a Tabasco.

En aquel momento llegó a manos de nuestro personaje, sin que se sepa cómo ni cuándo, un periódico publicado en la península hispánica en el que leyó la noticia de que un agente de Bonaparte se dirigía de incógnito a Centroamérica con el objeto de penetrar por el Sur de la Nueva España y hacer en ella propaganda de la causa napoleónica.

Leer tal noticia y ocurrírsele a este hombre la más peregrina e ingeniosa de las ideas, todo fue uno, y como pasaba de pensamiento al hecho con la velocidad de un relámpago, se dirigió inmediatamente a uno de sus compinches y, después de conferenciar largo rato con él, regresó muy satisfecho; medio a rastras o como pudo, se acomodó en un rincón de su cuchitril, esperando con la impaciencia pintada en el semblante, el resultado de sus maquinaciones.

Como a la media hora, se asomó a la puerta de la habitación una docena de alguaciles de taparrabo, inquiriendo por nuestro héroe, quien fingió la voz haciéndola parecida a la de un francés amigo suyo, que había conocido unos años atrás. Cuál era el objetivo de aquella visita domiciliaria: los topiles, en un champurrado de Tzolzil y castellano, que sólo ellos entendían, pretendieron decirle que venían en representación de la justicia, cuya vara tenían el honor de portar, y cargando con él, sin mayores explicaciones lo llevaron en vilo a la presencia de las autoridades.

Sujeto a un interrogatorio, al que contestó el hombre con frases sospechosas, fue amenazado de muerte si no decía la verdad, y ante tan tremenda perspectiva, confesó sin dejar de imitar el acento de su amigo el francés, que era el agente bonapartista de quien se decía acababa de colarse en el lugar disfrazado de pordiosero, entregándose lisa y llanamente a las autoridades españolas.

Como en aquella época Napoleón fustigaba a Europa con el peso de sus armas, hasta entonces nunca vencidas, y al que más y al que menos, así estuviera a dos mil leguas de distancia, le infundía gran respeto, las autoridades de Chiapas, temiendo futuras complicaciones, trataron con muchos miramientos al falso bonapartista, lo instalaron convenientemente en la mejor habitación que pudo conseguirse, rodeándola de una triple fila de lanceros; y como el preso se obstinaba en callar el sitio donde tenía ocultos sus equipajes y sus papeles, para sustraerlo a las molestias de su cochino disfraz, le proporcionaron vestidos adecuados a su rango, alcurnia y distinciones. Los elegantes del lugar soltaron sus mejores prendas para tapar las nobles desnudeces del prisionero. Algún alcalde entregó sus calzones de raso y su chupa (casaca) de pana, herencia venida por línea directa de sus ilustres antepasados.

Para tratar lo que debía hacerse con el detenido, se convocó al consejo solemne de notables, el cual después de muchos alegatos resolvió que debía enviarse a *monsieur* Bonaparte a México, por el camino más corto, para que allá se ocupara el virrey de tan encopetado tipo.

Pasados unos días, salía rumbo a Tabasco el preso custodiado por una fuerte escolta y conducido en una elegante y cómoda litera que llevaba una sarta de cascabeles y campanillas, como para indicar que el que iba dentro era señor de importancia.

Para anunciar al gobernador de Tabasco que debía pasar por su territorio en calidad de reo político... un agente del emperador de los franceses, lo precedía un correo de Chiapas, que refería el caso con todo detalle.

Cuando la comitiva se acercaba a Villahermosa, ya la nueva del estupendo suceso había corrido de boca en boca y los habitantes se impacientaban, mirando a lo largo del camino, estremeciéndose de emoción cada vez que la más ligera polvareda se levantaba en el camino. Pero cuál sería el asombro y desencanto general, cuando hizo alto la lucida escolta y comitiva en la plaza principal de la Villa, ante el gobernador y todos los ediles, y descendió de la litera nuestro venturoso personaje. Porque aunque estuviera vestido de caballero, tenía una figura tan propia y personal que no podía confundirse con otra persona aunque vistiera de fraile o de chino, máxime en este caso en que lo habían conocido desde pequeño los viejos y desde adolescente los muchachos del lugar; y fue tal el enojo y el alboroto de aquella gente que había soñado durante tantos días, que hubo algunos que dijeron que aquello no era más que una burla de los coletos que querían vengar de aquel modo las muchas que de ellos y sus costumbres aquí se hacían; pero nuestro héroe calmó los ánimos enardecidos y se subió en un montón de alfa que allí había y les habló así:

"Queridos compatriotas, no se enojen porque yo sea yo y no el personaje a quien esperaban, todo ha sido un ardid para hacer gratis y cómodamente, como ya es mi costumbre, el viaje de Chiapas a mi querida tierra, valiéndome de un amigo que me hizo el favor de denunciarme como agente de Bonaparte, tan temido y tan odiado, que dicen que se nos quiere meter por la ventana y revolvernos la casa".

Cuando terminó el alboroto y una vez que fue identificado oficialmente, puso el gobernador de Tabasco al de Chiapas una nota participándole que no había tal agente de Napoleón, y que en nombre de sus gobernados, sobre todo de la parte femenina de su pueblo, le daba las gracias más cumplidas por haber repatriado de tan diligente manera al más redomado y simpático pillo de los tabasqueños.

El Señor de Tabasco

Se bañaba un guerrero indígena llamado Tabasco en las aguas de un caudaloso río, como era la usanza en estas regiones... estaba completamente desnudo; cuando, de pronto, apareció en la ribera un enorme león que, sin previo aviso, se arrojó sobre el bañista y éste apenas tuvo tiempo de defenderse.

Al final, mordió el polvo la fiera ahogada entre los musculosos brazos del monarca indígena; y cuando los servidores y súbditos de éste acudieron al lugar de la lucha, el león yacía tendido sobre la ensangrentada arena, panza arriba y con las patas anteriores dobladas sobre el ancho tórax.

Desde entonces, y en memoria de tan maravillosa hazaña, llevó el guerrero indígena una armadura con el peto de concha y de carey. Después, el vencedor usó a manera de manto la piel de su adversario, lo cual entre los indígenas sólo podían llevar los que habían, por propia mano, dado muerte a una fiera, lo usaban como vestido y como presea.

Según consejas muy extendidas entre los antiguos ribereños del Grijalva, hubo un rey, cacique o reyezuelo indígena que se distinguía por los increíbles actos de fuerza y destreza que de él se referían.

Se cuenta que en cierta ocasión en que sus súbditos trataban de conducir un gran cayuco de una ciénaga al río, notó el indígena que a pesar de que en la operación tomaban parte muchos hombres, arrastraban penosamente la canoa con gran lentitud; e impacientado por eso, los increpó tratando de darle prisa al trabajo, sus hombres le contestaron que pesaba mucho y, por lo mismo, no podían hacerlo tan rápido como él les ordenaba.

Al escuchar esto, el cacique montó en cólera llamando débiles mujerzuelas a sus servidores, y tomando la canoa entre sus brazos, la levantó sobre sus hombros y la tiró al río como si fuera una leve caña, emprendiéndola luego a estacazos contra sus apocados vasallos.

También se cuenta de él que llegaban los más fieros y enormes cocodrilos, y dejándose caer con un cordel entre los dientes, sobre los cocodrilos, cuando dormían al calor del sol en la playa, y apretándolos vigorosamente entre sus muslos, les doblaba las patas hacía atrás y luego se las amarraba al dorso, hasta dejarlos indefensos por completo.

Se cuenta del mismo hombre que era tal su destreza en el manejo del arco y de la flecha que, en ciertas fiestas, colocaba a sus guerreros en círculo a su alrededor, y hacía que alguno de ellos lanzara una mazorca de maíz al aire, y él la sostenía a flechazos sin dejarla caer, hasta que quedaba completamente desgranada. En estos casos, los que formaban la rueda en torno suyo iban pasándole rápidamente sus arcos, con la flecha ya dispuesta en la cuerda, para que no perdiera tiempo en prepararla.

Si alguno de sus ayudantes no le pasaba con la debida rapidez el arco y por eso caía al suelo la mazorca, la flecha destinada a aquélla, era dirigida al torpe que había ocasionado el fracaso de su señor.

En los encuentros que sostenían con las tribus vecinas, se le veía a menudo, según la conseja, hacer huir él solo a macanazos a numerosos escuadrones enemigos.

Todas estas proezas se atribuían a un príncipe o señor indígena, cuyo nombre no se menciona, que vivió en las orillas del río Grijalva; tal vez se trate del mismo Tabasco o del propio señor Potonchán.

Tamaulipas

El mezquite de los tecolotes

Cuentan en el pueblo que en el trayecto de aquí a la carretera hay unos mezquites grandes; allí, por las noches cantan los tecolotes, y si viene alguien y al pasar por ese lugar los arremeda, los animales se le echan encima y van volando sobre él queriéndolo picotear. Cuando se pase por allí, es necesario ir en silencio y no arremedarlos.

A mí me siguieron una vez hasta la iglesia, volando y queriéndome picar. Me puse a rezar y los animales se pararon en lo alto de la parroquia y no vi que hicieran algún movimiento; entonces, me vine despacio y los tecolotes se quedaron allí, en la iglesia. Y cuando llegué a mi casa aún los oía cantar. Dicen que no les gusta que los arremeden porque se enojan.

En otra ocasión, recuerdo que teníamos un solar rentado para encerrar unos becerros; ese solar llegaba hasta la mezquitada donde se reunían los tecolotes. Allí había una especie de bordo porque había una presa. Le decían "los mezquites de los tecolotes" porque en pleno día estaban allí, nomás que se escondían entre las ramas y no los veía uno, pero en la noche cantaban.

Un día de tantos, me fui a traer un becerro, y que me voy al bordo y oí que cantó uno despacito pero no lo veía, ya que entre las ramas se escondían; entonces, lo arremedé: bu, bu, bu.

¡No hombre!, que se baja el animal; pegó un reparo enfrente de mí y sí alcanzó a darme unos piquetes aquí en el abdomen. Yo lo aventaba con la mano y, hasta eso, el animal no hizo mucho por picotearme, pero sí hizo el intento y después voló; se fue volando y se paró en el mezquite. Hasta entonces lo vi en donde estaba parado. Pero sí es cierto que si los arremedas se enojan y tratan de picotearte.

(Aarón y Octaviano Camacho,
en Cuadernos de Literatura Popular Tamaulipeca, Serie Palmillas.)

La Virgen del Chorrito

Antes de la llegada de los españoles, la población indígena de Tamaulipas era muy numerosa. Por el buen clima y la riqueza de su fauna y flora estas agrupaciones tenían abundantes alimentos de caza, pesca y frutos silvestres. Estos pobladores de la Sierra Madre Oriental habitaban en las cuencas de los ríos Blanco, Santa Engracia, San Antonio y los valles de Hidalgo.

Las dos tribus más feroces de estas regiones eran los janambres y los pisones. Aparte de sus vecinos los karakawas de la costa de Texas, los janambres eran los más temidos, por ser los más belicosos y bestiales con las demás tribus. De la Sierra Madre Oriental hasta Soto la Marina habitaban otros nómadas como los maritines, los pasitas, los mariguanes, los sinmariguanes y muchos más que no lograron influir en esta zona de las serranías, tal vez por la ferocidad de los temibles y salvajes janambres y los pisones, al igual que sus aliados los karakawas. Estas dos tribus eran dueños y señores de los valles y cañones de la Sierra Madre Oriental. Se dedicaban a la guerra y rapiña contra sus vecinos. Pobre de aquel infeliz que fuera hecho prisionero, eso significaba estar reservado para la principal atracción durante las ceremonias de sus mitotes.

No tenían religión. Veneraban a la luna, al sol, la lluvia, el trueno, el relámpago, el fuego y la muerte. Siendo nómadas no tenían un asentamiento fijo, sus habitaciones provisionales eran las cuevas, los matorrales y algunas chozas construidas rústicamente. Vestían con las pieles de los animales que cazaban.

Al pie de la Sierra Madre Oriental y cerca de la boca del cañón del Río Blanco hay una gruta inmensa, con un riachuelo a su lado; era cerca de esta cueva donde se reunían a celebrar sus ceremonias llamadas mitotes. En las noches de verano encendían una fogata y allí se reunían alrededor de 500 a 600 hombres y mujeres a bailar, a comer y a hacer música con sus voces y alaridos. Tomaban tanto de las bebidas de peyote y mezcalina, que en los ratos de la embriaguez y los encantos alucinantes del sueño se preparaban para su ceremonia principal. Para este mitote encendían una gran hoguera para que la carne que iban a comer se cociera bien. Esta carne era de uno de los prisioneros que se habían rendido en la batalla.

Estos prisioneros aún vivos, atados de manos y pies y sostenidos por un palo, eran puestos a lo largo de las brasas boca arriba. Los cantos y alaridos de los danzantes se mezclaban con los gritos, llantos y acciones de dolor de los prisioneros, suplicándoles en su idioma que les dieran muerte.

Estos mitotes fueron festejados dentro de la zona del Chorrito, y ahí fue donde la Virgen hizo su aparición a los humildes pastores.

Parece ser que seis de los descendientes de los pobladores originales que llegaron a fundar la aldea, de la Misión de San Antonio, se unieron al grupo de la Villa de Hoyos, y en sus pláticas relataban el milagro de la Virgen de Guadalupe y lo que sucedió en la gruta del Chorrito.

Según la leyenda de un siglo atrás, durante una terrible tormenta los pobladores se tuvieron que refugiar en la cueva y permanecer allí por varios días, hasta que pasara el fenómeno. Estando sanos y salvos, una mañana hicieron, como de costumbre, su fogata para preparar su almuerzo, y observaron que las aguas que se habían filtrado dentro de la caverna formaban muchas estalactitas de sarro. Cuál sería su sorpresa cuando vieron que en una de ellas, casi a la salida de la gruta, estaba estampada o grabada la imagen de la Virgen morena. Como ya conocían el milagro del Tepeyac y la aparición de la Virgen de Guadalupe, juraban que la imagen era la de su Virgen. Y se postraron al pie de ella por haberlos salvado de tan terrible tormenta.

El Chorrito lleva ese nombre porque el río que nace a un lado de la gruta se despeña de la Sierra Madre Oriental y forma una cascada hermosa como de 30 metros de altura.

La manda

—No sé cómo voy a tener valor para dejar a Juanito. No voy a poder. No quiero separarme de él. Es lo único que tengo.

Chonita se limpiaba la nariz con las mangas de su blusa, mientras volteaba las tortillas en el comal.

Su vivienda era triste, una choza de paja donde tenía un catre de madera en una esquina. Casi en medio del lugar había una mesa y dos sillas. En otro rincón estaba la petaca que guardaba tantos recuerdos.

En la cama de madera dormía Juanito, su hijo en quien había volcado todo su amor que antes compartía con su marido y sus tres hijos. ¡Antes! Cuánto significaba esta palabra para ella, cuando era feliz.

Chonita detuvo sus manos un momento y se quedó absorta recordando cuando Pedro, su marido, trabajaba en el aserradero; venía cada cinco días, pasando con ellos los sábados y domingos.

Pedro les hizo la casa, la cama, la mesa y las dos sillas con madera que le regaló don Carlos, el dueño del aserradero. Pero un día les llegó la enfermedad. Una epidemia que mató a mucha gente en el estado de Veracruz y que pasó a Tamaulipas, y llegó a nuestra capital.

Los niños fueron los que más sufrieron, los niños de Chonita, tan sanos y juguetones; un día no pudieron levantarse y quedaron como pájaros heridos: tiesos y con los ojos que parecían huevos cocidos. Solamente Juanito no se enfermó.

Chonita recordaba cuando metieron a sus niños en las cajas de madera; sus manitas amarradas con un pañuelo blanco y cruzadas en el pecho.

Las madrinas los vistieron; a la niña de blanco y en su cabeza una corona de azucenas y flores de naranjo. Al niño lo vistieron con un hábito azul del color de las flores de campanillas que se trepaban en la cerca del solar, amarrándole a la cintura un cordón amarillo.

Chonita era muy fuerte: no lloraba, se la pasaba a un lado de la mesa donde estaban las cajas que guardaban sus dos tesoros. Los miraba largamente sin pestañear. Pedro estaba fuera del jacal con los vecinos y familiares que los acompañaban.

A los tres meses, apenas se estaban dando cuenta cabal de lo que había sucedido, cuando Pedro venía del aserradero. El camión estaba muy cargado de madera.

Había llovido. El camión rechinaba. Un silencio tenso pesaba sobre sus ocupantes quienes, presintiendo el peligro, esperaban el final trágico, como si todos supieran lo que les iba a suceder.

Un rechinido muy fuerte, el estruendo de cadenas y fierros rotos, el rodar de troncos. Camión y hombres cayeron en el abismo verde. Después, el graznido de un ave se escuchaba de vez en cuando, rompiendo el silencio en la montaña.

Una neblina densa subía en remolinos, Chonita sigue el hilo de sus recuerdos y en su mente se fija el más doloroso, cuando Juanito se enfermó.

Ella estaba en el tejaban que les servía de cocina cuando escuchó el llanto del niño que se movía inquieto en su cama. Corrió a verlo, acariciándolo tocó su frente y un hueco se le hizo en el estómago, el niño estaba ardiendo en calentura. Un golpe de sangre se le subió a la cabeza, su corazón de madre se encogió de angustia. ¡Su niño no! Lo acogió en sus brazos y corrió para ir al centro de asistencia médica más cercano.

—El niño tiene meningitis —aseveró muy serio el doctor—. Como no está vacunado, su caso es muy difícil. Tiene que hospitalizarlo.

El niño agonizaba. En el fondo del pasillo del hospital había una imagen de la Virgen de Guadalupe, y Chonita, desde que llegó, no hacía otra cosa que rezar postrada ante la imagen.

—¡Madre mía! ¡No te lleves a Juanito! Es lo único que tengo, tú sabes lo que he sufrido sola con él. Sálvalo y te prometo que si lo sanas, yo misma te lo llevaré para que se quede a tu servicio en el templo.

Juanito se ha recuperado. Ya está en su jacal en la colonia Estrella.

Apenas tiene un año, ya empieza a hacer "solitos". Chonita lo anima para que camine hacia ella. Trastabillando Juanito llega ansioso a los brazos maternos. Chonita, abrazando a su hijo, recuerda la manda que tiene pendiente.

El invierno, muy corto, pasó pronto. La Semana Santa se aproximaba, la gente de la colonia se preparaba para ir al Santuario del Chorrito, pues acompañaba al grupo de pastorela que año con año iba a danzar y a cantar a los pies de la Virgen.

Hacía tiempo que Chonita tenía sueños muy raros, su hijo tenía alas y volaba muy alto hasta desaparecer entre las nubes; su corazón latía desbocado y lloraba desconsolada.

—Ya no puedo tener más tiempo al niño conmigo, tengo que cumplir la manda y llevarlo.

En la mañana apenas se veía una mancha rojiza en el horizonte cuando partieron dos autobuses hacia la Villa de Hidalgo, y de ahí tuvieron que subir la serranía para llegar al santuario custodiado por verdes montañas. El murmullo de la cascada los acompañaba cuando subían a pie la cuesta.

Chonita iba muy triste, no sentía los empujones de la gente que de todo el noreste del país y del Valle de Texas acudía al lugar.

En una amalgama de lo religioso y lo pagano, se mezclaban los cantos de alabanza que salían del templo con los vendedores que se encontraban fuera. Los peregrinos entraban a la gruta; un ambiente húmedo y fresco los recibía. La Virgen del Chorrito, esculpida en una roca, recibía las ofrendas; gran cantidad de milagros de distintos metales colgaban a su derredor.

Chonita abrazaba a su hijo, arrodillada; lloraba amargamente. Lo besaba para dejarlo pero no se decidía. Por fin se desprendió del niño que dormía plácidamente y lo colocó a los pies de la Virgen, saliendo a toda prisa.

En esos momentos el niño despertó, tal vez al sentir lo frío de la roca.

—¡Mamá! —lloraba Juanito al no sentir la tibieza del regazo. Chonita se detuvo en seco volviendo el rostro hacia su hijo.

—¡Mamá!

Chonita, desesperada, levantó los brazos para coger a su hijo. Al mismo tiempo se oyó un estruendo. Chonita no comprendió lo que sucedió; su hijo había desaparecido.

A los pies de la Virgen surgió de repente una roca de forma humana, en cuya parte superior se dibujaba una cabeza y de sus ojos brotaban dos hilos muy finos de agua cristalina que corrían como hilos de plata por toda la roca; cayendo como perlas a los pies de la Virgen.

Han pasado muchos años; la fisonomía del lugar ha cambiado. Pero la Virgen es la misma y los milagros se han multiplicado. Los peregrinos, después de cumplir con su promesa, buscan curiosos al niño petrificado acompañante eterno de la Virgen del Chorrito.

El tesoro de don Pedro

Cuenta la leyenda que don Pedro José Méndez era uno de los terratenientes más ricos del municipio de Hidalgo. Estaba casado con doña Josefina, una hermosa mujer que acostumbraba vestir casi siempre de blanco. Aunque no habían tenido hijos, vivían muy felices en compañía de la mamá de don Pedro.

Por ese tiempo, México fue invadido por el ejército francés. Cuando los soldados franceses llegaron a ese lugar, sabiendo por los pobladores de la región que don Pedro acumulaba grandes riquezas, les dio por perseguirlo para apoderarse de su tesoro.

Sabedor de esto, don Pedro ordenó a sus peones que hicieran un gran hoyo en la cabecera de su parcela y ahí enterraran su dinero. Después, don Pedro, con algunos de sus peones más fieles, huyó a la sierra y nunca más se volvió a saber de él. Su madre y su esposa al ver que no regresaba, asustadas, fueron a esconderse en una cueva que sólo ellas conocían, en los márgenes del río Blanco.

Algún tiempo después, los lugareños encontraron en la cueva los cadáveres de las dos mujeres con evidentes señales de que habían sido torturadas y muertas por los soldados del ejército francés.

Hoy, la cueva, que pertenece al ejido de Peñuelas, se conoce con el nombre de Cueva de doña Josefina.

Cuenta también la leyenda que en las noches de luna, cerca del lugar donde se cree que fue enterrado el tesoro, se aparece una mujer toda vestida de blanco.

Tlaxcala

La Virgen que salió del árbol

Cuenta la leyenda que en el año 1541 vivía en Ocotlán un campesino de nombre Juan Diego Bernardino. En ese tiempo hubo una epidemia de peste y gran parte de la población enfermó, entre ellos los hermanos de Juan Diego.

Un día, Juan Diego escuchó decir que las aguas del río Zahuapán servían para aliviar a los que padecían esta enfermedad. Así que una mañana fue al río, tomó agua en un cántaro y cuando subía por el cerro de San Lorenzo se detuvo a descansar. De pronto, escuchó una voz que le decía:

—Dios te salve, hijo mío.

Al levantar la mirada se encontró con una hermosa señora resplandeciente que le preguntó adónde iba.

Juan Diego le contestó que le llevaba agua a sus hermanos porque estaban enfermos y la señora le dijo:

—Yo te daré otra agua, con la que sanarán todos los que de ella beban, porque mi corazón sufre al ver tanta desdicha.

En ese instante brotó un manantial y la señora continuó:

—Toma de esta agua cuanta quieras y da de beber a tus enfermos; una gota bastará para sanarlos.

La señora también le dijo que muy pronto aparecería su imagen y que era su deseo que la llevaran a la ermita de ese cerro.

Juan Diego les dio agua a sus hermanos y a otros enfermos del pueblo y todos sanaron.

Juntos se dirigieron a decirles a los frailes lo que había sucedido. Los frailes les pidieron que les enseñaran el lugar exacto donde habían visto a la señora.

Al llegar al sitio se encontraron un árbol inmenso del que emanaba luz.

Los frailes y algunos leñadores golpearon el árbol con un hacha y a los pocos golpes se resquebrajó, dejando al descubierto la bella imagen de Nuestra Señora María Santísima de Ocotlán.

En la actualidad se sigue adorando a esta Virgen de la que cuentan que es muy milagrosa.

La chupada de la Bruja

La historia de la *tlahuelpuchi* causa escalofríos entre los habitantes mayores del área rural de Tlaxcala al recordarla, y es que apenas hace unas décadas algunos niños perecían después de haber sido chupados por este singular personaje.

Se dice que las *tlahuelpuchis* son aquellas mujeres que le chupan la sangre a los bebés. Tienen el poder sobrenatural de transformarse en animales, principalmente en aves, y dentro de esta especie el guajolote es el más común.

Las personas del pueblo dicen que las mujeres se transforman en *tlahuelpuchis* cuando son adolescentes y de ahí en adelante necesitan chupar sangre de dos a cuatro veces al mes; la única manera de que no hagan daño es matándolas.

Las *tlahuelpuchis* no pueden transformarse en animales en presencia de la gente, por lo que la hipnotizan o se esconden donde nadie pueda verlas. Ahí realizan un rito el sábado último de cada mes, después de la media noche:

"En la cocina de sus casas, las *tlahuelpuchis* hacen fuego con madera de capulín, copal, raíces de agave y hojas secas de *zoapatl*; cuando el fuego está en su máximo, la mujer camina sobre el *tlecuil* tres veces de norte a sur y tres de este a oeste, en seguida se sienta sobre el fuego mirando al norte y sus pies y sus piernas se separan del resto del cuerpo. Entonces se transforma en perro y coloca sus piernas y sus pies en forma de cruz sobre el *tlecuil*. Este rito mensual se considera como la recarga de energía que le permite por un mes transformarse de mujer en animal.

Otro de los rasgos que caracteriza a estas mujeres, según relatos de la gente del pueblo, es la luminosidad de que van acompañadas, como si una bola de fuego rodara junto a ellas, además de un leve olor a sangre.

Existe la creencia de que el deseo de chupar sangre en las *tlahuelpuchis* se incrementa en tiempos de lluvias y de frío. Los bebés que prefieren estas mujeres tienen entre tres y diez meses de edad. Se cree que es la sangre de mejor sabor y más fortificante. La mayoría de las chupadas ocurren entre la medianoche y las cuatro de la mañana. Se piensa que en ese horario las *tlahuelpuchis* buscan a sus víctimas; al acercarse a las casas se convierten en guajolotes o en insectos y el siguiente paso es hipnotizar a la gente con su vaho. Cuando todos duermen, la *tlahuelpuchi* vuelve a adquirir su forma humana, chupa al niño y sale de la casa dejando la puerta entreabierta.

En los pequeños, las marcas que se observan son moretones en el pecho, en la espalda y cerca del cuello, además de un tenue o en ocasiones intenso color azul o purpúreo en la cara y el cuello.

La chupada de la bruja tiene un antídoto entre los habitantes de la Tlaxcala rural. Lo que se utiliza para proteger a los bebés puede ser un pedazo de metal brillante, un cuchillo o una caja de agujas y alfileres debajo de la cuna o cerca del petate donde duermen, unas tijeras abiertas o una cruz hecha con monedas en la cabecera de la cuna, un espejo o una cubeta de agua cerca de la puerta, pero lo más efectivo, según las creencias, son varios dientes de ajo envueltos en una toallita y colocados en el pecho del bebé o pedazos de cebolla regados alrededor de la cuna.

Miahuacíhuatl

Los tlaxcaltecas eran guerreros valientes y buenos cultivadores de *centli* (maíz). En esos tiempos los aztecas promovían las guerras floridas, y los huexotzincas y cholultecas se empeñaban en destruir por las noches las fecundas sementeras de los tlaxcaltecas, causando daños considerables.

Los tlaxcaltecas no sabían qué hacer para detener estas intromisiones de los aliados de los mexicas. En una ocasión, idearon poner en cada mata de maíz a un guerrero. Así lo hicieron en los sembradíos de la región de Xocoyocan y Yancuit-lalpan (hoy Nativitas).

Una noche en que Meztli (la luna) iluminaba las altas milpas que el viento movía cadenciosamente, los cholultecas y huexotzincas, arteros y silenciosos, se acercaron a los sembradíos para destruirlos; pero una vez que estuvieron cerca, de cada mata de maíz surgió un guerrero tlaxcalteca que ya en conjunto mató a millares de invasores y persiguieron a los sobrevivientes hasta las afueras de Cholollan y Huexotzinco.

Regresaron los guerreros teochichimecas cargados de despojos y conduciendo prisioneros a un buen número de invasores. Celebraron, posteriormente, una gran fiesta en la cabecera de Ocotelolco en honor de Centéotl, diosa del maíz, porque se salvaron las cosechas de ese año.

Todo era entusiasmo y pompa en la ciudad. El templo de Camaxtli, dios de la guerra, y el monumento de Centéotl estaban iluminados profusamente; los sacerdotes quemaban incienso y los artífices fabricaron una gran alfombra con los pétalos de variadas flores a la entrada del templo.

En aquella fiesta de gratitud para la diosa del maíz, el sacrificio de los prisioneros enemigos no fue lo más imponente ni novedoso sino el espontáneo de una noble doncella llamada Miahitacihuatl (mujer, espiga de maíz) que se sacrificó en forma solemne y extraordinaria.

Al levantar el sacerdote la jícara policromada que contenía el corazón de la doncella, los gritos de la multitud, los rítmicos sones del *huehuetl* y el profundo sonar de roncos caracoles atronaron el espacio en aquella noche de júbilo popular.

Lo importante de esta leyenda es que nunca más los cholultecas y los huexotzincas asolaron los sembradíos de los tlaxcaltecas. Fue tan inolvidable su derrota que, desde lejos, cuando las milpas estaban en pleno desarrollo, miraban que cada mata se transformaba en un valiente tlaxcalteca armado de *chimalli* (escudo) y *macuáhuitl* (macana).

Se conserva también la tradición de que la cosecha de maíz de ese año fue de mazorcas rojas, como la sangre de la doncella que espontáneamente entregó su vida en aras de su pueblo.

Veracruz

El Callejón del Diamante

Desde la época de la Colonia y hasta nuestros días, ha existido en Xalapa un callejón largo y angosto. Tan angosto que casi se tocan sus costados. Todos lo llaman el Callejón del Diamante.

Cuenta la leyenda que en una de sus casonas vivía un matrimonio: ella, una criolla hermosa, esbelta, blanca y joven, de cabellera como el azabache, labios rojos y mejillas sonrosadas. Sobresalían sus enormes ojos como esmeraldas entre las largas pestañas y unas cejas gruesas y pobladas. Moralmente era un modelo de virtud y ejemplo de esposa enamorada de su marido. Éste era un caballero español, que amaba a su dulce compañera con toda el alma. A esto hay que agregar que gozaban de una desahogada posición económica.

Cuando se comprometieron, él dio a su futura esposa un anillo con un hermoso diamante negro.

Éste era de lo más extraño y en la blanca mano de la dama parecía un ojo diabólico. Esta piedra, según cierta superstición, "tiene la rara virtud de aumentar el amor del matrimonio y descubrir la infinidad de la esposa". Cuando la dama recibió la joya, juró a su galán jamás separarse de ella.

El esposo tenía un amigo, a quien consideraba como hermano. Un día que el esposo salió de viaje, ella fue a visitar al amigo y... sucedió lo inevitable: cayó en los brazos amorosos de éste. Por razones que se ignoran, ella se quitó el anillo y lo dejó en el buró, junto al lecho. Por motivos también desconocidos, tal vez debido al apresuramiento, a la zozobra, la dama olvidó la alhaja. A su regresó a Xalapa, el esposo no se dirigió a su casa, sino fue primero a la de su amigo. Entró y lo encontró en su alcoba durmiendo la siesta y, ¡oh sorpresa!, lo primero que vio en la mesilla de noche fue el diamante negro de su esposa. Disimuladamente se apoderó de la joya y se dirigió a su casa.

Al llegar, llamó a su compañera y, al besarle la mano, comprobó que no lucía el anillo. Como un relámpago salió a lucir la daga de empuñadura de oro, incrustada de rubíes, que se clavó en el pecho de la infiel. El caballero dejó sobre el cadáver de la esposa el anillo del diamante negro y desapareció para siempre.

La gente de los alrededores, exclamaba: "¡Vamos a ver el cadáver del diamante!". Poco a poco, la expresión cambió y sólo decían: "¡Vamos al Callejón del Diamante!", nombre que la tradición ha mantenido a través del tiempo.

Los líseres

Si un turista, caminante o forastero visita la escénica y acogedora ciudad de Santiago Tuxtla, en el día de San Juan o cualquier domingo entre ese día y el 24 de julio, encontrará en cualquier calle, en las esquinas, a un curioso personaje legendario: un *líser* de interesante, pintoresco y rancio sabor tradicional.

Es un hombre disfrazado con pijama de mangas muy largas, que se cubre con una capucha (moco). Los hay amarillos, rojos, canelos y pardos. La capucha tiene dos agujeros a la altura de los ojos.

La chiquillería del pueblo, en gran fiesta, goza, ríe y llora con los líseres; los nombra y distingue como a los caballos: el rucio, el colorado, el tordillo; a ratos se le acercan y a ratos huyen despavoridos.

Los líseres llevan una gran reata a manera de fuete y al restallarla brincan, bailan, rugen, imitando cautelosos movimientos de felino. Corretean a los niños que huyen asustados entre chillidos y gritos destemplados: "ese líser no sirve", "ese líser es mula", "ese líser tiene cuerpo de abejorro".

Cuando se encuentran líseres de distintos barrios, se husmean interrogantes, saltan, rugen y se trenzan en descomunales peleas a latigazo limpio, hasta que uno de los contrincantes, golpeado en exceso, tira la capucha, rasga el traje y sale disparado echando por la boca ajos, sapos y culebras.

Un doctor, intrigado por este espectáculo tan raro y tradicional, se dedicó a interrogar a los más antiguos vecinos del lugar; y llegó a la conclusión de que no se encuentra algún dato exacto que explique el simbolismo de los líseres.

Por casualidad, al hacer el doctor una visita a una niña enferma en el barrio de La Pelona se encontró con una anciana de 97 años, llamada Tía Bichi, y entonces se enteró por qué hay líseres. Después de la consulta, platicó con la anciana, se hicieron amigos, le preguntó sobre el misterio de los líseres, y la mujer le contestó que ella sabía el origen, y le contó la siguiente historia:

"Verá usted, doctorcito: Fue hace muchos, pero muchos años, mis padres me lo contaron a mí; a ellos, sus abuelos; y a sus abuelos, los otros tatas viejos.

En aquella época, Santiago no tenía el nombre que le pusieron los blancos en los tiempos de Hernán Cortés. Era una población rodeada de grandes murallas que llegaban hasta la subida del Mirador. En el cerro del Vigía había grandes construcciones, plaza de armas, templo, juego de pelota, mercado y palacio con muchas piedras que representaban a los dioses. Había casas de piedra con jeroglíficos, grandes patios y lindos jardines.

Junto al río Tepango había estanques con pájaros del agua y en las riberas casas de animales, cientos de ranchos de caña y paja brava se retrataban en el agua. Tenían un sacerdote que los gobernaba. Éste llevaba un gorro trenzado de oro y chalchivis que adornaban a una serpiente. Era el señor de la vida y de la muerte para todos.

En uno de los ranchos pobres desparramados por la orilla sucedió lo siguiente:

Había una niña que era hija de uno de mis ancestros más viejos, era tan bonita que no parecía de este mundo: blanca, de piel de durazno, hermosos cabellos dorados y grandes ojos raros como almendras, en los que se reflejaban los rayos de la luna. Por eso la bautizaron con el nombre de Rayo de Luna. Nunca, entre la población indígena, se había visto nada igual; de lejanas tierras venían a conocerla, a rendirle homenaje y le traían ofrendas y le cumplían mandas.

Esto llegó a oídos del gobernador. Mis tatas recibieron órdenes de llevarla a los aposentos reales y allá fueron, siguiendo a empenachados sacerdotes.

Todos los que la vieron en el templo se prendaron de ella por su belleza.

El sacerdote gobernador dijo: "Vivirá con su familia un año más y luego vendrá a adorar a nuestros dioses; creemos que es una princesa blanca. No permitiremos que traiga dificultades a nuestro pueblo".

Mis tatas regresaron llorando muy tristes, lloraron tanto que el dios de las aguas, compadecido, lloró con ellos; crecieron los ríos, se inundó la ciudad, iban a perderse las cosechas de maíz, alimento del pueblo.

Atemorizados por el desastre, culparon a Rayo de Luna; la buscaban para sacrificarla; mis tatas la escondieron y la llevaron a los montes por senderos ignorados. Cuando llegaron a la parte baja del volcán, oyeron fuertes voces en olmeca que ordenaban: "¡Regresen, que nadie los molestará!".

En el umbral de su rancho encontraron al gran sacerdote disculpándose; llevaba traje de ceremonia, túnica escarlata y penacho de plumas rojas y blancas; dijo que en atención a la princesa, en aquella casa, edificaría un templo.

Todo esto sucedía porque el gran Tonatiuh con un soplo y con sus rayos detuvo las aguas y revivió las cosechas. Rayo de Luna era amada y propicia a los dioses.

.Pasaron varios años de felicidad, de abundancia y de paz, y la niña se convirtió en toda una mujer, la más bonita de todas.

Una tarde, triste y nublada, en que no se movía ni la hoja de un árbol, comenzó a respirar fuerte el volcán de San Martín, a vomitar lumbre, lava y enormes piedras calientes; se estremecía la tierra como si tuviera malaria y se hacían grietas que se tragaban las casas, la gente y las bestias. La ceniza no dejaba ver a un metro de distancia. Se creyó que era el final del mundo.

Asustados, los sacerdotes buscaban a Rayo de Luna para sacrificarla y calmar a los dioses. Y sucedió lo increíble. Como todos los animales de la montaña huían aterrorizados, echaron abajo trozos de la muralla y el primero en entrar al pueblo fue un hermoso Tigre Real Ocelot, que se llevó a Rayo de Luna.

Todos los vecinos lo vieron, la llevaba en las fauces suspendida del huipilli cuidadosamente, suavemente, como hacen las gatas cuando cambian de lugar a sus gatitos.

Ella iba feliz; paso a paso, se dirigió el tigre a la montaña sin importarle la ira de los elementos; algunos guerreros valientes lo persiguieron entre el infierno de lava, lumbre y humo; Ocelot los ignoró. La depositó en un lecho de flores en su cueva, en el laberinto de las intrincadas selvas de las vertientes del volcán.

En ese momento vino la calma, dejó de temblar la tierra, y volvió la tranquilidad a todos. La princesa había calmado a los dioses. Como en ninguna otra época fueron pacíficas y hermosas las verdes y suaves faldas del volcán de San Martín.

Pasaron muchos años más. Cuando el dios estaba de humor, volvía al pueblo convertido en líser asustando a los vecinos que se apresuraban a esconder a los niños. Traía una soga en la mano, saltaba, rugía y se divertía a más no poder, nunca hizo mal a nadie, era pura diversión.

Ahora ya no baja al pueblo, se aburriría o será que camina otros caminos.

Y todos los años, para las fiestas titulares de Santiago, algunos vecinos tratan de imitar a los felinos, con precisos movimientos del Ocelot feroz que un día se llevara entre las fauces a la gentil princesa Rayo de Luna en aquellos terribles días del gran enojo del volcán. Y lo hacen recordando la historia.

Siguió hablando la Tía Bichi:

"Doctorcito, sé que usted no lo cree, soy una pobre vieja chocha, enferma y acabada, pero tenga la seguridad de que fue cierto; mis tatas, los más viejos de todos, lo vieron, yo se lo cuento a mis hijos, ellos a los suyos y así lo sabrán todos".

El doctor se fue intrigado a su casa pensando: "¿Cómo es posible que esta anciana indígena arrugada e ignorante, que con dificultad se expresa en español, haya inventado esta historia? ¿Y, cómo es posible que la niña la enferma que acabo de atender sea blanca como la leche, con cabellos color de oro y ojos claros, grandes como almendras en donde se ven rayos que parecen tener fulgor de luna? ¿Será esta niña lejana descendiente de la princesa y de Ocelot?"

Y por eso, amigo, turista, caminante o forastero, si pasas por la limpia y panorámica ciudad de Santiago Tuxtla, Veracruz, en cualquier domingo de julio, el mes de la lluvia, conocerás los líseres pausados, curiosos, husmeadores, que rugen, bailan y saltan restallando el látigo de piel, correteando a la chiquillería del pueblo.

Y lo hacen en recuerdo de la bellísima y gentil princesa Rayo de Luna raptada y desposada por un fiero y hermoso Tigre Real Ocelot que fue dios de los olmecas.

La leyenda de la vainilla

Los totonacas emigraron de Teotihuacán y se asentaron en las costas de Veracruz. Allí construyeron el reino de Totonacapan. Los jefes de aquel señorío levantaron altares a sus deidades, entre las que sobresalía Tonacayohua, que cuidaba la siembra, el pan y los alimentos.

En la cumbre de una de las más altas sierras cercanas a Papantla tenía su templo Tonacayohua, de cuyo aderezo y ritos estaban encargadas seis jóvenes pobres que desde niñas eran dedicadas especialmente a ella y que hacían voto de castidad de por vida.

En tiempos del rey Tenitztli nació, de una de sus esposas, una niña bellísima a la que llamaron Tzacopontziza que significa Lucero del Alba. Su padre la consagró al culto de la diosa para que ningún mortal se le acercara.

Un joven príncipe llamado Zkatan-Oxga, el Joven Venado, se prendó de ella. Sabía que poner sus ojos en la doncella era sacrilegio penado con el degüello. Un día que Lucero del Alba salió del templo para recoger tortolitas y ofrendarlas a la diosa, su enamorado la raptó y huyó con ella a lo más abrupto de la montaña.

De pronto, se les apareció un horrible monstruo que los envolvió con oleadas de fuego y los obligó a retroceder. Al llegar al camino, ya los sacerdotes los esperaban airados y, príncipe y princesa, fueron degollados de un solo tajo. Sus cuerpos, aún calientes, fueron llevados hasta el adoratorio. Allí, tras extraer los corazones, fueron arrojados al altar de la diosa.

En el lugar que se les sacrifico la hierba menuda empezó a secarse, como si la sangre de las dos víctimas allí regada tuviera un maléfico influjo. Pocos meses después empezó a brotar un arbusto, pero tan prodigiosamente que en unos cuantos días se elevó varios palmos del suelo y se cubrió de espeso follaje.

Cuando alcanzó su crecimiento total, comenzó a nacer junto a su tallo una orquídea trepadora. Una mañana se cubrió de mínimas flores y todo aquel sitio se inundó de aromas.

Atraídos por tanto prodigio, los sacerdotes y el pueblo no dudaron ya de que la sangre de los dos príncipes se había transformado en un arbusto y en una orquídea. Y su pasmo subió de punto cuando las florecillas se convirtieron en largas y delgadas vainas que, al madurar, despedían un perfume todavía más penetrante, como si el alma inocente de Lucero del Alba se hubiera convertido en la fragancia más exquisita.

La orquídea fue objeto de reverenciado culto; se le declaró planta sagrada y se elevó como ofrenda divina hasta los adoratorios totonacas.

Así, de la sangre de una princesa, nació la vainilla que en totonaco es llamada *caxixanat* (flor recóndita) y en náhuatl: *tlixóchitl* (flor negra).

Sandalio

Sandalio, metiendo el cuerpo, se abrió paso hasta situarse en la primera fila de espectadores que, con alargadas risotadas, celebraban las ocurrencias de un payaso. Uno de esos payasos callejeros que en cualquier sitio concurrido organizan su singular espectáculo, para después pasar el sombrero. Actuaba solo. Y sus gracias las realizaba a costa de los asistentes que, con buen humor, se prestaban para hacerla de patiños.

A Sandalio esta forma de diversión no le hacía gracia; intentó retirarse cuando el payaso, asiéndolo fuertemente por el brazo y ayudado por el aliento de la concurrencia, pretendía obligarlo a prestarse al juego malabar y de magia que anunciaba. Sorprendido, y sin encontrar otra salida, Sandalio se dejó llevar al centro de la improvisada pista. Entonces, el payaso, tomando unos granos de frijol, ejecutó limpiamente el truco: aparentó introducir en el oído del improvisado ayudante los granos para, al momento, con unos golpecitos en la nuca, hacerlos volver por la nariz. Los aplausos no se hicieron esperar y Sandalio recibió aparte, por su colaboración, el agradecimiento del payaso en forma de una suave palmada en el hombro y fue todo. Después, como la tarde comenzaba, rápidamente se retiró de la función para evitar que le agarrara la noche en el camino a Calería, lugar donde habitaba.

Pero iba intrigado por el experimento desarrollado en su persona. Apenas había sentido los granos cerca del oído y, sin embargo, los había arrojado fácilmente por la nariz. No sabía que existiera un conducto que comunicara a dichos órganos de ese modo pero ahora sí estaba seguro. "Porque uno nunca acaba de aprender", se dijo convencido.

Ya el crepúsculo había desaparecido, cuando Sandalio llegó a su casa. Se quitó el viejo sombrero de palma y se descalzó los huaraches que, por nuevos, le lastimaban un poco y se tendió sobre la hamaca. Entonces pensó en Josefina, la muchacha más bonita de la ranchería. La dulce y encantadora Josefina. Quién lo atormentaba con su indiferencia a pesar de que todas las mañanas, cuando se dirigía al río, se prestaba solícito, adentrándose con todo y huaraches hasta el centro de la corriente para que la tinaja se llenara con el agua más pura y cristalina. Además, ya le había prometido hablar con sus padres en serio, si ella estaba de acuerdo, pero siempre que le mencionaba estas promesas y otras de interés y de cariño, únicamente recibía por respuesta una enigmática sonrisa que más parecía una mueca desdeñosa, que la más incipiente de las promesas. No comprendía los motivos. En lo personal no se consideraba tan peor. Tenía presencia y su lampiño rostro, aunque con el color moreno de su raza, estaba bien delineado. Respecto al trabajo, rivalizaba con el más pintado y con el agregado de que siempre vestía lo más limpio posible. Por todo esto, consideraba injusto el desdén de Josefina. Aunque también podía suceder —pensaba— que tuviera algún novio oculto. Un novio de esos que emplean cartas y otros medios muy privados para sus conquistas. Pero no encajaba este razonamiento porque la ranchería era tan pequeña, que ya se hubiera divulgado la noticia, de ser cierta.

¿No sería que, con todo y su buena figura, no la impresionaba lo suficiente para merecerla? Por lo tanto, debía de intentar algún medio que hiciera despertar en Josefina el interés y la admiración por su persona. Un acto realizado ante sus ojos que lo mostrara diferente a los demás jóvenes de su camada. Más interesante que Rafael Ixtepan, quien poseía una yegua blanca y la mostraba caracoleando por las calles; y más arrojado que Hilario Xolo, el fornido domador de caballos de la hacienda Sihuapan. En consecuencia, debía de mostrar algo extraordinario —seguía pensando—; mientras se volvía a colocar los huaraches, una idea le brotó iluminando su pensamiento. Una idea sencilla pero seguramente de resultados asombrosos, que resolvería su problema. ¿Cómo no se le había ocurrido antes? Josefina pelaría tamaños ojotes de admiración cuando lo viera ejecutar ese acto aparentemente de brujería; de magia de la buena, de esa que asombra por el misterio que encierra. No cabía la menor duda de que lo tomaría como a un hombre excepcional, dotado de poderes fuera de lo común. "Mañana mismo llevaré a efecto el experimento", se dijo, frotándose las manos de emoción y de contento.

Junto al borde del barranco, que limitaba el cauce del arroyo, desde muy temprano la estuvo esperando, con la marcada impaciencia del enamorado. Al mismo tiempo que trataba de serenarse, con los dedos de la mano acariciaba los granos de frijol que llevaba en uno de sus bolsillos del pantalón. Por fin apareció Josefina. Venía, como de costumbre, con la redonda tinaja vacía equilibrándola sobre su cabeza. Sin poder reprimir sus ansias, Sandalio, saliéndole al paso, la atajó. Y sin dar tiempo a que le pasara la sorpresa le retiró la tinaja y delicadamente la colocó en el suelo. Josefina, más que sorprendida, asustada, le reclamó:

—¿Qué es lo que pasa, pues?

—No te asustes ni lo tomes a mal, ya sabes que nunca te causaría daño. Únicamente te suplico que me atiendas un instante.

Y, sacando del bolsillo un puñado de granos de frijol, comenzó a introducirse algunos en el oído, al tiempo que le iba explicando el mecanismo de la magia, más o menos en los términos que le había escuchado al payaso allá en San Andrés, a un costado del mercado.

—¿Y eso qué? —observó Josefina desdeñosa.

—Ahora me saldrán por la nariz, y esta magia no la ejecuta ningún otro hombre.

Josefina permanecía atenta, pues su sorpresa o temor ya se había disipado completamente. Ahora seguía la secuencia de todos los movimientos que Sandalio iba ejecutando.

Por un momento permaneció Sandalio con la cabeza ladeada y dando pequeños saltos para que los granos se introdujeran en su oído más fácilmente. Después se enderezó, ejecutando leves movimientos de cabeza, como de saludo, pretendiendo expulsar los frijoles por la nariz. Pero los granos no le salían, por más que repetía los movimientos de cabeza, ahora ya enérgicos y bruscos, mostrando cierta desesperación.

—Los frijoles que me puso el payaso en el oído me salieron rápidamente. ¿Qué es lo que pasa, pues? —se dijo para sí.

Josefina, que comprendió perfectamente el percance y el posible alcance de su imprudencia, comenzó a darle indicaciones que consideró pertinentes para retirarse los granos, antes de que penetraran lo suficiente para hacer imposible su rescate. Y desprendiendo una horquilla de sus cabellos, rápidamente comenzó a hurgarle el tímpano pero sin resultados positivos, ya que los granos habían quedado fuera del alcance de cualquier artefacto que no fuera especializado.

Sandalio, mientras, se dejaba hacer. Y por sentir las manos de Josefina que casi lo acariciaban con su involuntario roce, la urgía a seguir su vano propósito. Ésta, comprendiendo el verdadero motivo, tomó su tinaja y se retiró presurosa, y bajó por el declive en dirección al arroyo.

Sandalio vio cómo se metía al agua, alzándose la larga falda más arriba de las rodillas, para así alcanzar la ondulada corriente sin mojársela. Pero ya no se atrevió, como en otras ocasiones, a socorrerla galantemente en la faena. Se sentía avergonzado y colérico, maldiciendo entre dientes al inoportuno payaso que tan ingenuamente lo había sorprendido.

Ahora sentía que los granos de frijol le pesaban dentro del oído, y una zumbante sordera comenzaba a molestarlo. Pero lo que más le dolía y desconsolaba era el ridículo que acababa de hacer. Y se quedó con la vista fija en la figura de Josefina, que seguía dentro del agua con sus macizos muslos al aire, llenando la tinaja con toda calma. Pero ahora la veía lejana, tan lejos como nunca la vio, como un punto palpitante que se desvanecía allá muy lejos, más lejos que todas las distancias.

Al despertar la roja cicatriz se alargaba desde la base de la oreja izquierda, hasta muy cerca de la boca. Estaba rugosa y tirante, dejando recogido al labio superior, en tal forma que dejaba al descubierto los dientes y parte de la encía en impresionante y desagradable contorsión. Una lamentable intervención quirúrgica, efectuada en el Hospital Civil para extraerle los granos ya germinados, había sido la causa.

Sandalio, ahora El Boca Chueca, ya nunca volvió por la orilla del barranco a esperar a Josefina cuando pasaba por ese lugar. Lo que hacía era esconder su frustración y fealdad en el horrible vicio del alcohol.

Pasaron los años. Recuerdo que hasta los niños lo querían, tal vez por condolencias derivadas de su desgracia. Además, aunque *teporocho*, Sandalio en su trato era muy afable y de nada se enojaba; permitiendo incluso chanzas un poco crueles respecto a su figura. Pero como digo, no se enojaba por nada, a menos que escuchara la pérfida palabra *payaso*.

El hombre que resucitó tres veces

Hubo un hombre en Tapotzingo que dicen fue muy malo en vida. Así fue desde que era soltero hasta su vejez, cuando empezó a enfermarse y no tardó mucho en fallecer.

Al morir, cuando la gente empezaba a cambiarle su ropa para llevarlo hasta el altar, notaron que se movía... resucitó y al rato volvió a morirse, y de nuevo se movía y volvió a resucitar. Llegó a resucitar tres veces.

Entonces empezó a contar lo que había visto arriba, en el cielo. Vio a una mujer que estaba lavando ropa sucia de excremento de zopilote. Le dijeron que esa mujer lavaba ropa los domingos porque no descansaba esos días, siempre trabajaba. Eso le pasa a las mujeres que no guardan esos días, así se castiga. Vio también a un hombre que estaba dentro de una hoguera, en medio del fuego. Le dijeron que eso es lo que le pasa a los hombres que nunca hacen un favor, a los que nunca dan limosna en la iglesia. Le dijeron entonces que regresara y que les contara a sus compañeros, que oyeran que no es bueno vivir con maldad en este mundo. Al rato, el hombre volvió a morirse y ya no volvió a resucitar. Había resucitado nada más para cumplir con lo que Dios le había ordenado que contara a sus compañeros.

Por fin se murió... le pusieron su ropa y lo colocaron en su caja, lo velaron durante la noche entera hasta que al día siguiente lo fueron a enterrar.

Los fantasmas de Los Berros

Esta leyenda cuenta que dos fantasmas se aparecen en las noches nubladas y lluviosas en Los Berros. Ocurrió hace mucho tiempo que unos vecinos decidieron construir una capilla cerca del parque, con el fin de tener un sacerdote que los auxiliara religiosamente. Así, empezó a erigirse la ansiada capilla, y cuando estuvo terminada, los habitantes buscaron un párroco para que se encargara de atenderla. Nunca se supo la causa por la que ningún cura quiso hacerse cargo de la capilla. Pasados varios meses, llegó un joven sacerdote, recién salido del seminario, que ocupó el curato.

Entre los nuevos feligreses de la iglesia había una niña como de 12 años, quien se distinguía por su candorosa belleza. El religioso sintió simpatía y atracción por ella desde que la vio. Con el paso del tiempo, ésta se convirtió para él en una obsesión y en un amor prohibido y desesperado.

Cuando la jovencita cumplió 17 años y su belleza se había acentuado aún más, se enamoró de un joven que acababa de llegar de España, el cual también estaba muy enamorado de ella. Después de un breve noviazgo, decidieron casarse.

Carmen, como se llamaba la muchacha, le dio la noticia a su confesor. Indignado y, sobre todo, cegado por los celos, el cura intentó convencerla de que no realizara ese matrimonio, asegurándole que su novio era un aventurero y caza fortunas. Ella no le hizo caso al sacerdote, y los preparativos de la boda continuaron.

La tarde anterior a la ceremonia, Carmen fue a la parroquia para confesarse. El clérigo la recibió malhumorado, ya que al día siguiente tenía que oficiar la misa del casamiento. Su ira fue creciendo, mientras Carmen en su devoción cumplía el rito de la confesión. El hombre no se pudo contener y se abalanzó sobre ella con la finalidad de besarla. Después de una feroz lucha, él pudo dominarla y cometió el deplorable acto de la violación. En esos momentos, cayó sobre Xalapa una terrible tormenta que, entre fuertes huracanadas, truenos y rayos, amenazaba con inundar la ciudad. El abominable acto concluyó con el asesinato de Carmen y el suicidio del cura en Los Berros.

Misa y entierro para tres muertos

En la calle de Guanajuato, en la ciudad de Xalapa; cuenta una conseja, de tiempos no tan lejanos, que una señora cierta vez oyó que tocaban a su puerta. Estaba sola y eran como las 11 de la noche; se levantó, abrió, pero no había nadie. De pronto, sintió con terror que unas manos invisibles muy frías le recorrieron toda la cara, al mismo tiempo que se escuchaban unos profundos quejidos.

Aterrada, se metió en la cama, tapándose de pies a cabeza.

Cuando le contó a su esposo y a su suegra lo que le había pasado, no le creyeron. Pasado el tiempo, un día, ella y su marido fueron a una cena, quedándose la madre de él en casa. La pareja regresó a las 12 de la noche y encontró a la anciana temblando de miedo, quien les platicó que unos muertos le habían hablado, pidiéndole cristiana sepultura y la celebración de una misa. También le dijeron que ellos estaban abajo de la mesa donde la familia tenía varios santos e imágenes que veneraba.

El señor, para que las mujeres no tuvieran la curiosidad ni la tentación, escarbó en aquel sitio y, efectivamente, encontró algo macabro: tres esqueletos con carrilleras, tres rifles y una espada.

De acuerdo con el deseo expresado por los muertos, se celebraron tres misas de difuntos y los restos fueron enterrados en el campo santo.

A partir de entonces nunca más fueron molestados.

Voladores de Papantla

Cuando se menciona el poblado de Papantla, la primera imagen que evocamos es la de los voladores, ya que esta impresionante danza, en la que desafían —entre otras cosas— a la gravedad para saludar al padre Sol y solicitar la llegada de las lluvias, ha trascendido a través de los años y las fronteras.

Es interesante que hoy día los danzantes no sólo mantienen viva la tradición, sino que sienten un gran orgullo por ser depositarios de tan arraigada tradición, y tienen el compromiso, con ellos mismos y con sus correligionarios, de transmitirla a las generaciones venideras para evitar la destrucción de su raza.

Así, con la intención de que la danza continúe vigente, se ha establecido en Papantla el jueves de Corpus Christi como el Día del Volador.

En sus orígenes, esta tradición se conocía como kos'niin o "vuelo de los muertos", la cual está emparentada con otra llamada hua hua, pues ambas utilizan el mismo aparato giratorio de madera, sólo que el volador gira en un plano horizontal, mientras que en el hua hua lo hace en forma vertical en un aparato llamado de cruz o molinete. Ambas danzas estuvieron ligadas al culto de deidades de la fertilidad, como Xipe Tótec y Tlazoltéotl.

Los voladores emplean un palo tan alto que llega al suelo después de dar 13 vueltas, número que, multiplicado por los cuatro voladores, da 52, que es el número del ciclo del calendario mesoamericano. La rotación de los aparatos simboliza el movimiento de los astros, en especial el del Sol.

Se cree que fue durante la época de dominación mexica cuando se introdujo la combinación de elementos rituales; es decir, la música como ofrenda y la danza de cuatro participantes que vuelan cabeza abajo, con los brazos abiertos, disfrazados de las aves asociadas al sol: guacamaya, águila, quetzal y calandria; además del quinto danzante, que suele realizar su danza en la punta del palo que sirve de soporte al ritual.

Yucatán

Sac-Nicté

Estaba determinado que Chichén de los Itzáes fuera abandonada y quemada. Estaba dicho que la triple alianza terminara el día de la boda de Sac-Nicté.

Estaba escondido el destino de los príncipes que debían cumplirlo:

Sufriría Uxmal y también Mayapán para permitir que la historia de los pueblos amigos cambiara en los caminos del Mayab.

Hacía tiempo que Uxmal y Chichén Itzá tenían amistad, cuando Mayapán pactó alianza con ellos. El objetivo de la triple alianza era poder vivir en el Mayab en medio de la paz, comprensión, respeto y la ayuda recíproca.

Reinaba en Mayapán el poderoso Hunacel, cuando su esposa, la reina Estrella Color de Oro —en el mes de Moran, el más bello de los meses del calendario maya—, dio a luz a la princesa Blanca Flor, cuyo nombre, en la lengua de esos días, era Sac-Nicté.

Su día de nacimiento anunciaba un cambio extraordinario, un destino que el mundo de los mayas no conocía y tenía que cumplir.

Por entonces, los monarcas aliados tenían, cada uno, un hijo.

El príncipe de Uxmal, heredero de los Itzáes —cuya visión unió a las tres ciudades— se llamaba Ulil. Era un entusiasta seguidor de las tradiciones de su cultura y capitán esforzado en los preparativos de defensa de las ciudades de la unión.

El príncipe Canek era el hijo predilecto de los Itzáes; pertenecía al grandioso reino de Chichén, la maravillosa "ciudad de ciudades", "altar de la sabiduría", poseedora de los templos y las cosas más bellas.

En ese tiempo, los Hijos de la Luz, los antiguos y orgullosos Itzáes, "habían dejado de tener alas de oro" y se habían convertido en Serpientes Negras; tal era el nombre actual de los reyes: Canek.

Y ése era el último Canek.

El príncipe Canek fue elevado al trono a los 21 años...

A los siete años sus manos deshicieron una mariposa y quedaron llenas de polvo de colores... Esa noche Canek soñó que era un gusano.

Cuando tenía 14 años, sacó un venadito de una trampa y, con un cuchillo, le extrajo el corazón para ofrecérselo a los dioses malos de los brujos. Esa noche soñó que se convertía en tigre.

Al completar tres veces los siete años, fue nombrado rey.

En ese momento conoció a Sac-Nicté. No soñó aquella noche porque su vista se nubló con el primer llanto de sus ojos. Así se transformó en un hombre triste.

A los cinco años, la princesita Sac-Nicté dio de beber a un peregrino sediento; en el agua se reflejó su rostro y de la jícara brotó una hermosa y perfumada flor blanquísima.

Cuando tenía 10 años, rescató una paloma perdida en el maizal y, besándola, le concedió la libertad.

Al cumplir los 15 años, asistió con su padre a la reunión solemne de Itzamal. Allí, según la costumbre, debían purificar su rostro ante Zamná. Concurrirían igualmente los reyes y los príncipes aliados.

El rey de Uxmal había ya hablado con el padre de Sac-Nicté para comprometer a sus hijos en matrimonio.

Ulil, príncipe de Uxmal, asistió a la ceremonia; pero los ojos de la bella princesa se encontraron con los ardientes ojos del apuesto Canek. Ambos conocieron de inmediato su trágico destino, mas callaron y la vida siguió.

Todos los concurrentes sintieron un vuelco en las entrañas al sorprender la sonrisa de la bella Sac-Nicté, correspondiendo a la mirada de la Serpiente Negra, el joven rey Canek.

También se dieron cuenta de la mueca amarga del soberano de la incomparable Chichén Itzá, y presenciaron cómo cerró los puños para golpearse el pecho.

Después, Chichén Itzá estuvo de festejo en las plazas y en la mansión de los poderes para celebrar el día en que Canek había sido designado rey.

Faltaban 37 días para celebrar la boda de Ulil, príncipe de Uxmal, con la princesa de Mayapán, cuando el rey Canek recibió el anuncio del compromiso de sus dos aliados.

—Hunacel, su aliado, señor de Mayapán, convida al rey Canek a la fiesta de bodas de su hija —dijo el embajador.

—Diga vuestra merced al rey que allí estaré —respondió el rey con los ojos fijos en la distancia.

Al día siguiente, llegó ante su real presencia el enviado de Uxmal:

—Ulil, nuestro príncipe, se honra en pedir al rey de los Itzáes que lo acompañe en su mesa de bodas. Espera tenerlo cerca como amigo y aliado en la ceremonia que lo unirá por siempre con la princesa descendiente de los Cocom: Sac-Nicté.

—Vuestro príncipe me verá ahí ese día —dijo Canek con la frente sudorosa y las manos crispadas sobre el rico ropaje.

En la mitad de la noche, el rey de los Itzáes recibió un tercer mensaje; mas éste no fue encargado a ningún embajador, sino...

Canek estaba contemplando las estrellas reflejadas en el agua, tratando de investigar la forma de evadir su destino, cuando un singular personaje apareció ante él. Un enanito anciano se acercó para hablarle al oído:

—Canek, la Flor resplandece entre las hojas frescas. ¿Dejarás que otro la arranque y se la lleve? —le dijo, y en cuanto pronunció estas palabras, desapareció en el aire y se perdió debajo de la tierra.

En Mayapán se hacían suntuosos preparativos para el día de la boda: flores y caminos barridos, flores y casas lavadas, flores y guirnaldas de ramaje sobre los edificios...

Además, se labraba una estela con la efigie de la princesa al lado del perfil de quien sería su esposo. Bajo dichas figuras, un letrero anunciaba el comienzo de la mayor grandeza de Mayapán con el advenimiento de la unidad indisoluble de los pueblos.

De Mayapán a Uxmal se extendió la procesión que seguía al venerado Hunacel en el camino para celebrar la boda de su hija.

En Uxmal habían colocado ya la piedra labrada con las dos figuras y el buen augurio para la raza. Se coronaron con guirnaldas de flores las cabezas del relieve de los contrayentes y se esparcieron aromas por doquier.

El impaciente Ulil esperaba con ansia la llegada de su prometida.

El príncipe salió a las puertas de Uxmal acompañado de los nobles y la gente importante: guerreros, sacerdotes, sabios.

En la antigua ciudad, todos danzaban y cantaban por las calles y plazas; "las plumas de faisán y las cintas de colores se mezclaban con la comitiva".

Ulil contempló al fin a la bella princesa, pero sintió dolor cuando descubrió la tristeza de sus ojos.

¡Estaba por cumplirse un destino que los mayas ignoraban!

Los sacerdotes y los sabios adivinos estaban recluidos en el templo, pues no les era permitido trastornar los designios de la divinidad.

Al altar de boda subió la silenciosa Sac-Nicté.

Al altar de boda llegó de improviso, con sus guerreros, el terrible Canek.

El destino tenía que cumplirse justo ese día: ¡la princesa fue raptada del altar de su boda!

Canek y Sac-Nicté desaparecieron como un relámpago sin que nadie pudiera darles alcance.

Ulil gritaba por las calles convocando a sus sirvientes para vengar la ofensa; pero nadie acudía: ¡nadie entendía lo que había pasado!

No hubo ni una sola gota de sangre; solamente ¡la fiesta se acabó!

¡Con esto llegó el día triste de la destrucción de Chichén, de la bella Chichén de los Itzáes!

Se juntaron Uxmal y Mayapán para ejecutar la venganza.

En Chichén se lloraba y se lloraba esperando el castigo. Los itzáes dejaron sus moradas humildes, dejaron sus casas, abandonaron sus mansiones, para salir a despoblado.

A la luz de los luceros se fueron por el monte olvidando los caminos y tomando senderos nunca abiertos...

El dulce y apacible corazón de Sac-Nicté llenó de fuerza el alma amarga de Canek y abrió sus ojos con la ternura de su amor, para encontrar la ruta. Partieron al exilio.

Canek se puso al frente conduciendo a su gente. Sac-Nicté señalaba el camino que deberían seguir. Animales y pájaros continuaban tras ellos.

Así llegaron hasta las muy lejanas tierras de Petén-Itzá. Regresó el tiempo antiguo —bueno— y "la Serpiente Negra vio renacer sus alas de oro".

Allí empezó ese tiempo nuevo de los Itzáes "con las casas sencillas de la paz".

Chichén se quedó sola, abandonada, fue destruida y quemada por los reyes de Uxmal y Mayapán. Todas las puertas fueron abiertas con los golpes de las hachas de la venganza. Todos los templos y los dioses fueron derribados.

Chichén Itzá, la "ciudad de las ciudades", se convirtió en un fantasma acurrucado junto al viejo cenote azul donde la vida se ha estancado.

Los zopilotes, los chom

El rey de Uxmal era muy afecto a los banquetes y a las fiestas. Un día, decidió organizar una celebración en honor de Hunab-Ku, el Dador de la Vida (advocación de Dios en su función creadora).

Con el festejo quería agradecer todos los dones que el pueblo maya debía al Creador. Para esto, convidó a los príncipes, a los sacerdotes y a los guerreros principales de los reinos vecinos.

Como deseaba que la fiesta fuera memorable y causara admiración y envidia, planeó con tiempo todo y preparó hasta los últimos pormenores. Hizo traer las más raras y espléndidas flores. Mandó preparar suculentos platillos con carne de venado y de pavo silvestre, aderezadas con hierbas olorosas. Pidió abundancia y generosidad en el reparto de *balché*, un licor especial para las grandes ocasiones.

Cuando llegó el día señalado, se vistió con sus mejores galas. Adornado con las más bellas plumas y las más ricas joyas, subió a la terraza del palacio.

Desde allí contempló su ciudad: todo estaba limpio y adornado, todo parecía luminoso y espléndido.

Deseoso de poder sorprender y halagar a los invitados con tan grato panorama, ordenó a la servidumbre que el banquete fuera ofrecido en la terraza. Subieron flores y palmas finas, así como elegantes mesas para servir las viandas. No faltaba detalle alguno.

Entonces bajó hasta la entrada del palacio. Fue en persona a recibir a los convidados, igualmente presentados con gran lujo. Los sirvientes también bajaron, para subir después de la comitiva.

¡Y no se dieron cuenta de que los zopilotes (*chom*, en maya) —entonces de bellísimos plumajes de colores y corona rizada— se quedaron rondando el suculento festín!

Así, una vez a su alcance la comida, bajaron y picotearon todas las mesas hasta dejar limpios los platones. Terminaban las últimas migajas cuando vieron aparecer al rey con sus invitados. Entonces volaron haciendo gran algarabía.

"Pálido de ira, al ver cómo las aves daban fin a su fiesta", el rey gritó:

—¡Flecheros, de inmediato, maten a esos pájaros! —pero los zopilotes se escaparon volando tan alto que ninguna flecha pudo alcanzarlos.

—¡Esto no puede ser! ¡Merecen un castigo! —gritó nuevamente con solemne autoridad.

—Así se hará, majestad —respondió uno de los sacerdotes principales—, los irrespetuosos van a ser castigados.

El sacerdote Ha' Balam recogió una buena cantidad de las bellas plumas que los zopilotes dejaron caer a la terraza en su huida. Los más sabios fueron llamados por el propio Ha' Balam y encerrados en el templo para planear cómo castigar a las voraces aves.

Todas aquellas plumas de colores con brillos dorados se colocaron sobre un gran brasero. Allí, sin dejarlas arder, fueron quemándolas, poco a poco, hasta que perdieron su brillo y se volvieron negras.

Uno de los sacerdotes las molió hasta convertirlas en un polvo muy fino. Ese polvo se echó en vasijas de agua para hacer un caldo espeso y negro.

Una vez listo el caldo, los sacerdotes salieron del templo, y Ha' Balam llamó a los sirvientes para que en tres días pudieran tener listo otro banquete en la terraza del palacio.

Y los zopilotes —pensando que los hombres eran tontos y que habían olvidado su atrevimiento— bajaron de inmediato y se abalanzaron sobre los exquisitos manjares de las mesas. Pero no contaron con que en esta ocasión, los sacerdotes, los flecheros y los príncipes estaban escondidos entre las plantas, palmas y asientos preparados en la terraza, y "apenas habían puesto las patas sobre las mesas" cuando aquel caldo negro de sus propias plumas quemadas, les cayó por dondequiera dejándolos empapados.

Ha' Balam, secundado por cuatro sacerdotes, repitió las palabras de un conjuro mágico para que la transformación se hiciera de inmediato. Los zopilotes quisieron escapar igual que la vez anterior —volando a las alturas—, pero con las plumas mojadas, no pudieron hacerlo. Tuvieron que quedarse al sol mientras la maldición hacía su efecto: sus plumas se volvieron negras y la cabeza se les calentó hasta dejarlos calvos.

Los sacerdotes observaban satisfechos cómo se había cumplido el castigo de aquellos que no respetaron el alimento servido en honor de Hunab-Ku, el Dador de la Vida. El rey, complacido, organizó otra fiesta cuando los zopilotes se alejaron.

Luego éstos, al mirar su figura en un cenote claro, conocieron su fealdad y se arrepintieron. Desde entonces, únicamente vuelan alto, lejos de todos, para que nadie pueda burlarse de ellos.

Y cuando tienen hambre y bajan, tienen que conformarse con hallar su alimento entre la basura, y comer carne descompuesta de algún animal muerto.

Ése fue su castigo y ahora deben servir para limpiar el suelo de cosas inservibles para que el Dador de la Vida disfrute con la presencia de las flores, y pueda mandar al mundo hombres que lo alaben y animales que lo respeten.

La fidelidad del perro

Había una vez un hombre muy pobre y de mal corazón. Tenía un perro y lo maltrataba constantemente; además, era muy poco lo que le daba de comer.

Kakasbal —que todo lo ve y todo lo sabe— se acercó un día al perro, era un momento especial, para ganar su voluntad porque yacía moribundo después de una paliza que su malhumorado amo le había propinado.

—¿Qué te pasa, querido Pec? —le preguntó y el maltrecho animal respondió:

—Nada nuevo, unos golpes de mi amo, el señor Lec Ceh...

—¿Te golpea entonces a menudo? —inquirió Kakasbal en tono de sorpresa.

—Sí, me golpea cuando no consigue comida, me golpea cuando hace calor y no encuentra agua, me golpea cuando hace frío...

—No sigas, querido Pec, ya veo que Lec Ceh siempre encuentra motivo para hacerte daño.

—Así es, señor...

—¿Por qué no lo dejas, entonces?

—Porque siendo él mi amo, le debo fidelidad.

—Pero tú tienes derecho a una vida mejor. Yo te puedo ayudar a escapar.

Así, Kakasbal estuvo un rato tratando de convencer al perro mas, como no obtuvo la respuesta que deseaba, decidió esperar para la próxima ocasión en que el amo maltratara a Pec.

No tuvo que esperar mucho, pues esa misma noche, Lec Ceh volvió furioso y le asestó dos patadas en el adolorido lomo.

—Ya me dijo un amigo, mugre perro estúpido, que te quejas de mi trato; ahora vas a tener por qué quejarte, ¡toma! —y se fue sobre el perro a pedradas hasta que lo dejó sin sentido.

Cuando volvió en sí, Pec se arrastró hasta una cueva, tal vez para esperar tranquilo la muerte, allí se quedó dormido.

Al amanecer, una lucecita roja se prendía por un lado y otro de la cueva, Pec se sorprendió y pensó que se hallaba en un lugar encantado.

Con gran esfuerzo se puso de pie y trató de salir. En la puerta estaba Kakasbal, esperándolo.

—¿Cómo estás, Pec? ¡Te veo muy golpeado! ¿Por qué no aceptas mi ayuda? Yo puedo librarte de ese sufrimiento.

—Dime qué debo hacer —preguntó el perro, pues aunque no muy convencido de la propuesta, realmente ya necesitaba poner un hasta aquí ante el abuso de su dueño, el cruel señor Lec Ceh. Aun temiendo la condición que Kakasbal le pondría, dio a entender que aceptaba, porque pensó que quien le ofrecía ayuda era sumamente poderoso y no lo deseaba como enemigo, ¡para nada!

—Dame tu alma —dijo Kakasbal con desgano, como si no tuviera importancia.

—Y tú, ¿qué me darás?

—Lo que me pidas.

—Bien, quiero un hueso por cada uno de los pelos que cuentes en mi cuerpo.

—Vamos a contarlos, para que veas que soy legal —dijo frotándose las manos, y empezó—, uno... dos... tres...

Así siguió Kakasbal hasta cientos y miles, contando pelos y más pelos, contando pelos desde la cabeza, las orejas y el lomo hasta llegar a la cola.

En ese momento, Pec recordó la fidelidad que debía a su amo y saltó, haciendo que Kakasbal perdiera la cuenta. Éste le reclamó y el perro se disculpó diciendo que tenía cosquillas en ese lugar, pero que podían volver a empezar.

—Ya saltaste de nuevo, perro tonto… ¡Volví a perder la cuenta! —dijo cuando casi terminaba la segunda cuenta, a lo cual, el astuto Pec dio una nueva excusa:

—Perdón, creo que alguna pulga, de las muchas que tengo, me hizo saltar, pero usted vuelva a empezar, no quiero que me quede a deber ni un solo hueso.

Kakasbal no tuvo más remedio y volvió a contar, pero sucedió que nunca completó la cuenta y se hartó de las disculpas del perrillo. Llevaban ya 40 intentos sin resultado. Kakasbal, aburrido y molesto, le dijo por fin a Pec:

—Regresa con tu amo. Aprendí la lección: "Es más fácil poner a un amigo contra su amigo, a un hijo contra su padre, que comprar la fidelidad de un perro".

El cenote de Ticín-Ha

Una mujer egoísta y poderosa vivía, hace mucho tiempo, en Ticín-Ha. Ella tenía agua en abundancia, bebía y se refrescaba en su hermoso cenote. Como no deseaba compartir el bello y envidiable lugar, puso ramas espinosas en las cercanías.

Un día llegó un anciano muriéndose de sed y de fatiga, pero Xpac' a' Cok —como se llamaba la mala mujer "dueña" del cenote— no quiso darle de beber. El anciano desfalleció adelante, en el camino.

Un joven lo recogió y lo auxilió.

No vayan por Ticín-Ha, allí hay agua fresca y abundante en un bello cenote, pero la dueña tiene mal corazón… —comentaba dondequiera.

Una golondrina escuchó al joven y llegó a Ticín-Ha para contarle a Xpac' a' Cok lo que se decía de ella.

—Mejor —contestó la mujer—, así mi agua será sólo para mí. Y tú, Cuzamil, golondrina tonta, vete sin beber —agregó en seguida— no creas que una noticia como la que me traes merece una gota de esta agua. La golondrina, sedienta, cansada y calurosa, voló con dificultad hasta el monte, allí encontró un arroyito donde jugaban los aluxes.

—¿Quieres beber? —le preguntó uno pequeñito, color de luna—. Acércate a descansar y refréscate, avecita.

Cuzamil bebió hasta saciarse, luego le contó al alux acerca del egoísmo de la despiadada Xpac' a' Cok.

—¡Eso no está bien! —clamó desde una nube la poderosa voz de Chaac—. El único dueño de las aguas soy yo. El agua que yo mando es para todos: grandes y pequeños, sembradíos y animales del aire y de la tierra.

Entonces, Chaac se presentó en la gruta de Ticín-Ha en forma de venado y se acercó a beber. Con palabras descompuestas y arrojándole pedradas, Xpac' a' cok lo obligó a retirarse.

De inmediato se apareció el dios en lugar del venado y dijo disgustado y enérgico, mostrando en la palabra su poder:

—Eres mala, mujer egoísta: ¡tu corazón está seco! ¡Desde hoy, este cenote estará seco también!

Por eso en estos días —desde entonces—, la gruta de Ticín-Ha sólo tiene piedras y está llena de polvo.

Cómo brotó la "aguada" Ha'mpobol

En ese lugar, hace mucho tiempo, había una choza. En la choza vivía una mujer. La mujer tenía un lindo bebé.

Cuando salía por agua hasta un pozo se tardaba bastante, porque entonces no existía agua en un lugar más cercano.

Un día estaba descansando en el brocal del pozo, cuando vio venir por los aires a una cotorrita. La avecita se acercó para decirle:

—Apúrate, regresa ya a tu casa. Tu niño está llorando mucho.

La mujer corrió y, en efecto, cuando llegó, el bebé lloraba desesperado. El perro dormía bajo la hamaca.

—¡Perro holgazán! —le gritó al tiempo que lo golpeaba con pies y manos—. ¡El niño llora, y tú duermes! Podrías hacer algo.

El perro meció entonces la hamaca, y el bebé se arrulló hasta quedar dormido.

—Eso está bien —pensó la mujer—, ¡no tendré que preocuparme por el niño!

Desde ese día, se ausentaba constantemente y el perro mecía y mecía la hamaca para que el niño estuviera durmiendo, pero las salidas de la mujer eran cada vez más frecuentes y más largas, por lo que el perro guardián llegó a cansarse.

—Mujer —le dijo un día—, ¿adónde vas tantas veces al día y tardas tanto?

—Sólo voy al pozo a traer agua, ¡ya lo sabes! —gritó como desaforada y le arrojó al animal toda el agua del cántaro con todo y recipiente.

Chaac tomó aquel cántaro entre sus manos y lo estrelló contra el suelo diciendo:

—¡No tendrás ya pretexto para alejarte de tu niño! ¡No tienes ningún motivo para salir! ¡De este cántaro roto saldrá tanta agua, que te ahogarás en ella!

Así brotó del suelo la "aguada" Ha'mpobol.

El agua de Zac Ha

Ésta es la historia que se cuenta acerca del cenote de Zac Ha.

Aquel cenote estaba lleno de luz. El fondo, que en todos los cenotes es sombrío, turbio o cenagoso, en el Zac Ha era claro y luminoso.

El agua de Zac Ha era transparente y reflejaba la luz que había en el lugar; por eso su nombre era Agua Blanca. Sin embargo, a pesar de su blancura, el cenote, según se decía, estaba hechizado.

Los caminantes procuraban no pasar muy cerca, pues las consejas afirmaban que quien se acercaba era presa de una atracción invencible a consecuencia de la cual desaparecía, pues nadie sabía jamás de su paradero.

El maleficio se debía a la presencia de un poderoso Kakasbal que vivía ahí, cuya mirada resplandecía en tal forma que determinaba la claridad iluminando el espacio y hacía ver blanca el agua.

Mas, aunque los kakasbales sean seres excepcionales —con más poderes que el más poderoso de los hombres—, pueden ser vencidos y aun destruidos por algún espíritu superior, así pasó en el cenote de Zac Ha.

En una ocasión, un leñador caminaba cerca de la gruta luminosa tratando de guardar la distancia necesaria para librarse del hechizo, pero de pronto sintió curiosidad, una curiosidad insistente, por lo cual pensó para sí.

—Qué tal si compruebo, si descubro algo por mí mismo... claro, sin entrar; sólo asomándome... sólo en la orillita... sólo...

—Buen hombre —le interrumpió un afable anciano desde un caballo—, ¿adónde vas? —dijo, al tiempo que sus manos hacían un ademán de detenerlo. El leñador se quedó paralizado, sin habla, bajó la cabeza y siguió escuchando con atención.

El anciano hablaba "con sabiduría" y su aspecto era venerable.

—Un espíritu maligno vive en ese cenote, hijo mío; ¡no te acerques! Esa claridad que desde aquí se percibe, proviene de los ojos del Kakasbal que hechiza a los incautos. Ayúdame —rogó el anciano—; veo limpio tu corazón y fuertes tus brazos —y pidió al leñador que cortara una rama grande y pesada de un árbol de chacá—. Caminarás cien veces cien pasos largos, allá encontrarás el árbol de donde debes desgajar, con tu machete, hijo mío, la rama más fuerte y gruesa... Cuando tengas la rama, con el mismo machete le grabas una cruz en el punto de corte y me la traes.

Una vez que el anciano tuvo en la mano la rama que el leñador trajo, se bajó del caballo y agradeció el servicio.

—Ahora puedes seguir el camino que traías; no te detengas; no vuelvas la cabeza ni trates de saber lo que va a pasar. Te digo todo esto porque eres curioso: la curiosidad estuvo a punto de hacerte caer bajo el poder del Kakasbal del cenote Zac Ha.

Atemorizado, el leñador, mas comprendiendo que algo sobrenatural estaba sucediendo y que algo maravilloso podía suceder, volvió, obediente, a tomar su camino y cruzó el monte aprisa. Durante el transcurso se dio cuenta de que los animales silvestres corrían a guarecerse como si presintieran sucesos extraordinarios. Las aves volaban alejándose más y más.

—¿Qué ocurre?, ¿qué pasa? —preguntó varias veces sin obtener respuesta alguna. Al poco rato un animal pasó corriendo cerca de él, gritándole:

—Hombre necio, obedece como todos obedecemos.

Con esas palabras recordó las del anciano; éste le había advertido que si veía signos de inquietud no se asustara, y que sólo se abrazara del árbol más grande y fuerte del camino. Acababa de cumplir la recomendación del venerable anciano —sin duda un espíritu superior—, cuando escuchó la voz del árbol:

—No vayas a soltarte, ¡afiánzate con fe!

De inmediato, un enorme rayo atravesó el cielo. Un alarido sobrehumano se oyó al tiempo que llegaba el rayo a hacer contacto con la tierra. Cuando todo volvió a la calma, tuvo temor por el buen anciano y regresó a Zac Ha por si debía prestarle auxilio, por si necesitaba ayuda de su parte.

Conforme iba acercándose, iba creciendo una pestilencia que emanaba del cenote encantado.

No encontró al anciano ni la cabalgadura. No parecía haber ocurrido nada. No pensaba nuestro leñador ver lo que en ese momento descubrió: tenía enfrente la rama de chacá que él mismo había cortado.

La rama estaba salpicada de sangre renegrida y un bulto negro flotaba sobre el agua —para entonces, no blanca— del cenote Zac Ha.

El maleficio terminó, pero no el temor de la gente que pasa... ¿Te atreverías a entrar? Te advierto que los que han oído esta historia no quieren ni acercarse por ahí...

Los árboles que lloran

Esta leyenda viene de la época prehispánica y se relaciona, en cierto modo, con el Diluvio Universal.

Cuentan que al principio de los tiempos, Noh Ku, el Dios Mayor formó la tierra del Mayab.

Yum Chaac, uno de sus lugartenientes fue encargado del agua, en especial de la que debe regar y mantener frescos y húmedos los sembradíos.

Yum Chaac tenía dos hijos, el varón se llamaba Noh Kayab —Gran Corriente de Agua—; la mujer era Xbulel, una guapa doncella cuyo nombre significa Inundación.

El príncipe Yaax Kin —Sol Tierno—; hijo del Gran Sol, se enamoró de la bella Xbulel y pronto se casaron. De esa unión nació Xhoné Ha, Agüita Interior.

Todo parecía marchar sin problemas hasta que cada uno de los esposos fue requerido por su propia familia para ayudar en sus ocupaciones divinas. De esa manera, Yaax Kin no podía proteger a Xbulel ni a la pequeña Xhoné Ha, pues sólo le era permitido visitarlas algunas veces.

Xbulel se pasaba el tiempo jugando con su hermano Noh Kayab y también descuidaba a su hijita.

El padre de los jóvenes juguetones, Yum Chaac, les advirtió que fueran más calmados y responsables, pues podrían provocar el enojo de Noh Ku, el Dios Mayor.

Un día, el cielo se oscureció cubierto por enormes nubarrones y la lluvia empezó a caer a torrentes por todo el mundo.

Los rayos ponían grandes avisos luminosos en el cielo y Yum Chaac gritó con la voz de los truenos exigiendo calma y juicio a sus hijos.

Pero los dos hermanos seguían divertidos echándose agua y corriendo locamente uno y otro sin darle importancia a los grandes chorros que caían del cielo inundándolo todo.

Ellos debían encauzar las primeras aguas torrenciales: Noh Kayab, en forma de ríos; ella, Xbulel, ordenando los depósitos sin permitir que se colmaran de más. Cuando quisieron hacer algo, era demasiado tarde: el agua había cubierto toda la tierra y había derribado los árboles.

Xbulel corrió y corrió buscando a su pequeña, a quien —mientras se divertía jugando "a las mojadas" con su hermano— había dejado dormida debajo de un gran árbol, ¡pero no recordaba de cuál árbol!

Buscó y buscó a su niña en cada uno de los árboles que pasaban, pero la corriente se los llevaba a todos, fueran ceibas, dzuc-dzuc, catzines o chucunes, ¡todo trastornaba la Gran Inundación!

Cuando terminó aquel diluvio, el mundo estaba desolado, lleno de cadáveres.

Yum Chaac llamó a sus hijos para castigarlos por irresponsables. Yum Chaac se escondió bajo la tierra; por allí camina silencioso sin ver la luz del sol, sin que nadie sepa por dónde va pasando.

Xbulel fue condenada a estar presente en todas las inundaciones para que no olvide su descuido. Además, busca sin descanso a la pequeñita Xhoné Ha, de árbol en árbol. Va de un dzuc-dzuc a otro dzuc-dzuc, de un chucún a otro chucún; de un catzín a otro catzín sin encontrarla. ¡No puede recordar cuál fue aquel árbol donde la durmió para tener libertad de jugar!

Y llora en silencio sobre cada árbol que encuentra. Su llanto se manifiesta como llanto del árbol; su pena es grande y su desesperación la lleva constantemente de un lugar a otro.

Está condenada a seguir así, mientras el mundo exista, porque Yum Chaac, el abuelo, recogió a la chiquita y su madre —la madre descuidada— jamás la encontrará.

El puhuy

El canto del puhuy —nombre maya de una avecita parecida al búho— hace estremecer a la gente porque se dice que anuncia viajes, separación, muerte o sucesos extraños. Otros aseguran que previene de los peligros, sobre todo, a los caminantes que van para sus casas.

Hace siglos, cuando aún los blancos no llegaban a tierras del Mayab, ocurrió una muerte de las muchas que causaba Xtabay, la engañosa aparición cautivadora de los hombres.

Ah Kusaán Ich era un príncipe maya y fue un "Halach Huinik" —hombre verdadero según el concepto de la vieja filosofía—, un gobernante dentro de la teocracia militar de esos tiempos.

Ah Kusaán Ich vivió en Chichén ltzá, era buen cazador y estaba enamorado de Sujuy Munyal, quien además de pertenecer a una importante familia como él, correspondía a ese amor, de modo que decidieron casarse.

La boda se programó para la primavera, llamada entonces "el hermoso tiempo de Moan" —época que equivalía al final de marzo y el principio de abril—, cuando aparecen en el campo las primeras flores de aroma y los árboles se llenan de brotes y botones que se convertirán en fruta.

El novio iría —según la costumbre— al santuario situado en Izamal, donde llegaban peregrinos desde los puntos más distantes como Palenque, en el lejano sur; como Cuzamil, la Isla de las Golondrinas; como Coba o Quiriguá, "Guardiana de la Gran Cabeza", de Uaymitum, santuario de los flamencos.

Ah Kusaán Ich partió de "la ciudad de ciudades", Chichén Itzá; tomó el camino directo hacia el santuario y, una vez allí, depositó alegremente su ofrenda al dios Kinich K' admó.

La ofrenda se consumió de inmediato, con lo cual el novio entendió que la boda estaba aceptada por la divinidad.

Anunció el regreso, de inmediato, a los hombres que lo acompañaban, pues un "hombre verdadero" es importante: nunca viaja solo.

La comitiva emprendió el camino. La distancia era larga; el monte, tupido y peligroso; la vuelta se prometía pesada.

Una noche, yendo de camino, Ah Kusaán Ich vio pasar un hermoso venado "siete puntas de cuerno". Al enfrentar su vista, las pupilas del animal le lanzaron un reto; él, como cazador, sintió que le hervía la sangre.

La mirada altanera, así como el brillo inusual de esos ojos, le hicieron pensar en un hechizo o misterio. Esta circunstancia, lejos de intimidarlo, lo encendió más, de modo que reunió a sus hombres para organizar una partida formal de caza.

Los ayudantes se dispersaron; los "ojeadores" se internaron en el monte con gran cuidado. Ah Kusaán Ich se fue alejando del camino, siempre pendiente del sonido de los caracoles y los gritos de los cazadores. Mas la mirada del venado salía de repente por algún lado y hacia allá iba él tratando de alcanzar al animal para darle caza.

En un momento dado, se había alejado tanto que se hallaba perdido entre la maleza, entonces se sintió desvanecer; sin darse cuenta, había corrido demasiado. Descubrió un lugarcito limpio de árboles y se sentó para descansar.

Escuchó un murmullo agradable, volvió la cabeza y encontró la figura de una bella mujer que le sonreía desde uno de los árboles que acababa de dejar atrás.

No pudo resistir el poder de Xtabay —porque seguro era ella quien lo hechizó—. Allí pasó lo que sólo el viento y ellos conocieron, pero que los demás imaginamos.

Los cazadores se reunieron al fin cuando le dieron muerte al venado; hasta entonces se dieron cuenta de la ausencia de su jefe y regresaron a Chichén Itzá. Pensaron que Ah Kusaán Ich había desistido de la persecución del venado y había vuelto a la ciudad con las buenas nuevas de haber sido aceptada su ofrenda, y con el deseo de ver pronto a su amada para comunicarle la anuencia de Zamná, el Rocío del Cielo, en lo referente a la planeada boda.

Como es de suponerse, él no había regresado a Chichén Itzá. Sus amigos fueron a la selva a buscarlo, temiendo algún percance o asalto. Después de un buen tiempo de recorrer la maleza por donde se veían brechas o descubrían la hierba chafada por el paso reciente, fueron a dar con el cadáver, justo al pie del árbol que todos saben preferido de Xtabay.

La decepción de Sujuy Munyal la llevó a reclamar, dolida, al mismo Hunab Kuh, dueño de los destinos; mas en su corazón, el dios puso las palabras de resignación y consuelo: "Sólo los dioses conocen el porvenir de los hombres. Ellos planean, proyectan como si fueran dueños del futuro, pero los designios divinos no se pueden cambiar".

Como aquel que rompía la promesa de matrimonio no podía sepultarse en "tierra buena", sino abandonado en el bosque, Sujuy Munyal se dirigió al "hombre santo" de Chichén para pactar una dispensa.

Ofreció su sacrificio de consagrarse al templo a cambio de que su prometido tuviera un funeral y una sepultura honorables.

Después de consultar a las piedras adivinatorias, la dispensa le fue concedida a la interesada.

El cuerpo de Ah Kusaán Ich fue sahumado y arrojado al cenote sagrado.

Con gran pena, pero con absoluta conformidad, la frustrada esposa vio cómo el cuerpo del cazador se perdía entre las ondas del lugar sagrado. Ella desapareció de Chichén...

Por muchos años recorrió los caminos librando a los hombres del poder de Xtabay alejándolos de su presencia.

Los dioses la amaban y le conservaron la juventud y la belleza que la hacía seductora y, así, digna rival de la maligna hechicera.

Debió morir, dicen que dejó un huipil blanco —atuendo de las novias— tendido cerca del árbol donde la Xtabay la alcanzó y le clavó una espina de maguey en el corazón.

Del huipil salió su alma en forma de puhuy; por eso esa avecita canta cuando quiere prevenirnos de la maldad.

El duende de Valladolid

Las consejas de Valladolid conservan en la memoria —de padres a hijos, de hijos a nietos— a un duende travieso que hablaba con los caballeros del pasado.

Antes de medianoche, si alguno le hacía plática, el personaje de leyenda, el diablillo "maldoso" y parlanchín sostenía una divertida conversación.

De este hecho dieron fe, en su momento, el hidalgo conquistador Juan López de Mena y el también hidalgo, Juan Ruiz de Arce, en cuyas casas habitaba el duende de Valladolid —con ese nombre se le conoce. Acudía para contestar preguntas atrevidas, tocar la vihuela o las castañuelas, o bien para dejar oír golpecitos de baile si alguien tocaba un instrumento y lo llamaba.

Cuando se le preguntó quién era y de dónde llegó hasta estas tierras, informó que era originario de Castilla —como las nueces y la calabaza— y cristiano cabal; cosa que atestiguaba recitando el Padrenuestro y otras oraciones tradicionales.

Uno de sus anfitriones —tal vez López de Mena— notó su falta durante varios días; sin embargo, como insistió llamándolo cada noche, el duendecillo reapareció; bueno, se hizo presente a su manera, ya que nunca nadie lo pudo ver.

Al interrogarle el hidalgo el porqué de su ausencia, él le aclaró que había estado en Mérida, visitando al yerno de un amigo que tenía en Salamanca. El suegro le había hablado del gracioso diablillo y él tuvo que ir a dar fe para no comprometer al viejo.

Mas no siempre pudo portarse bien —dada su procedencia infernal— de modo que después comenzó a manifestarse en forma agresiva: tiraba piedras desde las azoteas para asustar a quienes no escuchaban su voz. Su presencia era a veces muy molesta: lloraba, maullaba, rascaba como rata, tiraba las palmas con que se hacían los techos, o bien, tomaba huevos de una cesta recién traída del corral y los aventaba —riéndose— sobre la falda o la cabeza de las damas, así como de las doncellas de servicio —hasta que una de esas señoras se le enfrentó gritándole un conjuro: "Vete, demonio, aléjate de esta santa casa"—, pero cada una de estas palabras fue contestada con una sonora cachetada; la mejilla de la mujer quedó caliente y ella furibunda y asustada.

Entonces recurrió a la intervención eclesiástica; el cura don Tomás fue recibido en silencio por los que pidieron el exorcismo. Iba el sacerdote provisto de hisopo y ritual; mas como el duende malicioso no se manifestó, convencido de que era sólo imaginación de los que lo llamaron, regresó a su casa.

Allí encontró, en lugar de su merienda ¡sólo estiércol de mula! Y dentro de su vaso, una buena ración ¡de orina rancia!

Mientras tanto, el mañoso diablillo habló con los concurrentes al frustrado exorcismo diciéndoles:

—El cura me quería atrapar, pero sin saber con quién se mete... cuando llegue a su mesa ¡sí que lo va a saber!

Al día siguiente el hidalgo escuchó las amargas quejas del cura; éste supo del "responso" que había recitado el invisible frente a todos los asistentes... ¡Ambos aquilataron el poder del duende!

Posteriormente, el diablillo se esmeró en su mal comportamiento: modelaba alacranes y sabandijas, ratas y murciélagos con cera y los dejaba caer sobre las personas a quienes quería molestar o asustar. Difamaba a los conocidos —ausentes— de cualquier reunión.

La gente evitaba su "aparición" no llamándolo o ignorándolo.

Un día, estando preso López de Mena, el duende lo visitó en la noche, lo despertó hablándole al oído para decirle:

—Ha parido hoy tu doña, ¡eres padre de un hijo!

Los compañeros de encierro le tomaron a sueño la noticia —pues el presidio estaba a más de 34 leguas de Valladolid—, pero he aquí que a los pocos días el carcelero gritó, leyendo los correos: Juan López de Mena, eres padre de un niño que nació el 24...

Y justo el 24 a medianoche, el travieso duende de Valladolid había tenido la gentileza de poner a su "amigo" en conocimiento de la grata noticia.

Habiendo crecido su fama de "hechicero en pacto con el Diablo", de "hablador infamante" y otras cuatro lindezas, el obispo dispuso ex comunión para aquel que escuchara, llamara o en cualquier forma aceptara el contacto con el personaje.

Entonces el malvado se desquitó quemando los techos de las casas de los pueblos vecinos. El cura propuso una procesión en honor del santo en cuyo día se ausentara el "maldoso".

Y éste fue san Clemente, conmemorado el 23 de noviembre; por eso se le representa —en el retablo de su iglesia— con un diablillo atado.

El cristo de Ixmul

Al Cristo que se venera en Ixmul se le conoce como Cristo de las Ampollas. He aquí su historia.

El sacerdote de esa parroquia era muy devoto de Cristo Crucificado, de quien sólo poseía una pequeñísima escultura de metal frente a la que solía rezar por las noches.

Como "dilapidaba" en caridades, nunca pudo reunir el costo de uno de los Crucificados grandes, de bulto, que llegaban en los barcos de España, con el que soñaba mover el corazón de los feligreses. A veces se quedaba dormido antes de terminar sus oraciones; pero había un búho sabio que, desde el gran árbol que había frente a su ventana, lo despertaba con su canto. El cura lo premiaba con un trocito de carne o con alguna golosina.

Pero en una ocasión el búho no estuvo y el padre vio en su lugar una luminaria como si ardiera el árbol. Los vecinos vieron también el "incendio". Como ese prodigio se repitió por tres noches, y el árbol empezó a chisporrotear y su lumbre amenazaba con incendiar los árboles vecinos, decidieron cortarlo, ya que además peligraban las casas del poblado, todas ellas techadas con palma.

Al descubrirse el interior del tronco vieron en él huellas del incendio. La gente se repartió los deshechos, y el trozo mayor —muy grande y pesado— permaneció dentro del curato en espera de futuro destino.

Una noche lluviosa, cuando el sacerdote estaba rezando, alguien llamó a su puerta.

—Padrecito —le dijo el peregrino—, vengo desde Guatemala; estoy muy cansado, ¿me dejaría usted pasar esta noche en la parroquia?

—Pase usted, buen hombre, la casa de Dios es la casa de todos —le respondió el sacerdote y compartió con él su cena.

Al día siguiente, como lo vio muy necesitado, le ofreció al peregrino alimento y descanso mientras se reponía del viaje. Entonces el peregrino se quedó dos días más. Al tercero se disculpó diciendo que debía seguir hasta Ciudad del Carmen, en Campeche —su ciudad natal—, a cumplir con un trabajo. El cura le preguntó su oficio y el hombre contestó que era ebanista.

Entonces voy a darle un trabajo antes de que se vaya. La paga le hará más fácil el camino. Así fue como el viajero aquel se encargó de hacer un Cristo Crucificado con el trozo de árbol que quitaron. El ebanista pidió un plazo de siete semanas y la condición de no ser interrumpido ni visitado en su trabajo, así como no ver la obra hasta que la terminara. Él sólo saldría a misa y se mantendría comulgando cada día... El padre aceptó las condiciones —bastante extravagantes a su parecer— y el plazo se cumplió.

—Pase usted primero, padrecito: ahí está su Señor —el cura abrió la puerta y se sorprendió de la propiedad de la escultura y de la expresión amorosa de sus ojos. Volteó para abrazar al escultor, pero éste había desaparecido.

La imagen causó desde luego gran devoción y confianza. Los parroquianos pidieron agua porque no había llovido ¡y empezó a llover! Un día, el cura salió a rescatar a dos niños cuya casa estaba anegada y cuando estaba ausente, un rayo destruyó la casita de la parroquia, dejando a salvo sólo la escultura del Cristo, "aunque un poco tiznado y llenito de ampollas".

La parroquia volvió a levantarse. Las ampollas se fueron apagando. El Cristo volvió al templo sobre su pedestal. Allí se le venera siempre.

Se le invoca como abogado de los quemados, poderoso contra el fuego y protector de los peregrinos que salen a buscar trabajo.

Zacatecas

El árbol del amor

El árbol del amor es muy especial, pertenece a una especie sumamente rara, tanto que se dice que no hay otro ejemplar en el continente americano; esto explica la confusión de quienes han tratado de identificarlo con alguna especie conocida, y si algún día te encuentras con uno, te preguntarás si también encierra una singular historia de amor, como la que contó don José Salas, el amable custodio del convento de San Agustín.

En pleno centro de la ciudad de Zacatecas, a espaldas del portal de Rosales y frente al ex convento de San Agustín, está una plazoleta arbolada que en otro tiempo fue un pequeño jardín. Es la actual plazuela de Miguel Azua. En este apacible rincón se daban cita feligreses, vendedores y aguadores, en cuya cotidiana calma provinciana la prisa no tenía lugar y sí la vida y el calor humano. Ahí, regado con abundante agua que lo mantiene y con las lágrimas derramadas en silencio por tres seres marcados por un destino común, se encuentra el árbol que fue testigo de sus amores.

En el pasado, el templo de San Agustín daba vida espiritual a este bello rincón de ensueño, propicio al atardecer para los enamorados. El aroma de incienso emanado del templo, al igual que las plegarias de los fieles, creaban una sensación de paz, descanso para el cuerpo y tranquilidad para el espíritu.

Por el año de 1850, un francés llamado Philipe Rondé se deleitaba mirando la artística fachada del templo que dibujaba día con día sentado en el jardín. Este histórico dibujo es el único que se conserva del templo de San Agustín, que nos transmite algo de su pasado esplendor ornamental y cuya fachada, en tiempos de don Porfirio, un gobernante local obligó a un grupo de presidiarios a mutilar con cincel y marro.

Oralia, la hermosa joven de la leyenda que dio origen al nombre con que popularmente se conoce al árbol, vivía en una de las señoriales casas que daban marco colonial al jardín. Con la lozanía de su edad, su cantarina risa contagiaba la alegría de vivir a todo el que la rodeaba. Era Juan un humilde pero risueño y noble barretero, que aun despierto soñaba en encontrar la brillante veta de plata para ofrecérsela a Oralia, a quien amaba en silencio, y al sentirla cerca, la realidad de su pobreza la alejaba como la más remota estrella.

Por las tardes, al salir de la mina, Juan se convertía en alegre y locuaz aguador, siempre acompañado del paciente burro al que recitaba sus improvisados versos de amor, caminando más de prisa con la dulce ilusión de contemplar a Oralia al entregarle el agua, parte de la cual era destinada de inmediato a regar las plantas del jardín y en especial el árbol que cuidaba con esmero.

La juvenil Oralia sentía a su vez nacer un entrañable cariño, más allá de la amistad, por el aguador, que por su parte día a día se ganaba también la estimación de la familia.

Mas sin saberlo, Juanillo tenía un rival, que tras la etiqueta de cortesía y modales refinados, conquistaba cada vez mayor campo en el corazón de Oralia, quien experimentaba la inquietante confusión de sus encontrados sentimientos, ante la presencia de Pierre, aquel francés que la colmaba de atenciones.

El destino trajo a su casa al joven al ocurrir la ocupación de las tropas invasoras en 1864, y por cortesía la familia dispensaba un trato deferente al extranjero, eximiéndolo de responsabilidad por los actos de un gobierno al que debía obediencia. El francés, siempre impecable en sus modales y pulcro en el vestir, los visitaba no tanto por corresponder a la amabilidad de la familia, sino con la secreta esperanza de impresionar a Oralia, de quien se había enamorado.

Con el permiso de los padres, solían sentarse bajo la sombra del árbol que Oralia regaba y cuidaba; entonces, la joven dejaba volar su imaginación al escuchar la descripción que de su patria le hacía Pierre.

Juanillo sufría en silencio al contemplarlos juntos, incapaz de hacer nada para evitarlo, y al comprender la fatalidad de las barreras sociales que lo separaban de su amor, soñando siempre con hallar la veta de plata que le ayudara a realizar sus sueños.

Trabajaba duro en minas abandonadas, soportando la fatiga; al terminar la jornada, el agua de las minas limpiaba el polvo que cubría su piel, haciendo huir el cansancio, para dirigirse con su fiel burrito a llenar los botes del agua de la fuente y repartirla a las familias con quienes se había "amarchantado", dejando al final la casa de Oralia para disponer de un poco más de tiempo en su compañía.

La simpatía del humilde enamorado provocaba que Oralia lo esperara con impaciencia para que le ayudara a regar su árbol, como ya se había hecho costumbre. Al hacerlo, su regocijo se manifestaba en el lenguaje secreto de los enamorados; el árbol lo sabía y el susurro de sus hojas se confundía con el rumor de las risas de los jóvenes, mientras su follaje se inclinaba, en un intento de protegerlos de miradas indiscretas.

Le dolía el corazón a Oralia cuando una tarde se encaminó hacia el templo. Postrada ante el altar, lloró en silencio al comparar dos mundos tan opuestos; su plegaria imploraba ayuda para tomar la decisión acertada en tan cruel dilema sentimental.

Al salir de la iglesia y dirigirse a su casa sin haber alcanzado una resolución, se sentó en silencio bajo el árbol y el llanto volvió a sus ojos; su angustia provocaba la alteración del ritmo de los latidos de su corazón, cuando en su regazo cayeron suavemente unas lágrimas que el árbol conmovido le ofrecía como amigo en su desconsuelo, y al contacto de sus manos, las lágrimas del árbol se convirtieron en un tupido racimo de blancas flores.

Oralia recuperó la paz junto a su árbol y encontró el valor suficiente para decidirse por su barretero, sin importarle su humilde condición.

Al día siguiente, el francés se presentó puntual en la casona y con semblante adusto le informó de su próxima partida de la ciudad y del país. Otros cambios políticos flotaban en la nación y era urgente su traslado a Francia. Se llevaba el corazón destrozado al verse obligado a abandonar el afecto que había encontrado, y la despedida le resultaba aún más amarga al saber que jamás volvería a ver a Oralia, quien lo despidió junto al árbol, entonces ya tranquila al comprender que había tomado la decisión más correcta de su vida.

Mientras tanto, en la profundidad de la mina donde había cifrado sus esperanzas, Juan vislumbraba un tenue brillo, tan sutil y huidizo como la ilusión; una corazonada hizo intuir al gambusino la veta que buscaba y con nuevos bríos continuó excavando con su barreta la dura roca.

Al día siguiente, al llegar con el agua, Oralia lo notó más alegre y locuaz que de costumbre; no se pudo contener al verlo tan feliz y, sin pensarlo, le estampó un impetuoso beso junto al árbol del amor que regaban ahora entre risas.

Juan ni de su rica veta de plata se acordó y olvidó completamente el discurso que toda la noche había ensayado al ver caer racimos de flores blancas del árbol, que así compartía la culminación de tan bello idilio en aquel tranquilo jardín, hoy plazuela de Miguel Azua, frente al ex convento de San Agustín.

Desde entonces, las parejas de enamorados consideran de buena suerte refugiarse bajo las ramas del árbol del amor, para favorecer la continuación feliz de su romance.

Una leyenda mexicana

Fue en el año de 1891 cuando en compañía de varios amigos tomamos el tren del Ferrocarril Central. Pasamos por altas mesetas y lomeríos cubiertos de enormes bosques de nopales, a cuya sombra pastan interminables manadas de ganado lanar, que es una de las principales riquezas de Zacatecas. Al acercarnos al valle que ocupa la villa de Ojo Caliente, una parte de ese lomerío se transforma en una pequeña serranía que lleva el nombre de La Cruz, al ser el cerro más elevado que la domina y también por tener una enorme cruz que destaca desde muy lejos sobre el azul del cielo.

Antes de arribar a las rancherías de San Cristóbal, la serranía presenta una profunda depresión, una hondonada y detrás un cerro que llama la atención por su extraña estructura que parece producto de una convulsión volcánica y cuyo perfil le da el aspecto de un gigantesco cuerno de singular belleza.

Terrible impresión causa la parte superior del cerro cubierta de negruzcas rocas con musgo y diseminados en las grietas pequeños arbustos que se mueven al impulso de las corrientes de aire.

Preguntamos el nombre del cerro y nos dijeron que se llama Papantón, el cual pensamos que provenía de alguna de las lenguas nativas, pero según nos explicaron es un término para designar al Diablo, que en la parte norte de nuestra República se le conoce como papá Antonio y se contrae como Papantón.

Hace mucho tiempo, después de la conquista de México y de haber sido descubiertas las productivas vetas de Zacatecas, vinieron muchos españoles atraídos por la noticia de aquellas riquezas de la Nueva España, entre ellos un mozo, joven, fortachón y apuesto llamado Antonio Oliva, quien buscaba mucho oro y plata, pero era muy orgulloso como para ponerse bajo las órdenes de alguno de sus compatriotas y prefería buscar por sí mismo una veta que lo hiciera rico y poderoso.

Como no encontraba tesoro alguno y el hambre empezaba a apretar, se hizo amigo de los indígenas y como tenía conocimientos de hierbas, junto con los brujos se dedicó a curar con bastante éxito; sin embargo, aunque reconocía que los brujos nativos sabían más que él de las hierbas del lugar, no había podido lograr que le compartieran sus conocimientos.

Pasado el tiempo, logró hacerse amigo de un indígena al que salvó de los españoles que lo perseguían porque era brujo. Éste le reveló que en ese cerro, en una de las cuevas, habitaba un espíritu maligno en forma de mula prieta muy brava que despedía fuego por el hocico, pero que era profundamente conocedora de las cualidades de las hierbas y que se las revelaría a quien la domara y lograra montarla en pelo en noche de luna nueva.

Una vez montada, la mula emprendería una carrera vertiginosa por la abrupta falda de la montaña y a quien no se estrellara contra una de las rocas y permaneciera firme en su lomo le revelaría todos los secretos y lo dotaría de la facultad de conocer a primera vista los efectos de las mismas. En fin, lo convertiría en un verdadero sabio brujo.

El joven Antonio quedó muy impresionado ante esta conversación y, pensando que su naturaleza y su fuerza le permitirían domar a la mula prieta, se decidió a emprender la ascensión del cerro, arriesgando hasta la vida con tal de hacerse rico.

Así que subió en una noche oscura; no sin trabajo encontró la cueva predilecta de la mula prieta y cuando estuvo frente a ella no se inmutó por el fuego de su hocico, sino que con gran arrojo la montó y estuvo a punto de caer cuando la mula dio un respingo y en rápida carrera salió dando brincos y cabriolas por la falda del cerro. Antonio, sintiéndose desfallecer, recordó a su madre y dijo: "¡Ave María Purísima, ayúdame!".

En el mismo instante la mula lanzó una bocanada de humo y se paró. Entonces, Antonio, volviendo en sí del susto, se halló sentado ya no en el lomo de la mula, sino en un negro peñasco del que con trabajos bajó para dar gracias a la virgen que lo salvó de morir. El peñasco aún existe y con un poco de imaginación se pueden ver las toscas formas de una mula.

Desde ese momento, Antonio quedó curado de su insaciable sed de riquezas y se retiró como ermitaño a la misma cueva donde habitaba el espíritu maligno. Todos los días bajaba con una bolsa llena de hierbas con las que curaba a los pobres.

En toda la comarca era conocido como Papá Antonio, demacrado su cuerpo por los frecuentes ayunos, espesa la barba blanca que le caía hasta la cintura y adonde llegaba el piadoso hombre con el único saludo que usaba: "¡Ave María Purísima!", parecían huir las enfermedades y los desconsuelos.

Nadie volvió jamás a ver a la diabólica mula y Papá Antonio vivió largos años hasta que Dios lo llamó a su reino.

La condesa de Valparaíso

Fue en los tiempos de la Colonia cuando ocurrió la siguiente historia:

Doña María Ana de la Campa y Cos, condesa de Valparaíso, era una persona piadosa, caritativa y de gran virtud. Cualidades por las que se le quería en la ciudad de Zacatecas. Ayudaba a los pobres, socorría a las familias menesterosas y contribuía con gruesas cantidades de dinero para obras de beneficencia.

Vivía en la casa solariega que edificaron sus antepasados, que se conserva hasta hoy día con su aspecto colonial, ostentando en su frontispicio el viejo escudo de los condes.

A edad madura la condesa contrajo matrimonio con un apuesto galán de humilde cuna y de hermosura varonil poco común.

Corrió el rumor, desde los primeros días de casados, de que el nuevo conde no amaba a su esposa, que al matrimonio lo había llevado el interés de convertirse de la noche a la mañana en potentado, pero siendo hombre de entendimiento agudo representó hábilmente el papel del mejor marido del mundo. Así se ganó a la condesa que puso en sus manos su cuantiosa fortuna.

Grandes fueron los excesos a que se entregó el conde al verse en posesión de tan cuantioso capital, pero supo encubrirlos y cada día se mostraba más amante y cariñoso con la condesa.

Cuando la felicidad parecía sonreír en el hogar de los condes, un imprudente papel que el conde dejó olvidado en el bolsillo de uno de sus trajes reveló a la condesa las ilícitas relaciones que su marido sostenía con una encantadora zacatecana.

Como doña María Ana amaba de verdad al conde, fue tan duro el golpe que recibió al saber de su infidelidad que se vinieron abajo sus ilusiones y su felicidad.

Le parecía monstruosa la ingratitud y traición de su esposo y concibió un extraño plan para vengar la afrenta. Una noche dio una espléndida fiesta en su palacio, en el que se reunió lo más granado de la sociedad zacatecana y cuando terminó la cena y empezó el baile, la condesa aprovechó el momento y desapareció escalera abajo sin ser notada. Subió al coche que había dispuesto y partió veloz hacia una hacienda de campo de su propiedad cercana a Zacatecas, en donde se encontraba el conde.

Al llegar a las inmediaciones de la hacienda, la condesa mandó hacer alto y descendió del carruaje dándole órdenes a su cochero de moverse del sitio para no denunciar su presencia.

Se dirigió a la casa principal con rapidez, ataviada con las mismas galas que luciera en la fiesta, entre las que resaltaba un valioso collar de brillantes. Entró a la casa sin que nadie la viera. Siguió avanzando con cautela hasta que su oído percibió rumores de voces y risas que provenían de la recámara del conde. Se detuvo en la antecámara. Levantó la cortina que la separaba de la recámara apenas lo suficiente para poder ver y no ser descubierta y sus ojos contemplaron una escena terrible. Allí estaba la pareja infiel.

Doña María Ana no fue dueña de sus actos. Sintió súbitamente agolparse la sangre en la cabeza e impulsada por los celos, el despecho, el rencor y el orgullo herido, tomó el puñal que llevaba y en el paroxismo del furor se arrojó sobre los azorados amantes y, sin darles tiempo a defenderse, les asestó a ambos mortales puñaladas que los hicieron rodar por el suelo con las convulsiones de la agonía.

Cuando la condesa subió de nuevo a su carruaje para regresar a la ciudad, las campanas de la iglesia tocaban el Ave María, aumentando con ello sus remordimientos.

Nada podía temer de su cochero porque era discreto y fiel a toda prueba, por eso lo llevó con ella: mas como las previsiones jamás están de balde le amonestó que nunca ni a nadie dijera que aquella noche la había llevado a ese lugar.

Después de descender en la cochera de su casa, la condesa se dirigió rápidamente a hacer los cumplidos en la fiesta, en la cual era tal la animación que nadie la echó de menos durante su ausencia.

Al día siguiente, la trágica noticia conmovió a la ciudad y la aristocracia desfiló ante la condesa para darle el pésame.

Se cuenta que luego de este acontecimiento, la condesa de Valparaíso pasó el resto de su vida llorando su pecado y pidiendo a Dios con el mayor arrepentimiento por el eterno descanso de las almas de los dos que asesinó.

Algún tiempo permaneció en la oscuridad el nombre del autor de este crimen, pero al fin y al cabo la voz popular rumoró con insistencia señalando a la condesa y hasta la justicia intervino y le instruyó proceso; mas no hallando pruebas en su contra y teniendo en cuenta la calidad de la persona a quien tanto debía Zacatecas, se atribuyó todo a meras suposiciones populares y culminó el proceso.

Y cuenta la leyenda que, sin embargo, permanecía cerrada la vieja casona de la condesa en luto perpetuo.

Esta edición se imprimió Abril. Impresos
Ares Sabino No. 12 Col. El Manto. Iztapalapa

Dirección editorial : : César Gutiérrez
Portada : : Diseño Selector / Socorro Ramírez
Apoyo editorial : : Sagrario Nava